Wer ist der Tote im Schilf? Am Ufer der Alster liegt eine männliche Leiche zwischen dem giftigen Bärenklau. Doch der hat ihn nicht umgebracht, sondern eine Kugel, die ein kleines rundes Loch in seiner Stirn hinterlassen hat.
Währenddessen brüten Vera Lichte, die eigenwillige Sängerin aus »Tod eines Klavierspielers«, und ihr Freund Nick über einer anderen Sache: Ein Journalist und Freund von Nick, der offenbar hinter einer großen Sache her war, wird vermisst: Er hatte Informationen über vier Politiker, ehrenwerte Mitglieder dieser Gesellschaft, die aber schon mit einem Bein im braunen Morast stecken. Haben beide Vorfälle etwas miteinander zu tun?
»Ein Krimi, der aus dem Rahmen fällt« Hamburg Magazin über »Tod eines Klavierspielers«

Carmen Korn, Schriftstellerin und Journalistin, lebt mit ihrem Mann und ihren beiden Kindern in Hamburg. Für ihre Kriminalerzählung ›Tod in Harvestehude‹ erhielt sie den Marlowe-Preis. Ihr Roman ›Thea und Nat‹ (Bd. 51955 bei Scherz) wurde für das ZDF prominent verfilmt.
Im Jahre 2004 erhielt sie den Friedrich-Glauser-Preis für die beste Kurzgeschichte »Unter Partisanen« (Anthologie »Du sollst nicht töten«, Scherz Verlag, Bd. 51931). Im Fischer Taschenbuch Verlag ist lieferbar: »Tod eines Klavierspielers« (Bd. 16210). Weitere Kriminalromane folgen.

Unsere Adresse im Internet: www.fischerverlage.de

Carmen Korn

Tod eines Politikers

Kriminalroman

Fischer Taschenbuch Verlag

Originalausgabe
Veröffentlicht im Fischer Taschenbuch Verlag GmbH,
einem Unternehmen der S. Fischer Verlag GmbH,
Frankfurt am Main, Februar 2005

Dieses Werk wurde vermittelt durch die Literarische
Agentur Schlück, D-Garbsen
Satz: Pinkuin Satz und Datentechnik, Berlin
Druck und Bindung: Clausen & Bosse, Leck
Printed in Germany
3-596-16447-8

Prolog

Er war zu Fuß gegangen, den Uferweg, der aus der Stadt in die stilleren Wohnviertel führte und der erstaunlich dunkel war dafür, dass die Lichter der Nacht nicht weit waren.

Das Haus hatte er gleich gefunden. Er stand vor der Fassade aus der Gründerzeit, als müsse er sich alles einprägen und dürfe nichts vergessen, die grausteinernen Atlanten nicht, die den Balkon im ersten Stock trugen, und nicht die schwere schwarze Tür, durch deren vergitterte Scheiben kein Schein Licht fiel. Es war das vierte Treffen und das erste Mal, dass er aufgefordert worden war, in dieses Haus zu kommen.

Er sah auf sechs Klingelknöpfe und sechs Messingschilder und versuchte, sie zu entziffern. Auf den Schildern waren nur Initialen graviert, keiner, der seinen Namen nannte.

Auf dem unteren Schild erkannte er die beiden Buchstaben, die ihm als Losung gegeben worden waren, doch er zögerte, den Knopf der Klingel zu drücken. Als er es dann tat, kam die Stimme aus der Sprechanlage unmittelbar.

Die Tür tat sich ihm auf, und er trat ein und wurde von einem hellen Licht überrascht und dem eigenen Spiegelbild, das von zwei gegenüberliegenden großen Spiegeln vervielfältigt wurde. Er kam sich verkleidet vor in seinem Anzug, und es irritierte ihn, dass er noch immer nicht alt genug zu sein schien, um auf das Vorgeben von Lässigkeit verzichten zu können, die ihm Jeans und Lederjacke gaben.

Das Jackett des anthrazitfarbenen Anzugs trug er nicht mehr, als er in einer geschützten Schilfzone gefunden wurde. Die

Hose war voll gesogen vom grauen Wasser der Alster und klebte ihm am steif gewordenen Körper. Die Augen standen offen und blickten nicht mal mehr erstaunt, nur Leere darin. Gar nichts war in seinem Gesicht, aus dem zu lesen gewesen wäre, was er zuletzt erlebt hatte.

Da lag er zwischen den Binsen und dem giftigen Bärenklau, der seiner toten Haut nichts mehr anhaben konnte, und hatte ein Loch in der Stirn, wie es ein Laie kaum zu schießen vermag. Zu glatt. Zu rund.

Der kleine Junge, der ihn entdeckte, regte sich nicht auf.

Eine tote Ente wäre ihm schrecklicher gewesen. Nur der Entchen wegen war er so nah an das Schilf gegangen.

Seine Mutter legte kurz die Hand auf ihren Mund, als müsse sie einen Schrei unterdrücken, ehe sie dann ihr Handy aus der Tasche holte, um die Leiche eines jungen Mannes der Kriminalpolizei anzuvertrauen.

»Mama«, schrie Vera. War sie verrückt geworden? Hatte sie je nach Nelly gerufen? Und wenn, war Nelly dann gekommen?

Eine weitere Wehe kam, wogte in ihrem Körper.

»Anni«, schrie Vera.

Auf der Höhe des Schmerzes sah sie Annis Gesicht, Anni, die ihre Hand hielt und sich über sie beugte und aussah wie ein gehetztes Eichhörnchen, ihr kleines altes Gesicht, und dabei doch versuchte, Zuversicht auszustrahlen, dass diese Geburt bald ein glückliches Ende nahm.

»Jef«, sagte Vera. Da war der Kopf des Kindes schon draußen. Sekunden darauf war ihr Sohn geboren.

Ihr Kind. Jefs Kind.

Anni war es, die die Nabelschnur trennen durfte mit der kleinen Schere, die der Arzt ihr in die Hand drückte.

Einen Augenblick lang hielt sie das Kind im Arm, das kleine noch blutige Bündel, drückte es behutsam an sich, ehe sie es in die Arme von Vera legte.

Anni war es auch gewesen, in deren Armen der Vater des Kindes gestorben war, im dunklen Laub eines späten Oktobertages. Von einem Auto getötet. Absichtlich getötet.

Sie hatte das Bild gerade jetzt vor Augen, obwohl der Mai die Sonne durch die Lamellen an den hohen Fenstern des Kreißsaales flirren ließ und auf alles ein hoffnungsvoll helles Licht legte. Doch Anni sah sekundenlang den Oktober vor sich und den toten Jef im Laub.

Schicksals-Anni. Der vor vielen Jahren die kleine Vera in die Arme gelegt worden war. Die nicht aufgehört hatte, Verakinds Kinderfrau sein zu wollen, egal, wie groß Vera wurde, und sie wurde ganz schön groß.

«Geht es dir gut?«, fragte Vera, als das Kind zu seinem ersten Bad davongetragen wurde.

»Hoffentlich lässt sie es nicht fallen«, sagte Anni und guckte der Hebamme hinterher.

»Du warst eben so blass«, sagte Vera.

Anni hob die Schultern. Dankbar war sie, dass Vera das alles gut geschafft hatte, blühte, glücklich aussah, sollte sie ihr da die traurigen Gedanken anhängen?

»Ich habe auch an Jef gedacht«, sagte Vera, »er gehört dazu.«

»Ist alles nicht gerecht«, sagte Anni, »die ganze vorzeitige Sterberei.« Sie sah zu dem Kleinen hinüber, der gerade gewickelt wurde. »Hast du denn jetzt einen Namen für ihn?«

»Nicht Jef«, sagte Vera, »und nicht Gustav.«

Anni sah enttäuscht aus. Sie hatte Veras Vater Gustav geliebt und ihre Liebe hinter viel keuscher Verehrung versteckt.

»Vielleicht Llewellyn«, sagte Vera. »Leander? Leander Lichte. Hat beides was mit Löwe zu tun, und wir wollen doch, dass er gut brüllt.« Sie grinste.

»Dann doch lieber Leo.«

»Nein«, sagte Vera und sah zu ihrem Kind hinüber, das mit dem Brüllen bereits begonnen hatte. Sie schob ihr Hemd über eine Schulter, machte eine Brust frei und nahm den Kleinen entgegen.

»Du bist ein Naturtalent«, sagte Anni, »auf Nelly kommst du bestimmt nicht.« Tränen der Rührung traten ihr in die Augen.

»Ist das der Vater, der da draußen sitzt?«, hörten sie den Arzt fragen. »Vielleicht sollten wir ihn mal hereinholen.«

»Nick«, sagte Anni, »der Arme sitzt noch da und ahnt nichts.«

»Gott«, sagte Vera, »den hatte ich ganz vergessen.«

Nick sagte, das Kind sehe aus wie Jef. Er strich dem Jungen über die Stirn und die kleine Nase, die schon ahnen ließ, dass sie einmal groß sein würde wie die von Gustav.

Nicks Gesten waren liebevoll wie seine Worte, denn in dieser ersten Stunde seines Lebens hatte das neugeborene Kind keinerlei Ähnlichkeit mit seinem hübschen Vater.

Nick, der ewige Zweite im Leben der Frauen. Er war es sogar im Leben von Leo gewesen, seiner eigenen Verlobten …

»Nu sitzen wir hier wie die Heilige Familie«, sagte Anni, »will denn kein anderer in den Kreißsaal?« Sie hätte wieder heulen können, vor Glück wohl, sie war sich nicht ganz sicher.

»Das sind die Hormone, Annilein«, sagte Vera, »das ist so nach einer Schwangerschaft. Heul du nur.«

»Nicht, dass du denkst, du musst mich nicht mehr ernst nehmen«, sagte Anni und holte ein Taschentuch aus ihrem Krankenhauskittel.

Der Krach auf dem Gang kam jäh. Noch ehe sie ihn deuten konnten, wurde die Tür zum Kreißsaal aufgerissen, und eine Schar türkischer Frauen zog ein, in ihrer Mitte eine junge Frau, die in einer hohen Tonlage schrie.

»Bitte, Schwester. Bringen Sie Frau Lichte auf ihr Zimmer.«

Die Stimme des Arztes ging irgendwo in dieser Schar verloren, er hatte vergeblich versucht, sich an die Spitze zu setzen.

»Anne«, schrie die junge Türkin.

»Meint sie mich?«, fragte Anni und sah sehr überrascht aus.

»Das heißt Mama«, sagte Nick, »Mama auf Türkisch.«

»Dass wir in unserer größten Not alle Mama schreien«, sagte Vera, »muss wohl in den Genen sein, selbst wenn man eine Mutter wie Nelly hat.«

Anni glaubte bald, dass Mama auf Türkisch Anni hieße.

Sie ließ das Kind kaum noch aus den Augen.

Als Vera den Namen Nicholas verkündete, saß Nick gerade am Küchentisch und löffelte Hühnersuppe, von der Anni seit Tagen einen Topf auf dem Herd köcheln hatte, denn nichts kräftigt den Menschen in den großen Momenten des Lebens so sehr wie eine Suppe, in der ein Huhn gekocht worden war. Nick verschluckte sich.

»Hat mit dir gar nichts zu tun«, sagte Anni, »klingt einfach nur schön mit Lichte zusammen.«

Sie warf einen liebenden Blick in den Stubenwagen, in dem der große Moment des Lebens lag und auf die Brust seiner Mutter lauerte. Vera lief ständig halb nackt herum und zeigte Zeichen von Erschöpfung. Die guten Gerüche in der Küche ließen das Kind dauernd hungrig sein.

»Er guckt schon zwischen euch hin und her«, sagte Nick, »das wird sein Los werden.«

»Hast du eigentlich nichts zu arbeiten?«, fragte Anni.

»Ich hoffe, dass ich nachher eine Nachricht von meinem Informanten vorfinden werde«, sagte Nick, der tatsächlich glaubte, sich verteidigen zu müssen.

»Über was informiert er dich?«, fragte Vera.

»Zieh sie nicht wieder in was rein.« Annis Stimme wurde schrill. Hatte es im Herbst nicht genügend Aufregung gegeben? War Jef nicht gestorben und Leo beinah und seitdem über alle Berge? Nur, weil Nick einem Ritualmörder auf die Spur gekommen war. Und Vera hatte ihre Nase natürlich auch drin gehabt, die große Nase ihres Vaters, die sich jetzt wohl auch auf ihren Sohn vererbt hatte.

»Ich erzähle es dir bei Gelegenheit«, sagte Nick.

»Nichts da«, sagte Anni, »Vera trägt jetzt Verantwortung.« Sie schwenkte den Stieltopf mit dem Eierstich und kriegte rote Flecken am Hals.

»Beruhige dich«, sagte Vera, »Nick stolpert nicht ständig in Mordfälle hinein.«

»Er guckt doch nur durch seinen Fotoapparat und hat schon die nächste Leiche da liegen.« Anni schnaubte und ließ ein großes Stück Eierstich in Nicks Suppenlache fallen.
»Nein«, sagte Nick. Er sagte es heftig und war verwundert, wie verletzt er sich fühlte. Was dachte Anni denn? Dass er ein Sensationsreporter sei?
»Wir haben alle noch unsere Ängste«, sagte Vera, »und unsere Wunden.« Sie blickte auf den Kleinen und hätte ihn gern gerade jetzt in den Arm genommen, doch Nicholas war tatsächlich eingeschlafen.
»Und darum kümmerst du dich um dein Kind und um nichts anderes«, sagte Anni. Sie hatte die Hände in die Taille stemmen wollen, doch sie hielt noch den Löffel in der einen und den Stieltopf in der anderen.
»Es ist nur eine Sumpfgeschichte aus unserer Republik, an der ich dran bin«, sagte Nick, »keine Leichen.«
Vera sah ihn aufmerksam an. Doch sie sagte nichts.
»Das walte Gott«, sagte Anni, »jetzt soll einfach mal Glück sein. Nur Glück.«

Er war der ewige Zweite, dachte Nick, als er auf seinem Küchenbalkon stand und die Nachtluft atmete, die den Sommer ahnen ließ.
Doch er war auch der, der überlebte. Der immer noch da war, in seinem und anderer Leute Leben. Vera, dachte Nick.
Hatte er aufgehört, Leo zu lieben?
Keiner von ihnen hatte von Leo gehört. Vera nicht und er nicht. Leo schien immer noch Geheimnisse zu zelebrieren. Doch diesmal war sie selbst das Geheimnis und nicht der Mann, mit dem sie Nick betrogen hatte.
Und Bob blieb auch verschwunden.
Seit sechs Tagen quatschte Nick ihm das Tonband des Anrufbeantworters voll, das nun keine Nachricht mehr aufnahm.

Vielleicht war Bob das Ganze zu heiß geworden. Vielleicht war er an einem kühlen Ort mit Leo.

»Quatsch«, knurrte Nick und ging in die Küche.

Er hatte eigentlich geglaubt, genügend Hühnersuppe im Blut zu haben, um die Schnäpse auszugleichen, die er hier zu Hause in einer halben Stunde getrunken hatte.

Vera ging ihm nahe und das Kind. Da hatte Jef eine Familie und war tot. Und er lebte und war der gute Onkel.

Er setzte sich an den Tisch aus Lindenholz, auf den er vor einem Jahr die Fotografien der toten Frauen gelegt hatte, um sie Vera zu zeigen. Er verstand Annis Ängste. Das letzte Jahr war ein außerordentliches Jahr gewesen und an seinem Ende nichts mehr wie am Anfang.

Nick schob die Flasche Aquavit von sich, die auf dem Tisch stand. Er sollte nochmal in die Notizen schauen, die er sich nach dem ersten Gespräch mit Bob gemacht hatte.

Der kleine Bob, der eine erste große Geschichte witterte. Hatte er den Jungen ernst genug genommen, als er mit seinem Material zu ihm gekommen war? Da wurden Namen genannt, die Nick kaum glauben konnte in dem Zusammenhang.

Er hatte schon einiges flüstern gehört. Von hohen Herren, langjährig verheiratet, die sich in einer Villa am Feenteich trafen, um homosexuellen Freuden nachzugehen. Harmlos, solange alle alt genug waren, um zu wissen, was sie taten. Bobs Geschichte war von einem anderen Kaliber.

Nick stand auf und griff nach der Flasche, um sie zurück ins Eisfach zu legen. Morgen früh würde er zu Bobs Wohnung fahren und mal an der Tür rütteln. Hatte er nicht vor Monaten an Leos Tür gerüttelt? Was machte das Leben aus den Menschen? Leute, die an Türen rüttelten und doch keinen Einlass fanden. Nick seufzte. Er hatte zu viel getrunken.

Liebte er Vera? Hatte er sie schon immer geliebt?

Seit jenem Tag, an dem er in Leos und ihr Leben gekommen war? Nick, der Fotograf. Der den beiden Damen von der Illustrierten ein paar scharf geblitzte Bilder vorgelegt hatte, die einen Politiker zeigten, der da mal nicht als Biedermann verkleidet gewesen war, sondern seine gierigen Hände an zwei viel zu junge Mädchen legte.

Leo hatte die Fotos damals abgelehnt. Das Blatt, für das Vera und sie arbeiteten, war von der Sorte, die den Biedermann mit seiner Gattin in Bayreuth abbildete.

Vera hatte das Blatt bald verlassen. Die privilegierte Vera, die von ihrem Vater ein Vermögen an Tantiemen geerbt hatte, die Tantiemen von vielen Liedern, die Gustav mit leichter Hand komponiert hatte. Leichte Lieder.

Leo war es gewesen, in die er sich verliebt hatte. Die Qual des letzten Jahres, das konnte doch nur Liebe gewesen sein. Nick stand noch immer da mit der Flasche in der Hand. Vielleicht sollte er einen weiteren Aquavit trinken.

Warum war Bob zu ihm gekommen? Warum wollte er ihn an der Seite haben, um den Sumpf trockenzulegen?

Weil Nick in seinen Kreisen noch immer als genügend naiv galt, um für Gerechtigkeit zu kämpfen? Nach all dem, was er vor der Linse gehabt hatte. Viel zu viele selbstgerechte Gesichter über gut geschnittenen Anzügen.

Den Rächer der Enterbten, hatte Leo ihn gelegentlich genannt. Ihr Spott war nicht liebevoll gewesen.

Er hätte Vera gern eingeweiht. Die Gespräche mit ihr hatten ihm immer geholfen. Vera rückte die kleinen und die großen Katastrophen in ein Licht, als gäbe es Lösungen. Nur für ihre eigene Katastrophe hatte sie noch keine gefunden. Auch wenn sie glücklich aussah mit dem Kleinen in ihren Armen.

Er wusste, wie verzweifelt sie war, Jef verloren zu haben.

Anni würde ihm an den Hals gehen, wenn er Vera einweihte. Seit neununddreißig Jahren widmete Anni sich schon der Verfolgung des Glücks. Veras Glück.

Nick nahm einen tiefen Zug aus der Flasche, um sie dann so fest zuzudrehen, dass nur eine Zange sie noch öffnen sollte.
Sorgte er sich nicht auch um das Glück?
Oder war es die Gerechtigkeit, die ihm mehr am Herzen lag?
Morgen würde er sich um Bob kümmern. Und wenn er ihn aus irgendeinem Bett holen musste. In Bobs jugendlichem Alter tauchte man schon mal für ein paar Tage unter.
Und Vera tat eine Ablenkung vielleicht gut.
Nach diesem letzten Schluck war Nick sich dessen sicher.

Vera stand auf dem vorderen Balkon und blickte Anni nach, die den Kinderwagen zur Alster hin schob.
Der Balkon war noch nicht für den Sommer gerichtet, noch keine Kissen in den weißen Korbstühlen, keine Bornholmer Margeriten in den Kästen, die ersten Tage des Mais waren sonnig gewesen, doch kühl.
Nur die Klematis ließ schon kleine Blätter sprießen.
Auf Philip Peraks Balkon nebenan standen noch die sechs Buchsbaumkübel. Die übrige Wohnung war längst leer geräumt. Den Auszug des Bösendorfers hatte Vera erlebt und Erleichterung empfunden.
Wo mochte der Flügel jetzt stehen?
Wo war Perak? Noch in der Psychiatrie?
Irgendwann würde ihm der Prozess gemacht werden, der keinem mehr helfen konnte.
Versuch eines Selbstmordes, der zum Mord wurde.
Mord an Jef. Den andere einen Unfall nannten.
Perak hatte unter Drogen gestanden, Drogen, mit denen er sich das Leben nehmen wollte. Wäre es ihm doch gelungen.
Veras Blick löste sich von der kleiner werdenden Anni mit Kinderwagen und ging in das Zimmer hinein, das an diesen größeren der beiden Balkone grenzte.
Das alte Klavier ihres Vaters stand dort. Der Klavierdeckel

war nie anders als aufgeklappt gewesen. Tasten sollen nicht unter einem Deckel begraben liegen. Gustavs Worte.

Seit Jefs Tod hielt Vera ihn geschlossen.

Gestern hatte Nick ihn geöffnet. Ganz nebenbei ein paar Tasten angeschlagen. Vera hatte ihm den Deckel auf die Finger fallen lassen, und er hatte sie angesehen, als erkenne er erst in diesem Augenblick, wie groß ihre Trauer war.

Jefs Sängerin und Jef ihr Pianist.

Vera ließ sich auf die Klavierbank fallen und fühlte sich elend. Nächte, in denen Nicholas sie kaum schlafen ließ. Brüste, die ihr ständig leer getrunken schienen.

Ein Klavier, auf dem keiner mehr spielte.

War es wirklich erst ein Jahr her, dass sie auf Jefs Flügel in der Bongo-Bar gelegen hatte, um lauter Lieder von Liebe zu singen und dabei Michelle Pfeiffer zu geben?

Gut, dass du deinen Humor noch hast, hatte Anni vor kurzem gesagt. Aus welchem Anlass? Vera wusste es nicht mehr.

Wusste nur, dass sie gerade vor Anni Humor demonstrierte, um nicht dauernd Hühnersuppe essen zu müssen.

Suppe für die Seele. Bald fing sie an zu gackern.

Sie stand auf und blickte sich um. Hatte Jef Zeit gehabt, in diesen Zimmern Spuren zu hinterlassen?

Eigentlich hatte in dieser großen alten Wohnung vor allem Gustav Spuren gelegt, vor mehr als vier Jahrzehnten, als er die viel zu junge Nelly hier herführte.

Vera ging durch die Doppeltür in das anliegende Zimmer und zum Schreibtisch hin, auf dem silbergerahmte Fotos standen. Eine große Fotografie von Gustav. Eleganter Endsechziger. Einen Tag nach Veras Geburt aufgenommen. Er hatte den Augenblick festhalten wollen, an dem die Welt wieder jung geworden war für ihn.

Im zweiten Silberrahmen das Familienglück zu dritt.

Gustav lächelte Vera an, Nelly die Kamera.

Das Bild von Jef. Schwarzweiß. Halbprofil.

Das schmale Gesicht. Die ernsten Augen. Ein zusätzliches Licht, das der Fotograf auf Jefs dunkle Locken gesetzt hatte.

Ein Künstlerfoto wie in den Schaukästen der Theater.

Teil eines Traums, der nach den Konzertsälen griff.

Kein Klavierspieler in einer Bar.

Als sie ihn im April vor einem Jahr kennen lernte, hatte Vera geglaubt, sich einen viel zu jungen Kerl anzulachen, und war erstaunt gewesen, zu erfahren, dass sie gleichaltrig waren und er kein Student der Klaviermeisterklasse.

Die Karriere in den Konzertsälen hatte Jef verpasst.

Der vierte Silberrahmen. Ein Kinderbild von Jef, in einem Garten eines Hauses am Niederrhein aufgenommen.

Vorne im Bild ein Junge von vielleicht vier Jahren.

Würde Nicholas einmal so aussehen?

Viel mehr als eine Spur, die Jef mit ihm hinterlassen hatte.

Vera ging in die Diele, am korallenroten Sofa vorbei, das Gustav dort für Nachtschwärmer aufgestellt hatte, die es nicht mehr den langen Flur entlang und ins eigene Bett schafften.

Das Säufersofa.

Vor allem er hatte drauf gelegen, Nelly blieb ganze Nächte lang einfach weg.

Der antike Spiegel, der so gnädig mit den Gesichtern war, auch wenn Veras Gesicht ihn gerade überforderte.

Vielleicht brauchte sie einfach nur Schlaf.

Und eine Ablenkung.

Wind um Mutters Nase. Das konnte Nicholas nur gut tun.

Kein Trauerkloß werden. Keine Langeweilerin.

Der Junge würde Jef wohl kaum vermissen.

Nur die Abwesenheit eines Vaters spüren.

Umso wichtiger, dass sie da war und all ihre Liebe. Nur fixieren durfte sie sich nicht auf ihn. Kein Anni-Syndrom.

Da sollte noch was anderes sein in ihrem Leben.

Anni fand sie schlafend auf dem Säufersofa. Ein Schlaf, um den Vera bald gebracht sein sollte, denn der Kleine fing an zu schreien, ehe Anni ihn davontragen konnte.

Hunger. Der kam einfach über ihn, wenn er Vera sah.

»Hast du gewusst, dass an der Alster die Leiche eines Mannes gefunden worden ist?«, fragte Anni und hätte sich in der nächsten Sekunde gern auf die Zunge gebissen.

Auf dem Weg nach Hause hatte sie einen anderen Anfang geübt. Deutlich behutsamer.

»In dieser Stadt werden laufend Leichen gefunden«, sagte Vera und klang leicht gereizt.

»Wenn man die in den Betten dazurechnet«, sagte Anni. Sie konnte hartnäckig sein.

Vera versuchte, den Jungen auszuziehen. In Hut und Mantel hing er hier an ihrer Brust und fing an zu schwitzen.

»Woher hast du denn deine Information?«, fragte sie.

»Da, wo er gelegen hatte, standen Leute zusammen.«

»Und zeigten auf die Stelle«, sagte Vera. »Ich wundere mich über dich. Du wolltest doch nichts mehr mit Mord und Totschlag zu tun haben.«

»Will ich auch nicht. Ich wollte nur der Gefahr ins Auge blicken, um dich warnen zu können.«

»Ich werde die Gegend meiden.«

»Zum Schwanenwik hin«, sagte Anni, »da ist es.«

»So weit bist du gegangen?«

»Weil mich eine alte Dame darauf aufmerksam gemacht hat. Dass da die Stelle ist.« Endlich griff sie ein und zog dem Kleinen den Daunenanzug aus. Er war auch für einen zu kühlen Mai zu warm angezogen.

»Und du wirfst Nick vor, er habe nur Leichen vor der Kamera.«

»Die Leiche lag da nicht mehr. Ist ja auch schon zehn Tage her. Dass wir das nicht in der Zeitung gelesen haben!«

Vera sah ihren Sohn an, den das Gezerre an ihm im Trinken innehalten ließ. »Wir waren mit anderen Dingen beschäftigt«, sagte sie, »ich hab seit Tagen keine Zeitung gelesen.«
Annis Drang, der Gefahr ins Auge zu blicken, in der Hoffnung, sie damit zu bannen, war ihr gut bekannt. Als Vera sechzehn gewesen war, hatte Anni sämtliche Szenelokale inspiziert, die Vera aufsuchte. Gott sei Dank kam Anni am frühen Abend, wenn die Gesichter aller noch so unverbraucht waren, dass Anni nur Gutes in ihnen las und wieder nach Hause ging.
Doch was bannte sie am Fundort einer Leiche, die längst fortgeschafft war? Welcher Gefahr blickte sie ins Auge?
»Ich habe ein komisches Gefühl«, sagte Anni.
»Annilein, tu mir das nicht an. Allmählich glaube ich, dass du mit deinen komischen Gefühlen etwas heraufbeschwörst.«
Anni blickte schuldbewusst drein. Hatte sie Vera nicht das ganze letzte Jahr mit komischen Gefühlen belastet? Und war dann nicht all das Schreckliche geschehen? Vielleicht war sie eine Art Seherin. Um Gottes willen.
»Was hat diese Leiche mit uns zu tun«, sagte Vera, »wir haben unsere eigenen.«
»Vielleicht sollten wir vor dem Kind nicht so reden.«
Das Kind war eingeschlafen. Doch seine energischen kleinen Lippen hielten immer noch fest an Veras Brust. Das konnte heiter werden.
»Ich leg ihn hin. Willst du dann einen Teller Hühnersuppe?«
»Vergiss die Leiche, und ich esse so viel du willst«, sagte Vera. Sie war eine Frau, die zu Kompromissen bereit war.

Geklingelt und an der Klinke gerüttelt. Viel hatte es nicht gebracht. Eigentlich gar nichts, außer dass Nick den Stapel Zeitungen auf Bobs Fußmatte auseinander getreten hatte, als er sein Ohr an die Tür legte.
Bestellte man seine Zeitungen ab, bevor man sich zu einer

Dame ins Bett legte? Ein spontaner Beischlaf, der sich über einige Tage zog, was nicht vorherzusehen gewesen war, traf da einer Vorkehrungen?
Alles konnte noch immer eine normale Erklärung haben, dachte Nick und drehte sich um, weil er sich beobachtet fühlte. Er war Auge in Auge mit einem Türspion.
Nick trat an die Tür gegenüber und drückte auf den Knopf der Klingel. Es tat sich nichts. Ein liebenswertes Haus.
Leo hatte in einem ähnlichen Fliesenteil aus den fünfziger Jahren gewohnt. Kein Wunder, dass die Fluktuation hoch war.
Leo verschwunden. Bob verschwunden.
Nick bückte sich, um den Stapel zu ordnen. Der Nachbar da drüben sollte einen guten Eindruck von ihm haben.
Acht Ausgaben der taz. Acht vom Abendblatt.
Die Sonntagszeitung der Frankfurter Allgemeinen.
Die National-Zeitung hatte Bob wohl am Kiosk gekauft.
Gab es Kioske, die den Schund vorrätig hatten? Nick kannte keinen. Sein Zeitungshändler war ein alter Linker, aber kaum exemplarisch für Kioskbesitzer.
Bobs Material enthielt Texte der National-Zeitung.
Der Tote im Schilf. Kannte er diese Meldung? Der kleine Text auf der Titelseite des Abendblatts verwies auf den Lokalteil.
Nick stand auf. Die Zeitungsseite in der Hand.
Ein noch unbekannter Toter. Die Beschreibung blieb vage.
Warum erfuhr er erst jetzt davon?
Nick blickte auf die Datumszeile. Neunter Mai.
Der Tag, an dem Nicholas Lichte geboren worden war.
Das hatte ihn doch sehr abgelenkt.

Nur so ein Gefühl, hatte Nick gesagt. Er fing an, Anni ähnlich zu werden. Doch sein alter Kumpel von der Kriminalpolizei hatte Verständnis für Nicks Gefühle. Ganz abgesehen davon, dass Pit Gernhardt hoffte, eine Antwort auf die Frage zu finden, wer dieser junge Mann aus dem Schilf war, der seit zehn Tagen in einer Kühlschublade lag.

Nicht das erste Mal, dass Pit und Nick in der Gerichtsmedizin des Universitätskrankenhauses standen und eine Schublade aufgezogen wurde. Im letzten Jahr waren es junge Frauen gewesen, alle mit einer seltsamen Tätowierung am Hals.

Der Anblick des jungen toten Mannes war nicht weniger quälend. Diese Vergeudung von Leben. Von Träumen und den Versuchen, sie zu verwirklichen. Von Liebe und Glück.

Der kleine Bob.

»Ist er es?«, fragte Pit.

Nick drehte sich zu ihm um. Erstaunt. Der kleine Bob. Hatte er das nicht laut gesagt? Hatte er nur die Lippen bewegt?

»Er ist es«, sagte Nick. Vor einem Jahr hatte er die Toten in der verdammten Kühlschublade nicht gekannt. Nun war es noch viel schrecklicher. Er war schuldig an diesem Tod. Die Gefahr nicht erkennend. Auf eine Geschichte lauernd.

Dem Jungen nicht in den Arm fallend. Ihn zurückhaltend.

Ihn vermutlich nicht einmal ernst nehmend.

Nick. Der Ältere. Der Klügere. Nick lachte.

Pit sah ihn an. Dann nickte er dem Mann im grünen Kittel zu.

Die Schublade schloss sich.

»Lach in meinem Büro weiter«, sagte Pit.

»Lieber an meinem Küchentisch. Da liegt auch Bobs Material.«

»Morgen Mittag marschiert ein Haufen Nazis durch die Innenstadt«, sagte Pit und sah auf seine Uhr, als müsse er darum die Zeit im Auge behalten. »Ist das der Sumpf deines kleinen Bob?«

Nick schüttelte den Kopf. »In Bobs Sumpf stehen ehrenwerte Herren bis zum Hals im Dreck«, sagte er.

Pit seufzte tief.

Er las die Namen und zog es vor, Denunziantentum zu vermuten. Was feierte nicht alles Auferstehung in diesen Zeiten. Die niedersten Instinkte.

Pit zweifelte nicht, dass es den braunen Sumpf gab. Dass er außerhalb von dumpfer Bierseligkeit vorhanden war.

Hatte es keinen Abgeordneten des Bundestages gegeben, der in seinen hessischen Niederungen Antisemitisches von sich gab und Beifall bekam, von Leuten, bei denen man nur staunen konnte, dass sie dazu klatschten?

Doch denen, die der kleine Bob da nannte, hatte er bislang Glauben geschenkt. Schenken können.

Einen von den vier Herren hatte er auf dem Kirchentag gehört. An die jungen Menschen appellierend. Ihnen Werte ans Herz legend. Was konnte schlecht daran sein?

Pit Gernhardt hielt sich für konservativ. Im guten Sinne konservativ. Vielleicht war er darum zur Kriminalpolizei gegangen. Das Bestehende bewahren.

Das hatte schon sein Großvater gewollt und war dafür nach Oranienburg gegangen. Ein kleiner Bürgermeister aus dem Holsteinischen, der immer noch der Deutschen Volkspartei angehörte, war im KZ Sachsenhausen sicher die Ausnahme. Er hatte seine Werte verteidigt. Er hatte nicht stillgehalten, sondern den Nazis gesagt, was er dachte.

Ein Stück glorreiche Familiengeschichte. Wer schätzte sich nicht glücklich, einen Großvater zu haben, der ein Gerechter gewesen war.

Nick war auch ein Gerechter. Was im ersten Jahrzehnt des dritten Jahrtausends sicher leichter war als im Dritten Reich.

Pit sah Nick an, der noch immer auf eine Antwort von ihm wartete. Vielleicht fühlte er sich darum hingezogen zu Nick, spielte ihm Informationen zu, die er Nick nicht geben durfte, weil er ihn an seinen Großvater erinnerte.

»Nun?«, fragte Nick.

»Ich kann das nicht glauben«, sagte Pit. »Da fehlen doch alle Beweise«, schob er nach.
»Dass der Junge tot in deiner Kühlschublade liegt, ist doch Beweis genug.«
»Dein kleiner Bob kann doch ganz andere Feinde gehabt haben. Weißt du, wie viele Geschichten er recherchierte? Vielleicht hat er sich auch unter Crackhändlern bewegt.«
Deine Kühlschublade. Dein kleiner Bob. Interessant, diese Zuordnung, die sie sich da gaben. Sie waren beide gereizt.
Pit merkte es. Vielleicht sollte er sich endlich mal hinsetzen, anstatt um Nicks Küchentisch zu tigern.
Er setzte sich und nahm einen Schluck von dem Veltliner, den Nick ihm hingestellt hatte.
»Ich weiß, dass es die einzige Geschichte war, an der Bob gearbeitet hat«, sagte Nick, »hauptsächlich hat er an seiner Examensarbeit geschrieben. Nietzsches Einfluss auf Hitler.«
»Du lieber Gott. Hab ich das nicht schon bei Augstein gelesen?«
»Klar«, sagte Nick, »stand schon alles im Spiegel.«
»Ein Philosoph also.«
»Student der Philosophie.«
»Der in die Fußstapfen eines Sensationsreporters tritt?«
»Bob wollte eine gute Welt«, sagte Nick. Warum sagte er das? Ihm war das vorher gar nicht bewusst gewesen. Gute Welt.
»Weißt du auch, wem ich die Nachricht von Bobs Tod überbringen darf?«
Nick schüttelte den Kopf. »Er kommt aus irgendeinem Nest im Holsteinischen«, sagte er, »keine Ahnung von wo.«
Lauter Gerechte aus Holstein. Pit nahm einen großen Schluck vom grünen Veltliner. »Vielleicht haben das ja meine lieben Kollegen schon herausgefunden«, sagte er und stand auf. »Kennst du keinen, der den kleinen Bob kannte?«

»Doch. Einen alten Kollegen, der ihn zu mir geschickt hat. Er ist längst auf dem Altenteil.«

»Name. Adresse«, sagte Pit müde. Er hatte eine Neigung, müde zu klingen, doch eigentlich eher am Ende eines Falls.

»Christlein«, sagte Nick. »Karl Christlein. Ich kann dir nur eine Telefonnummer geben.«

»Hoffentlich nicht im Holsteinischen.«

»Eine Hamburger Nummer.« Nick ging aus der Küche, um die eigenen Notizen zu holen.

Er überflog sie und fand die Nummer und las einen Satz, von dem er gar nicht erinnerte, ihn geschrieben zu haben.

Bob vor Merk warnen.

Hatte er das im Zustand großer Trunkenheit notiert? Warum hatte er den kleinen Bob vor Merk warnen wollen, der einer der Gönner der Stadt war?

Pit hielt einen kleinen Zettelblock in der Hand. Feuer und Flamme für Hamburg stand oben drauf. Die Bewerbung für die Olympiade war auch schon lange her. Doch bei Pit hielten sich solche Blocks, weil er Dutzende davon besaß, die seine Taschen ausbeulten. Nur Kugelschreiber hatte er nie.

Nick zog eine Schublade des alten Küchenschrankes auf, kramte nach einem Kuli und gab ihn Pit.

Dann las er die Telefonnummer vor. Christlein war mal sein Chefredakteur gewesen.

Pit war schon längst gegangen, da stand Nick noch immer in der Küche und betrachtete seinen Schrank, als sähe er ihn zum ersten Mal. Doch eigentlich dachte er an Merk.

Das Notariat konnte Merk kaum so viel Geld einbringen, wie er um sich warf. War das schon mal hinterfragt worden?

Nick hatte ihn schon öfter fotografiert. Im Pulk mit den anderen Fotografen stehend. Immer war es um eine Wohltat gegangen, die Merk beging. Doch ihm war noch ein anderes Foto im Gedächtnis. Nicht von Nick aufgenommen.

Merk in heiterer Begegnung mit Le Pen. Wie kam ein Hamburger Notar in die Nähe eines französischen Faschisten? Eine Ferienfreundschaft?

War es das gewesen, wovor er den kleinen Bob hatte warnen wollen? Nick konnte sich das kaum vorstellen.

Da musste noch etwas anderes sein.

Nicht nur ein alter Mann wie Le Pen, der im Europaparlament verschollen zu sein schien. Wann hatte man das letzte Mal von ihm gehört?

Hatte Merk sich hier in der Stadt je parteipolitisch engagiert? Nick erinnerte sich nicht. Der Herr Notar verstand sich mit vielen. Hatte auch vor den Schill-Leuten nicht Halt gemacht …

Vielleicht wusste Vera was. Früher war sie in den feinen Häusern ein und aus gegangen. Bevor sie sich ganz Jef gewidmet hatte und der Sangeskunst.

Auf dem Fries oben am Schrank war noch ein Fitzchen blauer Farbe. Er hatte das vorher nie bemerkt.

Nick hatte den Schrank in einer Scheune auf dem Hof von Leos Eltern gefunden und selbst abgebeizt. Leo hatte ihn ausgelacht. Sie stand nicht auf Trödel.

Leo. Wo war sie nur?

Nick, der Mann ohne Antworten.

Das Leben gelang ihm schon länger nicht mehr.

Vera las das Flugblatt, das ihr am Gänsemarkt in die Hand gedrückt wurde. Der ältere Mann, der nach einer langen Laufbahn als Antifaschist aussah, hatte einen Augenblick gezögert. Das Leinenkleid, das Vera da trug, hätte sicher einige Flugblattaktionen finanziert, das erkannte er, und er wiegte sich für jenen Augenblick in dem Gedanken, dass reiche Leute zwangsläufig reaktionär sein müssten und alle Aufklärung vergeblich.

»Wir werden die Nazis nicht ungestört durch Hamburgs Straßen marschieren lassen«, sagte er und klang trotzig.

»Natürlich nicht«, sagte Vera.

Sie sah auf den Gänsemarkt, auf dem der Verkehr zum Erliegen gekommen war. Demonstranten aus der linken Szene. Von den »Freien Nationalisten« war nichts zu sehen. Sie standen noch am Stephansplatz herum.

»Faschismus ist keine Meinung, sondern ein Verbrechen.«

»Ich stimme Ihnen völlig zu«, sagte Vera.

Am Taxistand ging gar nichts mehr. Sie würde die U-Bahn nehmen müssen. An dem grauen Leinenkleid zeichnete sich an der linken Brust ein nasser Fleck ab. Sie hatte sich zu weit weg getraut von zu Hause. Die Milch floss in Strömen.

Vera hielt das Flugblatt vor den Fleck. Eine Geste, die in großem Missverstehen gutgeheißen wurde.

»Vermutlich dachte er, dass ich es mir ans Herz drücke«, sagte sie eine halbe Stunde später zu Nick, den sie zu ihrer Überraschung in ihrer eigenen Küche vorfand, im großen Korbsessel sitzend und den Kleinen im Arm.

»Er hat schon zwei Flaschen Tee getrunken«, sagte Nick.

»Wo ist Anni?«

»Schnell noch was einkaufen. Er schlief, als sie ging.«

Vera knöpfte ihr Kleid auf.

»Ich würde dir gern etwas erzählen«, sagte Nick, »und es wäre mir lieber, wenn Anni nichts davon hört.«

»Die Sumpfgeschichte aus unserer Republik.«

»Leider doch mit einer Leiche.«

Vera nahm ihm das Kind ab und setzte sich. »Doch nicht die vom Schwanenwik«, sagte sie.

»Du weißt schon alles.«

»Nur, dass die Leiche eines Mannes an der Alster gefunden worden ist. Anni hat das auf einem ihrer Spaziergänge mit Nicholas erfahren und den Fundort besichtigt.«

Nick seufzte. »In was der Junge schon alles hineingezogen wird«, sagte er, »wer weiß, ob das gut ist.«

»Quatsch«, sagte Vera, »du wirst Anni immer ähnlicher in deiner Unkerei.«

Hatte er das nicht vor einigen Tagen selber gedacht?

Anni immer ähnlicher werden?

»Die Leiche war mein Informant«, sagte Nick.

»Da sind wir beide ja schon wieder mittendrin.«

»Wir beide?

»Darum erzählst du es mir doch«, sagte Vera.

»Ich will dich in nichts hineinziehen.«

»Natürlich willst du das.«

Nick guckte den Kleinen an, dessen Köpfchen gerade nach vorne gesunken war. Satt und schläfrig.

»Nur deinen Rat«, sagte er, »nichts, was gefährlich ist.«

»Das Gefährlichste im vergangenen Jahr war unser aller Privatleben.«

»Die Morde hatten nichts mit unserem Privatleben zu tun.«

»Doch«, sagte Vera, »Leo war Harlans Geliebte.«

Nick stand auf und ging zum Fenster. Es hatte zu regnen angefangen. Der Mai schleppte sich dahin.

Vera betrachtete Nicks Schultern, die er nach hinten drückte, wie er es immer tat, wenn er etwas abwehren wollte.

War das nach all dem, was ihnen geschehen war, eine zu schmerzliche Aussage für ihn? Leo. Harlans Geliebte.

»Erzähl mir deine Geschichte, bevor Anni kommt.«

»Anfang April kam ein junger Mann zu mir, der sich noch nicht entschieden hatte, ob er Philosoph sein wollte oder Enthüllungsjournalist.«

»Das eine schließt das andere aus?

»Irgendwie schon«, sagte Nick. Er drehte sich um. »Er nannte mir Namen von Leuten, die keine Unbekannten sind. Eher von der bedeutenden Sorte. Sie bereiten was vor.«

»Was?«, fragte Vera.
»Schweinereien.«
»Werde doch mal konkreter.«
»Sie wollen unser liebes Land nach rechts kippen. Richtig rechts. Keine kleine christdemokratische Variante.«
»Das geht nicht mehr so einfach«, sagte Vera.
»Hier und da ein terroristischer Angriff. Reichstagsbrände. Was glaubst du, wie schnell man da nach einer starken Hand greift. Guck es dir doch in Amerika an.«
»Die Deutschen sind klüger geworden.«
Nick seufzte. »Ich wünschte, das wäre wahr«, sagte er.
»Was wäre wahr?«, fragte Anni. Keiner hatte sie kommen hören. Auf leisen Kreppsohlen war sie mit zwei Netzen in der Hand in die Küche geschlichen.
»Ich sehe Erdbeeren«, sagte Nick, »und Spargel.«
»Lenk nicht ab«, sagte Anni.
»Dass Nick noch zum Optimisten wird«, sagte Vera. »Dürfen wir den Spargel dieses Jahr schon vor Pfingsten essen?«
»Das haben wir doch immer getan«, sagte Anni und klang gekränkt. »Nur, wenn du ihn schon im Januar haben willst, da habe ich kein Verständnis. Du sollst dich an den Dingen freuen, wenn ihre Zeit gekommen ist.«
Vera verzichtete darauf, zu sagen, dass des Spargels Zeit in Peru eine andere war als in der Lüneburger Heide. Ein längst ausdiskutiertes Thema zwischen Anni und ihr. Immerhin war es ihr gelungen, von dem Gespräch abzulenken, dessen letzten Satz Anni gehört hatte.
»Hat der Junge die ganze Zeit geschlafen?«
»Nein«, sagte Nick, »sonst läge er noch in seinem Bettchen. Ohne Not hätte ich ihn da nicht rausgeholt.«
Anni stellte die Netze ab. »Dann gib ihn mir mal«, sagte sie.
»Zieh dich doch erst mal aus«, sagte Vera. Noch nicht lange her, dass sie der Anblick von Anni im gechinzten Mantel mit

Leopardenmuster gerührt hatte, doch allmählich fing er an, schäbig auszusehen. Warum hing Anni nur so sehr an diesem Stück, das ihrer Erzfeindin Nelly gehört hatte?

»Die Spannung, die hier in der Luft liegt, da wird der Kleine noch wach von.«

»Keine Spannung«, sagte Vera, »du irrst dich.« Anni vermutete ohne Zweifel eine Konspiration, die alle nur wieder in Gefahr brächte. Sonst wäre sie kaum so gereizt.

»Wir haben nur ein wenig politisiert«, sagte Nick.

Anni machte eine wegwerfende Handbewegung, die Gustav Lichte immer die Nebbich-Geste genannt hatte. Dann nahm sie Vera den Jungen ab und ging aus der Küche.

»Sie ahnt was«, sagte Vera, »und sie hat Angst.«

»Ich ziehe dich in nichts hinein.«

»Lass mich das entscheiden.«

»Kannst du nicht mal wieder zum Essen zu mir kommen?«, fragte Nick. »Du kannst den Kleinen doch mitbringen.«

»Eine gute Idee«, sagte Vera, »selbst deine Küche wäre eine echte Abwechslung für mich.«

Anni kam herein und wedelte mit dem Flugblatt, das Vera auf das Säufersofa hatte fallen lassen.

»Ganz harmlos«, sagte Vera, »keine Gefahr für mich dabei. Ein paar Nazis, die in der Innenstadt herummarschierten, und das ist der Aufruf zur Gegendemonstration.«

»Erzähl mir nichts von harmlos«, sagte Anni, »mit Nazis kenne ich mich aus.«

Einen Augenblick lang hatte Pit geglaubt, dass das der Anfang einer Serie sei. Wie im vergangenen Jahr.

Der Eindruck vertiefte sich nicht. Nur eine weitere Leiche in Pit Gernhardts Leben. War das nicht sein selbst gewähltes Schicksal, auf Leichen zu gucken?

Der junge Mann, der in einem Hinterhof der Langen Reihe

getötet worden war, nicht weit von der Alster, hatte nur auf diesen ersten Blick etwas gemein mit dem Toten im Schilf.
Die Waffe wurde in einem Treppenhaus gefunden, kaum dass Pit angekommen war. Wenig später fanden sie den verzweifelten Täter, der an einem Fenster im vierten Stock stand, bereit, sich hinunterzustürzen.
Ein Eifersuchtsdrama.
Dilettantisches Gefuchtel mit einer Glock-Pistole, die als Souvenir in einer Prager Kneipe gekauft worden war.
Ein Schuss, der sich löste.
Wie schnell ein Mensch doch starb.
Im Falle des kleinen Bob fehlte die kleinste Spur von Waffe und Täter. Pit trat auf der Stelle, um sich nur nicht dem Sumpf zu nähern, der vor ihm aufgetan worden war.
Er hielt es für eine Wahnidee, dass ehrenwerte Herren die Fäden gezogen haben könnten beim Tod des kleinen Bob.
Dass sie Grund gehabt hätten, ihm den zu wünschen.
Einer der Herren hatte gerade eine Teestube für junge Prostituierte finanziert. Ein großes Thema in den regionalen Nachrichten. Pit hatte es vor zwei Stunden gesehen.
Als er vor dem Fernseher saß und an einen friedlichen Abend glaubte. Ein Fertiggericht toskanischer Art auf dem Teller. Wein im Glas.
Wäre er aufgeschlossener, wenn er nicht alleine da säße? Madame Maigret ihm ein sorgfältiger gekochtes Essen servierte? Die Sorgen abhörte?
Er hatte sehr jung eine Ehe versucht. Vor sechs Jahren war sie geschieden worden. Keine weiteren Versuche des Zusammenlebens. Wurde er zum Eigenbrötler?
Aufgeschlossen für was überhaupt?
Für Nicks Verschwörungstheorien?
Pit seufzte dankbar auf, als er sah, dass es seiner Kollegin gelungen war, den Mann vom Fenster wegzuquatschen.

Das arme Schwein schluchzte laut, als sie ihn abführten.
Treppe für Treppe hörten sie ihn. Er trat durch die Hoftür und drehte den Kopf, suchte nach dem Toten, doch die Leiche war schon auf dem Weg in die Gerichtsmedizin.
Pit sah zu, wie sie den Mann in den silberfarbenen Ford setzten, den seine Kollegin Silke Kollmorgen fuhr. Im vergangenen Jahr war er kurz davor gewesen, alles hinzuwerfen. Was hatte ihn gehalten?
Seine Phantasielosigkeit, was das eigene Leben anging?
Oder wollte er wieder nur das Bestehende bewahren?
Seine Kollegin winkte ihm kurz zu, ehe sie die Autotür zuzog.
Es war ihr Fall geworden. Er durfte für heute nach Hause gehen. Zu seinem Fertiggericht zurückkehren.
Pit sah auf seine alte Rolex. Noch nicht zu spät, um bei Nick reinzuschauen. Nick war der einzige allein lebende Mann, den er kannte, der nicht vor dem Kühlschrank stehend aß. Auch nicht aus dem Topf. Und schon gar kein Fertiggericht.

Ein Leben vor den Lichtes. Anni Kock konnte es sich kaum noch vorstellen, dass es das gegeben hatte.
Ihre Kindheit, von der hatte sie Vera erzählt. Vom Keller, in dem sie mit ihrer Mutter gesessen hatte, als die Bomben auf Barmbek fielen. Vom Vater, der nicht aus dem Krieg zurückkam, vier Tage vor Annis zehntem Geburtstag war er in Kurland gefallen.
Doch das hatten sie erst viel später erfahren.
Aber auch Schönes. Von Augusttagen und dem Schwimmen in der Elbe. Die Decke am Strand von Teufelsbrück ausgelegt und die Schüssel Kartoffelsalat draufgestellt, und alle hatten geglaubt, es sei so viel Kümmel im Salat, dabei waren es Gewitterwürmchen gewesen.
Anni kicherte. Sie drückte noch eine Knoblauchzehe in die Aioli und griff nach dem Rührstab. Wieso ließ sie sich hier

eigentlich auf die südfranzösische Küche ein? Sollte Nelly doch kommen und kochen. Die lebte seit Jahren in Nizza.
Lieber nicht, dachte Anni. Lieber nicht kommen.
Ihre Abneigung Nelly gegenüber war kaum kleiner geworden, auch nicht, nachdem Nelly noch einmal geheiratet hatte.
Keinen Gigolo, wie Anni anfangs vermutete, auch keinen italienischen Grafen. Nur den Lebensmittelhändler Edouard.
Klang durchaus vernünftig, diese Ehe einzugehen, Nelly brauchte einen Mann, der sie auf dem Boden hielt.
Ein flatterhaftes Geschöpf. Als Mutter eine Null.
Wo war sie im vergangenen Herbst gewesen, als Jef starb und Nelly mit weiten Armen hätte stehen müssen, um ihr einziges Kind darin tröstend aufzunehmen?
Gut, dass sie nicht da gewesen war, dachte Anni.
Nächstes Jahr würden es vierzig Jahre her sein, dass Gustav Lichte Anni das neugeborene Kind in die Arme gelegt hatte.
Wusste Vera nicht, wo Anni vorher in Stellung gewesen war?
Wer hätte es ihr erzählen sollen? Gustav?
Hatte sie denn noch eine deutliche Erinnerung an Hellmann?
Dr. Ludwig Hellmann. Landgerichtspräsident.
Dass er auch mal Feldrichter gewesen war, verstand Anni erst, als diese Frau vor der Tür gestanden hatte.
Hellmann auf einer Tagung und die Frau in Hellmanns Küche.
In die Anni sie hineinkomplementiert hatte, um ihr erst einmal einen starken Kaffee zu kochen. Sah doch so fertig aus, die Arme, als hätte sie einen ganz langen Anlauf genommen und sei noch außer Atem.
Ein langer Anlauf war das auch gewesen. Achtzehn Jahre lang. Bis sie den Mann gefunden hatte, der über ihren Sohn das Todesurteil gefällt hatte. Entfernung von der Truppe.
April 1945. In den letzten Kriegstagen. Da war Hitler schon dabei, seinen Abgang mit Eva Braun vorzubereiten.

Und Hellmann hatte ihren Jungen erschießen lassen. Wo sich doch sowieso schon alles auflöste.

Anni konnte sich noch gut erinnern, wie sie am Küchentisch saßen und in ihren Tassen rührten. An keinem Wort hatte sie gezweifelt. Waren doch Tatsachen, die da auf dem Tisch lagen, und Hellmann hatte es dann ja nicht mal abgestritten.

Was hatte noch dieser Kerl gesagt, der mal in Stuttgart regiert hatte? Auch so ein Nazi-Richter. Was damals Recht war, kann heute nicht Unrecht sein.

Genau das dachte Ludwig Hellmann auch.

Wenn Anni eines hasste, war es Selbstgerechtigkeit.

Und die Unfähigkeit zur Einsicht.

Kein Wort hatte er mit ihr darüber sprechen wollen, sie abgefertigt wie eine dumme Gans.

Kochen Sie Ihre Königsberger Klopse doch alleine, hatte sie gesagt. Kein wirklich guter Abgang. Aber sie war so erregt gewesen, ihr Kopf ganz leer, nur die Klopse noch drin.

Wenn Vera und der Kleine jetzt gleich kamen, konnte sie den Schellfisch in die Pfanne tun.

Gustav Lichte hatte ihn immer mit Senfsauce gegessen.

Die Aioli, das war Veras Idee.

Vielleicht sollte sie Vera von Hellmann erzählen. Irgendwie kam sie doch in das Alter, wo man gerne mal das eigene Leben ausbreitet.

Eigentlich hatte sie den ollen Landgerichtspräsidenten längst aus dem Kopf gehabt. Aber die Nazis waren ja immer noch ein Thema, und Nick war dauernd davon bewegt.

Zu den Verdrängern wollte Anni jedenfalls nicht gehören.

Zum Glück konnte ihr keiner was vorwerfen. Ein Jahr nach Hitlers Machtergreifung geboren. Da war nicht zu erwarten gewesen, dass sie gleich in den Widerstand ging.

Die Gnade der späten Geburt. Das hatte doch mal ein Kanzler gesagt. Gott, was ihr heute alles einfiel.

»Dass ihr endlich kommt«, rief Anni, als sie die Wohnungstür gehen und Nicholas brabbeln hörte. Dabei war der Fisch noch gar nicht in der Pfanne.

Christleins Stimme klang angestrengt. Nick kannte nur seinen saloppen Ton, der leicht in Sarkasmus fiel.

Der Ton des Chefredakteurs einer linken Tageszeitung.

»Lassen Sie uns das vergessen«, sagte Christlein, »Sie sind doch hoffentlich nicht mehr an dem Thema.«

Nick hatte gerade das Material des kleinen Bob auf dem Lindenholztisch ausgebreitet. Der Küchentisch als Stätte der Dokumentation. Was hatte nicht schon alles draufgelegen.

»Der Junge ist tot. Das ist schrecklich genug«, sagte Christlein.

»Darum werde ich auch dranbleiben.«

»Sie waren schon immer zu hartnäckig, Nick.«

War es denn nicht Christleins Credo gewesen, sich an einer Geschichte festzubeißen? Nick staunte.

»Sie wollen doch nicht auch noch als Leiche herumliegen.«

»Dann sind Sie überzeugt davon, dass die Mörder des Jungen in jener Szene zu suchen sind.«

Christlein schnaubte. »Je älter ich werde, desto weniger traue ich meinen Überzeugungen«, sagte er.

»Soll ich das Material in den Müll werfen und dann nur noch auf Bobs Beerdigung gehen?«

»Keine Beerdigung«, sagte Christlein, »eine Seebestattung.«

Was wusste der Alte noch alles?

»Wann?«

»Wollen Sie mit aufs Boot?« Da war er wieder, der Sarkasmus in Karl Christleins Ton. »Sie brauchen keine Angehörigen zu trösten, das tue ich schon.«

»So gut kannten Sie ihn?

»Ich habe eine Datscha in dem Nest, aus dem er kommt.«

Hatte der Junge das je erwähnt? Nick erinnerte sich nicht.

»Hören Sie, Nick. Ich habe keine Ahnung, was er Ihnen da alles kopiert und zusammengetragen hat. Ich empfehle nur dringend, die Finger davon zu lassen.«

»Sie haben ihn doch zu mir geschickt.«

»Ein verdammter Fehler«, sagte Christlein, »ich hätte dem Jungen die Sache ausreden sollen. Hab mich gelangweilt auf meinem Altenteil und eine Geschichte gewittert.«

»Jetzt ist es erst recht eine.«

»Um die sollen sich die Herren von der Kripo kümmern.«

Sollte er Christlein sagen, dass gestern Abend so ein Herr an Nicks Küchentisch gesessen hatte?

»Ich denke, Sie haben verstanden«, sagte Christlein. Er klang jetzt erschöpft. Wenn er nur nicht hinzufügte »Ich verlasse mich auf Sie«. Damit konnte man Nick kriegen, und der Alte hatte das sicher noch im Kopf.

»Ich sage nicht, ich verlasse mich auf Sie«, sagte Christlein, »aber ich appeliere an Ihre Vernunft. Ich will mir in meinem letzten Stück Leben nicht noch endlos Schuld aufladen.«

Nick seufzte. Das war fast noch feiner ausgedacht.

Keinen Kerl, dachte Anni. Konnte doch nicht sein, dass die leer stehende Wohnung nebenan wieder an einen einzelnen Kerl abgegeben wurde. Nach allem, was passiert war.

Anni zog die Hände aus der fetten Erde und schlich vom Balkon in das Klavierzimmer, um zu flüstern anzufangen.

»Unten steht der Hausverwalter.«

Vera hob den Kopf vom geschlossenen Klavierdeckel und guckte hoch. »Na und?«, fragte sie.

»Er steht da mit einem Kerl«, sagte Anni, »der will bestimmt die Wohnung von Perak.«

»Vielleicht ist es der Maurer, und sie sehen sich gemeinsam die Fassade an«, sagte Vera und stand auf.

Anni schüttelte den Kopf. »Guck doch mal«, sagte sie.

»Wie sieht denn das aus, wenn du und ich uns über die halb bepflanzten Blumenkästen beugen.«

»Bist doch sonst nicht so genant. Und was heißt denn überhaupt halb bepflanzt? Das geht nicht so schnell. Bornholmer brauchen eine sorgfältige Hand.«

Vera war schon auf den Balkon und an die Brüstung getreten.

»Tu doch einfach so, als betrachtest du die Blumen, wie sie wohl von unten wirken.«

»Wenn ich mich noch weiter vorbeuge, kann ich bald die Radieschen von unten betrachten.« Vera hatte es kaum ausgesprochen, da hielt Anni sie schon umklammert.

»Unser neuer Nachbar muss einen netten Eindruck von uns bekommen. Vielleicht hält er das hier für betreutes Wohnen.«

»Dann glaubst du also auch, dass er einzieht?«

»Könnte sein«, sagte Vera, »er sieht aus wie ein gut genährter Notar. Der kann sich das leisten.«

»Hat er keine Familie?«

»Woher soll ich das denn wissen.«

»Acht Zimmer«, sagte Anni vorwurfsvoll, »und alleine da drin.«

»Traf doch auf mich auch lange genug zu, weil du dich weigerst, hier einzuziehen.«

»Bin doch sowieso fast immer hier«, sagte Anni.

»Eben«, sagte Vera.

Ein ewiges Thema zwischen ihnen, dass Anni an ihrer kleinen Wohnung um die Ecke festhielt.

Der gut genährte Notar guckte hoch und nickte und lächelte.

»Vielleicht hält er uns für Mutter und Tochter«, sagte Anni und hätte fast gewunken.

»Sind wir das nicht?«

Anni senkte den Blick, um ihn dann gleich auf die Flecken an Veras Bluse zu heften.
»Verakind, du bist ja ganz voller Erde.«
»Woher wohl«, sagte Verakind.
»Gott, meine Hände. Komm, zieh dich gleich mal aus.«
»Glaubst du, denen unten könnte das gefallen?«
»Gut, dass du deinen Humor noch hast«, sagte Anni. Sie sagte es viel zu oft in letzter Zeit. Wie Vera da eben vor dem Klavier gesessen hatte, den Kopf auf den Deckel gelegt. Traurig hatte das ausgesehen.
»Wenn ich eines weiß«, sagte Anni, »dann ist es, dass Jef dich glücklich sehen will.«
Vera war schon ins Zimmer gegangen und knöpfte die Bluse auf, deren weißes Waffelpikee ziemlich viel von der fetten schwarzen Erde abbekommen hatte.
»Das sagt man zu allen Witwen und Waisen«, sagte sie.
»Stimmt aber«, sagte Anni und beugte sich vor, lauschte in die Wohnung hinein. War da nicht ein kleiner Schrei gewesen?
»Euer Sohn ist wach geworden«, sagte sie und war glücklich, dass ihr das »Euer« ganz selbstverständlich über die Lippen gekommen war. Was hatte Vera kurz nach der Geburt des Kindes gesagt? Jef gehört dazu.
Und der Knirps dahinten sah seinem Vater von Tag zu Tag ähnlicher. Nur Gustav Lichtes große Nase, die hatte Gustavs Enkel unbedingt haben wollen.
Als sie gingen, den Kleinen zu holen, da hörten sie drüben die Wohnungstür ins Schloss fallen. Vera und Anni sahen sich an und dachten beide an Perak und an das Schreckliche, das er ihnen angetan hatte.
»Klingt viel lieblicher als bei Perak«, sagte Vera.
Gut, dass du deinen Humor noch hast, wollte Anni sagen. Doch es gelang ihr, sich zurückzuhalten.

Pit hatte eine Notiz angelegt. Handschriftlich. Er glaubte längst nicht mehr daran, dass in seinem Computer etwas geheim bleiben konnte. Er notierte auch die Namen der vier Herren, die Nick für die Zampanos hielt, und war verlegen dabei, als schauten sie ihm über die Schulter.

Das Blatt steckte er in ein Kuvert und legte es in eine Schublade seines Schreibtisches. Darauf einen Katalog für Tauchurlaube. Schon ewig her, dass er getaucht hatte.

Die Aussage des Karl Christlein dagegen konnte er ganz gelassen in die Datei eingeben. Kein Geheimnis darin.

Der alte Herr hatte kryptische Sätze gebildet, die darauf schließen ließen, dass auch ein Journalist die Kunst der Verschleierung verstand. Schließlich hatte er jahrelang lernen können an all den politischen Verlautbarungen, die ihm auf den Tisch gekommen waren.

Die Recherchen des Robert Barwig, den Nick den kleinen Bob nannte, schienen laut Christlein um den normalen braunen Sumpf gegangen zu sein und waren wohl längst nicht so spektakulär, wie Nick es glaubte.

Andererseits war Nick keiner, der sich wichtig tat.

Einen großen Bob gab es jedenfalls nicht in dem Nest, aus dem Barwig stammte. Sein Vater hatte Hans geheißen.

Die einzige noch lebende Angehörige war eine ältere Schwester, die die Nachricht äußerst gefasst aufnahm und kaum auf etwas anderes konzentriert war, als auf die zu korrigierenden Schulhefte, die vor ihr lagen.

Erleichternd für den Boten der schlechten Nachricht, wenn die Angehörigen nicht zusammenbrachen, doch Pit nahm das der Dame beinah übel im Gedenken an den Toten in der Kühlschublade.

Pit schloss die Datei und schaltete den Computer aus.

Könnte alles viel leichter zu den Akten kommen, wenn Nick und seine Gespinste nicht wären.

Raub mit Todesfolge zum Beispiel. Barwig hatte nichts bei sich gehabt, als er im Schilf gefunden wurde.
Keine Dokumente. Kein Geld.
Allerdings war der Junge nicht ohnmächtig in die Alster gefallen und dann ertrunken. Er hatte ein Loch im Kopf gehabt, das ein Könner da hineingebracht hatte.
Er griff nach dem Telefon und gab Nicks Nummer ein.
Eine ausgedehnte Mittagspause war das, was er brauchte. Die Kantine konnte er nicht ertragen. Von allen Seiten angequatscht und nach dem Ermittlungsstand gefragt.
Nick hatte schon begeisterter geklungen.
Dass er gerade kochte, war doch nur gut.
Da brauchte er den Herd nicht eigens anzuheizen.
Pit war schon zur Tür hinaus, als er nochmal kehrtmachte und zu seinem Schreibtisch zurückging.
Er suchte nach einem Zettel, auf dem Löwenbräu stand.
Den Block hatte er gerade angefangen gehabt, als er bei Barwigs Schwester gewesen war. Und ein Wort darauf notiert, das mit Christlein zu tun hatte.
Pit fand den Zettel unter dem Kantinenplan für diese Woche.
Danaergeschenk, hatte die Frau Studienrätin Barwig gesagt.
Vielleicht konnte Nick was damit anfangen.

»Na, wie ist der Stand der Ermittlungen?«, fragte Nick, kaum dass Pit in die Küche trat. Pit seufzte. Wenigstens war das Essen besser als in der Kantine. Es roch köstlich.
»Osso buco«, sagte Nick, »für zwei Personen. Du bist leider nicht die Zweite.«
»Wer ist es?«, fragte Pit in einem Ton, als ginge Nick fremd.
»Vera kommt heute Abend.«
»Okay«, sagte Pit. Vera gönnte er das Osso buco.
»Ich kann dir Polenta kochen und was vom Fond drübergeben, und vom geschmorten Fenchel kannst du auch haben.«

Nick war doch eine gute Mutter. »Also?«, fragte er.

»Von allem«, sagte Pit.

»Die Ermittlungen«, sagte Nick.

»Dass ich bei der großen Schwester des kleinen Bob war, weißt du schon.«

»Das hast du mir vorgestern erzählt. Beim Essen.«

»Da war ich wohl so hin und weg, dass ich was zu erzählen vergessen habe.«

Pit griff in die Brusttasche seines Hemdes und holte den Zettel heraus. »Danaergeschenk«, sagte er.

»Schon wieder die Griechen«, sagte Nick. Er setzte einen Stieltopf mit Wasser auf und maß die Polenta ab.

»Wieso schon wieder?«

»Wahrscheinlich denke ich zu oft an Sisyphus.«

»Veras wegen?«

Nick warf ihm einen vorwurfsvollen Blick zu. »Was ist nun mit dem Danaergeschenk?«, fragte er.

»Die Frau Studienrätin sagte, dass Christlein ins Dorf gekommen sei, könne sie nur als Danaergeschenk sehen.«

»Christlein als Trojanisches Pferd«, sagte Nick, »was soll er denn eingeschleppt haben?«

»Keine Ahnung«, sagte Pit. Er klang verlegen. »Ich knabberte noch an dem Danaergeschenk herum. Als sie das sagte, hatte ich gerade leider nicht im Kopf, um was es da ging.«

»Du hast nicht nachgefragt, was sie damit meint?«

»Nein. Ich habe es notiert, um meinen klugen Kumpel Nick danach zu fragen. Du bist es, der Christlein kennt.«

»Vielleicht ist es ganz einfach. Christlein hat ihren Bruder in seinem Tun bestärkt, und nun ist der Junge tot. Also hat er Unheil in ihr Leben gebracht.«

»Ich fürchte, der Tod ihres Bruders berührt sie nicht.«

»Vielleicht ist sie eine Verschlossene.«

»Das ist sie sicher.«

»In ihren Gefühlen«, sagte Nick. Er griff nach einem Löffel und nahm den Teller, den er auf einer anderen Platte warm hielt.

»Irgendwie bist du perfekt«, sagte Pit.

Nick gab einen Berg Polenta auf den Teller. »Willst du eine Vertiefung?«, fragte er.

»Vertiefung?«

»Für den Fond.«

»Wenn dann mehr reingeht.«

»Das ist die Idee dahinter«, sagte Nick.

»Frau Studienrätin Barwig kam mir nicht gefühlvoll vor.«

»Ist sie viel älter als Bob?«

»Vierzehn Jahre«, sagte Pit. Er zog sich mit Polenta und Vertiefung an den Küchentisch zurück. »Sie lebt noch in ihrem Elternhaus. Allein, scheint es. Große Villa mit holzgeschnitzten Balkons. Sieht aus, als ob das Haus im Schwarzwald stünde und nicht an der Nordsee.«

»Der kleine Bob hat mir davon erzählt«, sagte Nick. Er nahm sich auch einen Teller.

»Warum nennst du ihn eigentlich den kleinen Bob?«

»Er hat sich selbst so genannt, als er sich vorstellte. Nannte seinen Namen und lächelte ironisch, um dann noch zu sagen: »Ich bin der kleine Bob.«

»Wo wir schon eben beim Nachfragen waren«, sagte Pit.

»Hab ich. Er ist nicht darauf eingegangen.«

»Hattest du nicht was von geschmortem Fenchel gesagt?«

»Bin wohl doch nicht perfekt. Ich hab ihn vergessen.« Nick ging zum Herd, um eine weitere Platte anzuschalten. »Wird nur aufgewärmt«, sagte er, »dauert nicht lange.«

»Was hat dir der kleine Bob von dem Haus erzählt?«

»Dass es nicht in die Landschaft passt. Sein Großvater hat es gebaut. Hat viel Geld an den Nazis verdient. Grundstücke für Ferienheime waren es wohl. Kraft durch Freude.«

»Hat er dir viel erzählt?«

»Nein«, sagte Nick. »Nur das. Ich denke, er wollte mich wissen lassen, dass sein Großvater ein Nazi gewesen war. Was ja nicht so selten vorkam in jenen Jahren.«

»Gab auch andere. Meiner hat im KZ gesessen.«

»Ein Hoch auf deinen Großvater«, sagte Nick, der die Geschichte kannte. Er stellte zwei Schnapsgläser auf den Tisch und füllte sie mit Grappa.

»Trinkst du das immer zum Essen?«

»Den Wein brauche ich für heute Abend.«

»Wovon lebst du eigentlich?«

»Von der Hand in den Mund ist geprahlt.«

»Darf ich dir was leihen?«

Nick schüttelte den Kopf.

»Vergiss die Idee, dass honorige Herren dieses Landes eine Revolution von Rechts vorbereiten.«

»Arbeite lieber was Anständiges, willst du sagen.«

»Will ich nicht«, sagte Pit.

»Es geht mir jetzt auch um den kleinen Bob.«

»Wollen wir gemeinsam zu Frau Barwig fahren und sie nach Troja fragen?«

»Würdest du das tun?«

»Ich stelle dich einfach als meinen Kollegen vor.«

»Der nebenbei ein bisschen fotografiert.«

Pit stöhnte auf. »Du denkst doch wieder an eine große Geschichte«, sagte er.

Nick stand auf, um den Fenchel vom Herd zu holen.

»Ich denke an den kleinen Bob, der tot ist. An Vera, die um ihren Liebsten trauert. An Leo, die sich in Luft aufgelöst hat. Daran denke ich.« Nick drehte sich um und sah zu Pit, der an seinem Grappa kaute, als sei der eingedickt.

»Ich denke, dass man nicht jede Scheiße in diesem Leben einfach wegspülen kann«, sagte Nick.

»Immer weiter drin rumrühren?«

»Legst du das Ganze im Geiste schon zu den Akten?«

Pit schaffte es, gekränkt auszusehen. »Ich glaube nicht an deine Naziverschwörung«, sagte er, »schon gar nicht, dass die genannten Herren damit zu tun haben. Aber ich fahre mit dir ins Haus Barwig, um in der Scheiße zu rühren.«

»Du bist ein echter Freund«, sagte Nick und war kurz davor, ihm das zweite Stück Osso buco anzubieten. Doch dann würde Vera ihres nicht essen wollen und kaum glauben, dass Nick vorübergehend vegetarisch lebte.

»Danaergeschenk«, sagte Pit. »Vielleicht bedeutet das gar nichts. Vermutlich ist sie Humanistin. Die spicken ihre Sätze doch dauernd damit.«

»Seine Schwester hat der Junge nie erwähnt«, sagte Nick, »nur das Haus.«

Pit stand auf. »Ich werde uns mal anmelden bei der Frau Studienrätin Barwig«, sagte er. Zeit, sich wieder im Büro blicken zu lassen. Sonst dachten die lieben Kollegen, seine Stelle sei vakant geworden.

»Wenn ich wieder bei Kasse bin, kriegst du dein Osso buco.«

»Ich schlage was anderes vor. Ich kaufe. Du kochst.«

»Viel besser als umgekehrt«, sagte Nick.

Warum dachte er an Merk, als Vera von dem gut genährten Notar sprach, der wohl neben ihr einziehen würde?

In dieser Stadt wimmelte es von Notaren, die Kaufleute zogen sie an wie das Licht die Motten, und viele von ihnen wirkten gut genährt, wenn auch von Golf oder Tennis gelüftet und gestrafft. Hamburger Wohlhabenheit.

Vera hatte eine Neigung, Menschen ein erstes kleines Etikett aufzukleben, sie ließ es nicht lange dort, war gern bereit, ihre Meinung zu korrigieren. Doch ihre Charakterisierungen klangen manchmal wie eine Besetzung für einen Schwank von Arnold und Bach. Gut genährter Notar.

Das traf auf Merk sicher zu, vielleicht spielte er Golf oder Tennis, ihm sah man den Sport nicht an.

Das Schicksal würde nicht zulassen, dass schon wieder ein Ekelpaket neben Vera einzöge. Dessen war Nick sich sicher. Bei allem Pessimismus, der ihm zu Eigen war. Vielleicht wollte ihm die innere Stimme nur sagen, dass er sich doch mal mit Merk beschäftigen sollte.

»Vielleicht hat er auch eine Schlachterei«, sagte Vera, »er sieht so rosig aus.«

Nick hob den Deckel des Topfes und war doch froh, beide Scheiben des Osso buco darin zu sehen. »Eine gut gehende«, sagte er, »sonst könnte er sich kaum acht Zimmer in einem Jugendstilhaus leisten.«

»Er könnte geerbt haben. Ich habe auch geerbt.«

Nick nahm einen kleinen Löffel, um den Fond zu probieren, von dem er längst wusste, wie gut gelungen er war.

»Frag ihn doch einfach«, sagte er zwischen zwei Löffeln.

»Sind Sie Notar oder Schlachter?«

»Natürlich nicht so«, sagte Nick, »seit du stillst, bist du doch deutlich langsamer im Denken.«

Vera drehte sich zu Nicholas, der in seinem Kindersitz lag und das Gespräch zu verfolgen schien. »Gib mir deinen Schnuller, Schätzchen«, sagte sie, »Onkel Nick ernährt dich jetzt mal.« Sie nahm den Schnuller und tauchte ihn in Nicks dunklen Saucenfond. Der Kleine schnappte ihn ihr aus der Hand und nuckelte sich fest.

»Vielleicht schläft er ja mal durch nach dem guten Essen. Du glaubst gar nicht, wie schnell ich denke, wenn ich mal wieder eine Nacht geschlafen habe.«

»Es war ein Scherz«, sagte Nick.

»Ich weiß«, sagte Vera. Lustlos war sie. Abgespannt.

Sie hatte den Kleinen und liebte ihn. Anni flatterte um sie herum wie eine komplette himmlische Heerschar.

Doch Jef fehlte ihr und auch das außerhäusige Leben.
Ihr gefühltes Alter war hundert und nächstes Jahr würde sie vierzig. Was sollte Nicholas zu so einer langweiligen Mutter sagen, sobald er sprechen konnte.
»Ich vertrockne«, sagte Vera.
»Du dürstest nach Abenteuern«, sagte Nick.
Vera gab ihm einen langen Blick. »Du sprichst von deinen Nazis«, sagte sie, »aber ich habe nicht die geringste Absicht, mich noch einmal über schreckliche Bilder zu beugen, die auf deinem Küchentisch liegen und von dir noch schrecklichere Informationen darüber geliefert zu bekommen.«
Sie setzte sich an den Küchentisch, der geradezu festlich gedeckt war, und faltete die Serviette auseinander und hatte keine Ahnung, was sie so aufbrachte.
»Schieb es auf die Hormone«, sagte sie.
»Ach was«, sagte Nick, der gerade die Teller füllte. Er sah sich nach dem Kleinen um, der den Schnuller ausgespuckt hatte und anfing, kleine flehende Laute auszustoßen. Nick nahm den Schnuller und tunkte ihn nochmal in die Sauce und gab ihn an Nicholas weiter. Er hatte richtig getippt.
»Es gibt keine schrecklichen Bilder«, sagte er, »und es wird auch kaum welche geben. Keine schrecklicheren, als du und Leo sie in eurem Klatschblatt über die Bayreuther Festspiele veröffentlicht habt. Elegante Damen. Ehrwürdige Herren.«
Nick betrachtete das Arrangement auf den Tellern und stellte sie auf den Tisch. »Sieht sehr gut aus«, sagte Vera, »und was könnte ich bei dem Abenteuer tun?«
»Da wir eben schon bei Notaren waren, kennst du Dr. Merk?«
»Den Mäzen? Ich war mal auf der gleichen Veranstaltung wie er. Ein gesetztes Essen. Merk saß mir gegenüber.«
Nick setzte sich und hob das Glas mit dem Merlot. »Auf Vera, die überall hinkommt«, sagte er.

»Was hat Merk mit Abenteuer zu tun?«

»Er hängt in dieser Chose drin. Ich weiß nur noch nicht, wie.«

Vera nahm einen großen Schluck von dem Wein und blickte zu dem Kleinen hin, der eingeschlafen war.

»Merk ist ein konservativer Knochen«, sagte sie, »und ich glaube, er kann Frauen nicht leiden.«

»Ist er schwul?«

Vera schnaubte. »Die Schwulen, die ich kenne, können Frauen ganz außerordentlich gut leiden«, sagte sie.

»Wie findest du den Fenchel?«

»Köstlich«, sagte Vera versöhnlich. Sie war heute zu ungehalten mit Nick. Das hatte er nicht verdient.

»Ich habe ihn karamellisiert«, sagte Nick, als hätte er nie das Thema Merk angefangen.

Vera nickte kauend. »Irgendwie trifft das auf Merk zu«, sagte sie mit noch vollem Mund. »Karamellisiert.«

Nicks Miene zeigte deutlich Verblüffung.

»Zucker«, sagte Vera, »süß bis zur Klebrigkeit. Aber im Grunde nur ein karamellisierter Misanthrop.«

»Der dabei ein Wohltäter ist?«

»Er pflegt keine Leprakranken, er wirft nur mit Kohle um sich.«

»Woher hat er die?«, fragte Nick.

»Du kannst eine gut gehende Schlachterei haben oder ein gut gehendes Notariat.«

»Nicht so gut gehend, dass du davon jedes Jahr irgendeinen Seitenflügel finanzierst.«

»Was lässt Merk denn verdächtig sein?«

Nick ließ die Gabel sinken, auf die er gerade ein Stück von der Kalbshaxe gespießt hatte. »Ich weiß, dass dich Annis und meine Gefühle nicht so sehr interessieren«, sagte er.

»Im Gegenteil«, sagte Vera, »eure Gefühle nehmen Einfluss auf mein Leben wie ein Voodoozauber.«

Nun hatte sie es doch noch geschafft, Nick zu kränken.
»Du hast also ein komisches Gefühl bei Merk?«
»Und ein Foto von ihm und Le Pen im Gedächtnis.«
»Gott«, sagte Vera, »wer hat sich nicht alles mit Haider fotografieren lassen. Mit Berlusconi. Oder dem Chef von der Bongo Bar. An dessen Promiwand hing Merk auch.«
»Und einen Satz, den ich im April notiert habe, nachdem der kleine Bob bei mir gewesen war: Bob vor Merk warnen.«
»Vor was warnen?«
»Ich weiß es nicht mehr«, sagte Nick.
Vera stellte das Glas hin, das sie gerade gegriffen hatte.
»Nun mache ich mir tatsächlich Sorgen«, sagte sie, »was ist das? Eine Vorstufe von Alzheimer?«
»Scherze nicht«, sagte Nick. Ihm fiel seine Reportage über die demenzkranken Alten ein.
»Wie kann ich dir helfen?«
»Nimm dein gesellschaftliches Leben wieder auf. Wie du es geführt hast, bevor du Jef begegnet bist.«
»Du liebe Güte«, sagte Vera, »mit Milchflecken auf der Abendrobe? Oder Nicholas im Körbchen neben mir?«
»Keine durchfeierten Nächte. Zwei, drei Stunden genügen. Er ist ja jetzt auch schon eine Weile nicht gestillt worden.«
»Und was soll ich in Erfahrung bringen? Wer heimlich in der National-Zeitung schreibt?«
»Ich zeige dir nachher, was der kleine Bob hinterlassen hat. Du findest da Namen von Leuten, denen du seit Jahren auf irgendwelchen Events begegnest.«
»Ich werfe mich an sie ran, gaukele ihnen vor, Sympathisantin zu sein, und dann weihen sie mich in ihre Pläne ein?«
Nick seufzte. »Ich weiß, dass es nur ein ganz kleines Eisen im Feuer ist. Aber ich würde es gern versuchen.«
»Hast du noch andere Eisen?«
»Christlein«, sagte Nick, »mein früherer Chefredakteur, der

den kleinen Bob zu mir geschickt hat. Er besitzt ein Haus in dem Dorf, aus dem der Junge stammt. Bobs Schwester, die noch da lebt und sich in Andeutungen ergeht.«

»Na fein«, sagte Vera.

»Wirst du mir helfen?«

»Nur, weil ich dringend vor die Tür muss. Wäre wohl nicht so gut, wenn du bei diesen Festlichkeiten mein Walker wärst?«

»Wäre gar nicht gut. Ich bin viel zu schlecht gekleidet und außerdem als linksradikal verschrien.«

»Gefällt mir nicht, alleine loszulaufen.«

»Das hast du doch früher auch getan.«

»Früher war anders.«

»Du hast eher an Stärke gewonnen.«

»Nein«, sagte Vera, »der Einbruch von Gewalt in meinem Leben hat mich ängstlicher gemacht, und die Liebe zu meinem Kind macht mich verwundbar.«

»Darf ich dich umarmen?«

»Am liebsten würde ich Nicholas in Drachenblut tauchen.«

»Darf ich?«

»Du hast mich hundertmal umarmt, ohne zu fragen.«

Nick legte das Besteck hin und stand auf.

»Ich bin und bleibe der gute Freund, nicht wahr?«

»Der beste«, sagte Vera.

Nick beugte sich vor, gab ihr einen Kuss auf die Wange, setzte sich wieder und schenkte Wein ein.

»Was war das jetzt?«, fragte Vera.

»Verwundbarkeit durch Liebe.«

Vera sah ihn besorgt an.

»Wenn ich die Haare schneiden ließe und einen Anzug trüge, könnte ich dich vielleicht doch begleiten.«

»Wenn du dann nicht linksradikal um dich blickst.«

»Pit kann mir den Anzug leihen. Einen guten hat er bestimmt.«

»Lass mich einen kaufen.«

Nick schüttelte den Kopf.

Doch Vera war viel zu dankbar, auf die praktischen Probleme des Alltags gekommen zu sein. Sie würde die Anzugsfrage ohne den künftigen Träger lösen.

Nick hatte vor seinem Kleiderschrank gestanden, der nur zweitürig war und auch nicht zu voll. Die Lederjacke hing da, die lange nicht getragen worden war. Aus der ersten Zeit des Sturm und Drangs als Fotoreporter.

Der kleine Bob hatte eine ganz ähnliche getragen. Jeans und Lederjacke. Der Junge hatte so viel darum gegeben, lässig zu sein, und doch angestrengt gewirkt.

Nick zog die Lederjacke an und entschied, zu Christlein zu gehen, ohne sich vorher anzumelden. Karl Christlein konnte wie ein Politiker sein, glatt und hülsig, wenn er gewarnt war.

Die Wohnung am Hohenzollernring war herrschaftlich.

Zu herrschaftlich für einen Mann, dessen Idee es gewesen war, dass der Chefredakteur nicht mehr verdienen sollte als seine Redakteure. Herrschaftlich und verschlampt.

Frau Christlein gab es schon seit Jahren nicht mehr. Es war schwer, mit einem Idealisten zu leben.

Christlein bot einen Tee an, aber Nick hatte das Gefühl, dass er Whisky sagen wollte. Es war elf Uhr am Vormittag.

Karl Christlein tat, was er immer in solchen Situationen tat, er stellte die erste Frage. »Sie haben im Plural gesprochen, Nick, warum?« Nick hatte keine Ahnung, wovon er sprach.

»Soll ich es Ihnen wiederholen? Ihr Originalton lautete, ›dann sind Sie davon überzeugt, dass die Mörder des Jungen in jener Szene zu suchen sind‹.«

»Kein Einzeltäter«, sagte Nick, »ich stelle mir eine Organisation dahinter vor.«

»Vergessen Sie es«, sagte Christlein, »in diesem Land neigt man zu Verschwörungstheorien. Befreien Sie sich davon.«

»Ich erkenne Sie kaum«, sagte Nick.

Christlein guckte in die Tasse Tee, die noch voll war.

»Wollen Sie einen Whisky?«, fragte er. »Oder gehören Sie zu den Leuten, die den Sonnenuntergang abwarten?«

Nick schüttelte den Kopf.

»Wie alt sind Sie, Nick?«

»Einundvierzig.« Nick sagte es zögerlich, als sei das eine Information, die ihm das Genick brechen konnte.

»Bob war sechsundzwanzig.«

Das wusste Nick.

»Warum sind Sie zu mir gekommen?«

»Bobs Schwester. Die Studienrätin Barwig«, sagte Nick. Verstümmelte Sätze, die er sprach. Noch nie hatte ihn Christlein derart verunsichert.

Karl Christlein nahm die Flasche Johnny Walker, die auf seinem Schreibtisch stand, und sah sich nach Gläsern um. Auf einem altertümlichen Barwagen sah er welche stehen, die ihm sauber genug zu sein schienen.

»Frau Barwig bezeichnete Sie als Danaergeschenk. Sie seien ein Danaergeschenk für das Dorf gewesen.«

»In rührender Offenheit«, sagte Christlein.

Nick sah ihn verständnislos an.

»Eines Ihrer Probleme ist, dass Sie zu offen sind, Nick. Zu gradlinig. Geben immer gleich alles preis. Darum sind Sie nicht erfolgreich.«

»Vielleicht vertraue ich Ihnen«, sagte Nick, »denke, dass es nicht nötig ist, Ihnen alles vorsichtig einzulöffeln.«

»Sie können doch gar nicht wissen, wie ich zu der Dame Barwig stehe.« Christlein hob das Glas, in dem wenigstens drei Whiskys waren.

Nick beschloss, nur zu nippen, um sich nicht gänzlich zum

Narren zu machen. Er erinnerte sich, dass Christlein am Telefon davon gesprochen hatte, dass er es übernähme, die Angehörigen zu trösten. Vielleicht stand ihm die Dame nahe.
»Ich habe keine besonderen Sympathien für Elisabeth Barwig«, sagte Christlein, »mir lag nur an dem Jungen.«
»Dann muss sein Tod schrecklich für Sie sein.«
Karl Christlein nahm einen Schluck und schwieg.
»Woher hatte Bob die Namen der vier Herren? Das sind doch nicht die Kreise, in denen ein Student verkehrt.«
Christlein blickte auf. »Habe ich Sie nicht beschworen, die Finger davon zu lassen? Ich habe das Ganze unterschätzt, sonst hätte ich den Jungen nicht losgeschickt.«
»Zu mir?«
»Auch zu Ihnen.«
»Dann haben Sie ihm diese Informationen gegeben?«
»Schluss«, sagte Christlein. Er stand auf. »Ich werde Ihnen nichts weiter dazu sagen.«
Nick erhob sich ebenfalls. »Ihnen kann doch nur daran liegen, dass Bobs Mörder gefasst wird.«
»Aber nicht von Ihnen, Nick.«
»Wissen Sie, warum er der kleine Bob genannt wurde?«
»Bis zum letzten Augenblick eine Frage auf den Lippen«, sagte Christlein, der schon die Tür zum Flur geöffnet hatte.
»Weil sein Großvater der große Bob gewesen ist«, sagte er und klang ungeduldig. Ungeduldig mit Nick.

Da verlasse ich mich auf dein Augenmaß, hatte Vera gesagt. Das Kind hatte doch einen Knall. Da konnte Anni sich noch so konzentrieren und Nick vor ihr geistiges Auge holen, seine Anzuggröße wusste sie deswegen noch lange nicht.
Ob das Nick überhaupt gefallen würde, daran zweifelte sie, Anzüge kaufen und ihn damit überraschen. Wo Nick doch ohnehin darunter litt, dass ihm das Geld fehlte, um Vera zu

verwöhnen. Nicht, dass Vera was entbehrt hätte, kaufte sich doch alles. War gerade in der Stadt, um die Läden im Neuen Wall aufzusuchen. Das konnte wieder was kosten. Gab ja nur noch teure Ware in der guten alten Einkaufsstraße.

Im Hause Lichte war nie gespart worden. Bei Gustav nicht und bei Nelly schon gar nicht. Vera hatte das wohl in den Genen drin. Vom Apfelbaum fiel eben keine Birne.

Anni nahm ein Jackett aus dem großen alten Schrank, den Gustav mal von einem Obstbauern im Alten Land gekauft hatte. Kirschholz. Nicht Birne.

Da ging eine Menge hinein in den Schrank. Hingen auch noch Hemden und ein Anzug von Jef darin. Würde Vera aber nicht gefallen, den Nick zu geben, und Nick noch viel weniger.

Was für Gedanken der Mensch hatte, wenn er aufbügelte und Knöpfe annähte, dachte Anni. Lief einem das halbe Leben vorbei. Ihr fiel ohnehin in letzter Zeit vieles ein, was sie lange vergessen hatte. Hoffentlich war das kein schlechtes Zeichen. Nicht, dass ihr Ende schon nahte. Den Kleinen wollte sie doch noch mit großziehen. Im nächsten Jahr wurde sie siebzig. Wenn das Gustav wüsste, dass die Anni eine alte Frau geworden war. Kerle hatte sie vor Gustav Lichte gehabt. Danach nie mehr. Ob Vera wohl ahnte, wie sehr sie Veras Vater geliebt hatte? War ja immer nur Neckerei gewesen zwischen Gustav und ihr, und menschlich hatten sie sich wirklich geschätzt.

Knöpfe waren alle dran. Konnte aber nicht schaden, das Jackett in die junge Juniluft zu hängen. Ein schweres Parfüm hing in dem Stoff. Vera benutzte so was nicht. Die liebte die grünen Düfte. Bandit. Das hatte Gustav seiner Tochter zum vierzehnten Geburtstag geschenkt. Dabei wäre doch ein Maiglöckchenduft angebrachter gewesen. So ein junges Mädchen und dann ein Parfüm, das Bandit hieß.

Anni hängte das Jackett auf einen der schweren Bügel und ging damit zum vorderen Balkon. Sah ein bisschen aus wie

Chanel, war es aber nicht. Ein Kostüm von Chanel, dachte Anni, das hätte ihr gefallen. Mit ihrer zierlichen Figur.

Durfte sie nur nicht laut sagen, dass Vera es hörte, sonst hatte sie demnächst eines da hängen, und wo sollte sie denn so was bloß tragen?

Anni hängte den Bügel an das Spalier, das für die Klematis vorgesehen war. Die mickerte nach dem kalten Frühling so dahin. Das würde nichts werden mit dem Klettern.

Nebenan wurde die Balkontür geöffnet, und ein Schwall von Stimmen war zu hören. Viel zu sehen war nicht. Standen ja immer noch Peraks Buchsbäume davor.

Anni zog sich ins Zimmer zurück. Das wäre ihr peinlich gewesen, den rosigen Herrn von Balkon zu Balkon zu grüßen. Das war dem sicher zu viel Nähe.

Doch sie blieb noch lauschend an der offenen Tür stehen und machte mindestens zwei andere Männerstimmen aus.

Hoffentlich waren das nicht seine Liebhaber. Sie hätte zu gerne einen Familienvater dort wohnen gehabt.

Anni ging in den Flur und schaute auf die alte Pendeluhr. Schon vier Uhr. Wo Vera nur blieb. Und der Kleine hatte seit zwei Stunden keinen Ton von sich gegeben.

Plötzlicher Kindstod fiel ihr ein. Hatte nicht Gustav immer gesagt, dass Anni nur das Schlimmste in den Sinn kam?

Mit harmlosen Erklärungen hielt sie sich nicht auf.

Nicholas lachte, als sie die Tür öffnete. Lag in seinem Gitterbett und lachte die alte Anni an. Anni beugte sich zu dem Kleinen und nahm ihn hoch. Wunderbares warmes Bündelchen, das schon nach ihren Haaren griff und daran zog. Zu gern ließ sie sich in Besitz nehmen.

Sie hörte die Wohnungstür gehen und dann das typische Geräusch, das große teure Lacktüten machten, wenn sie aufs Säufersofa geschmissen wurden.

Anni seufzte. Dankbar. Alles war gut.

Es war kalt im Haus. Kälter, als es mitten im schönsten Juni sein durfte. Die Rollläden waren heruntergelassen und ließen die Helligkeit, von der die Landschaft auch um halb zehn Uhr abends noch umhüllt wurde, nur ahnen.

Das Grundstück war groß, die Gartengeräusche der anderen gelangten erst gar nicht hinter die hohen Tannen, von denen das Haus umgeben war und es dunkel machten.

Tannen gehörten nicht in Gärten. Er hätte sie längst absägen sollen. Vor Jahren hatte er eine Motorsäge angeschafft, die im Keller verkam. Nur die Axt nahm er noch gelegentlich in die Hand, um Kaminholz zu spalten.

Christlein schaute zu dem Holzstapel. Vielleicht sollte er sich ein Feuer machen. Es lag nicht in seiner Absicht, die Rollläden hochzuziehen, die Fenster zu öffnen, um leichte Sommerluft in das kalte Haus zu lassen, Gäste anzulocken.

Die Whiskyflasche, die er auf dem Weg hierher an einer Tankstelle gekauft hatte, wollte er alleine leeren.

Im Haus Barwig würde sich seine Anwesenheit noch zeitig genug herumsprechen.

Er zog die alte Strickjacke an, die im Windfang an einem Haken hing, und ging in die Küche, ein Glas zu holen.

Hunger hatte er keinen. Ihn sättigte der Whisky.

Er fing an, dürr zu werden wie ein knorriger Holzstecken.

Der Whisky wärmte ihn nicht nachhaltig, irgendwas kroch ihm durch die Knochen. Vielleicht war es noch immer der Tod des Jungen, der ihn heftiger schmerzte, wenn er im Dorf war.

Das Papier, das Christlein zerknüllte und anzündete, um die Birkenscheite zum Brennen zu bringen, waren alte Ausgaben der National-Zeitung, die im Korb neben dem Kamin lagen.

Er war beinah erregt, als er zusah, wie die Schlagzeilen vom Feuer gefressen wurden. Die deutschnationale Wahrheit. Alles schon Asche, ehe das Kleinholz unter den Scheiten genügend durchglüht war.

Morgen musste er mit Elisabeth sprechen.

Es ging zu weit. Viel zu weit.

Er goss einen weiteren Whisky ein und ließ sich in einen der beiden alten Ledersessel fallen, die vor dem Kamin standen.

Hatte er an diesem Platz nicht oft mit dem Jungen gesessen, Pläne geschmiedet? Ihm war ein Sohn genommen.

Das Geräusch war laut genug, um sich über das Knistern der brennenden Scheite zu legen. Christlein setzte sich auf und lauschte. Etwas war in Scherben gegangen im Keller.

Tontöpfe, dachte Christlein. Seine Frau hatte jahrelang Töpfe ineinander gestapelt, in die nie was gepflanzt wurde, und auf die Simse der Kellerfenster gestellt. Eine Katze, die unten eindrang, konnte sie leicht umwerfen.

Er erhob sich aus seinem Ledersessel, als ihm klar wurde, dass er die Fenster vor wenigen Wochen verriegelt hatte.

Karl Christlein nahm ein Stück Kaminholz vom Stapel und erkannte es als eine eher wertlose Waffe.

Er zog die Schuhe aus und stieg die Kellertreppe auf Socken hinunter.

Er schlich, und das Anschleichen hätte ihm gelingen können, wäre er auf der unteren Stufe nicht ins Stolpern gekommen. Den Sturz konnte er vermeiden, doch ihm kam in den Sinn, dass es ein Fehler war, hier im Dunkeln zu schleichen.

Das Licht wäre eine bessere Waffe gewesen.

Der erste Schlag war zu leicht, beinah kraftlos ausgeführt.

Doch er genügte, Christlein taumeln zu lassen.

Er fiel hin, und kein Leben lief an ihm vorbei.

Karl Christlein dachte nur noch an den kleinen Bob, als die Axt zum zweiten Schlag ausgeholt wurde.

Jan van Engelenburg pflegte alles Holländische, obwohl er die letzten dreißig Jahre in Hamburg gelebt hatte.

Er hatte hier geheiratet, und seine drei Söhne waren in dieser Stadt geboren worden. Er hatte seine Frau auf dem Friedhof in Nienstedten begraben. Was verbindet einen mehr mit einer Stadt als Heirat, Geburt und Tod.

Das große Haus im Hamburger Westen gab er auf, um sich eine überschaubare Wohnung zu nehmen, doch allein die vielen Möbel aus seinem Delfter Elternhaus, die er für seine Kinder und Enkelkinder bewahren wollte, ließen ihn wieder etwas Größeres kaufen.

Acht Zimmer in einem Jugendstilhaus.

Die Wohnung hatte ihm gleich gefallen, auch wenn der Verwalter andeutete, dass der vorige Bewohner und Verkäufer dieser Immobilie eine Tragödie ausgelöst habe und sich nun in psychiatrischer Behandlung befand.

Engelenburg glaubte nicht an böse Geister.

Hätte er noch Zweifel gehabt, dann wären sie vergangen, als sich die messingblonde Frau über die Brüstung des Balkons im vierten Stock beugte und tat, als ob sie ihre Blumen in den Kästen betrachtete, um doch nur ihn und den Hausverwalter im Auge zu haben. Diese Frau wärmte sein Herz von der Sekunde an. Neben ihr zu leben würde ihm wohl tun.

An gute Geister glaubte er gerne.

Am Tage seines Umzugs, als sich die Tür gegenüber öffnete, hatte Engelenburg sein breitestes Lächeln im Gesicht, und er behielt es auch, als nicht die schöne Frau vom Balkon in das Treppenhaus trat, sondern eine kleine Alte.

Er verbeugte sich und nannte seinen Namen und spürte gleich, dass er auch mit dieser Nachbarin gern in ein langes Gespräch käme, doch er wurde von ein paar Möbelpackern abgelenkt, die gerade die Vitrine für die Fayencen in eine gefährliche Schieflage kippten.

Die kleine alte Frau war im Aufzug verschwunden, ehe er das Gebet für die Vitrine zu Ende gesprochen hatte.

Doch van Engelenburg hatte vor, die nächsten Jahrzehnte in diesem Haus zu verbringen. Es eilte nicht.
Er sah auf das Messingschild an der Tür gegenüber und las den Namen Gustav Lichte und hoffte, dass dieser Gustav nichts gegen eine herzliche Nachbarschaft hatte.
Am Abend, als er noch mit einem seiner Söhne in der Küche saß, dem einzigen Ort, an dem die Möbel so standen, wie sie sollten, weil sie vorher geliefert worden waren, überkam Jan van Engelenburg ein Glücksgefühl.
Das hatte er seit dem Tod seiner Frau so nicht mehr gehabt.
Sein jüngster Sohn hob das Glas, weil er den Ausdruck im Gesicht des Vaters richtig deutete.
»Auf ein langes gutes Leben in diesem Haus«, sagte er.
Er war der Einzige, der mit dem Vater hier einzog.

»Christlein ist tot«, sagte Pit, und Nicks erster Gedanke galt dem Whisky am Vormittag und nicht der Gewalt.
Der nächste Gedanke machte ihm klar, dass Pit Gernhardt kaum der Überbringer dieser Nachricht wäre, wenn es um einen natürlichen Tod ginge. Ein enges Band legte sich um Nicks Brust. Christlein war tot.
Kam Trauer in ihm hoch? Nur das Entsetzen, dass der alte Mann, der doch ein Aufrechter gewesen war, gewaltsam hatte sterben müssen? Oder die Angst, dass das Morden weiterging, wie Christlein es befürchtet hatte?
»Er ist gestern gefunden worden. In seinem Landhaus. Mit einer Axt erschlagen.«
»Wer hat ihn gefunden?«, fragte Nick.
»Elisabeth Barwig«, sagte Pit und versuchte, emotionslos zu klingen. »Sie hatte einen Schlüssel.«
»Ist sie es gewesen?« Nick glaubte durch das Telefon zu hören, dass sein Kumpel die Achseln zuckte.
»Gehst du in das Haus eines alten Bekannten, der nicht zu

einer Verabredung kommt, wenn du ihn vorher mit der Axt erschlagen hast?«

»Denk daran, dass Christlein das Danaergeschenk war.«

»Ich denke dauernd daran«, sagte Pit.

»Spricht sie?«

»Ein paar Sätze über die verloren gegangene Sprache ihrer Schüler. Sie kam aus dem Unterricht, als ich sie aufsuchte.«

»Versteh ich nicht«, sagte Nick.

»Na, das Kauderwelsch der Jugendlichen eben.«

»Das fällt ihr ein, wenn sie Christlein gerade mit einem gespaltenen Schädel gefunden hat?«

»Nicht mit der Klinge. Die stumpfe Seite.«

»Großartig«, sagte Nick, »dann gab es nicht so viel Blut.«

»Hör auf, zynisch zu sein.«

»Ich war zwanzig, als sich Christlein meiner annahm. Mit dem Notendurchschnitt hätte ich sonst nirgendwo ein Volontariat gekriegt.«

»Und sentimental.«

»Nur traurig«, sagte Nick.

»Mir wäre daran gelegen, dass du morgen mit nach Brandum fährst, das ist das beschauliche Dorf.«

»Um mit der Studienrätin zu reden?«

»Ich möchte, dass du zuhörst und dich dabei umguckst. Und mit mir den Tatort besichtigst.«

»Die Datscha von Christlein.«

»Warst du da schon einmal?«

»Er war nicht die Sorte Chefredakteur, die Sommerfeste für die Redaktion ausrichtete.«

»Zurzeit gibt es noch ein Kompetenzgerangel«, sagte Pit, »doch ich denke, in Husum werden sie bald einsehen, dass Christlein unsere Leiche ist.«

»Ein Himmel wie aus blauem Porzellan«, sagte Pit.

Nick sah ihn von der Seite an und fand, dass es an seinem alten Kumpel doch noch immer Neues zu entdecken gab. »Kästner«, sagte Nick.

Pit ließ die Straße einen Augenblick aus den Augen und sah zu ihm hinüber.

»Ein Gedicht von Kästner. An besonders schönen Tagen ist der Himmel sozusagen wie aus blauem Porzellan.«

»Ich bin gebildeter, als ich dachte«, sagte Pit.

»Ein besonders schöner Tag«, sagte Nick.

»Christlein ist schon in Hamburg.«

»In einer deiner Kühlschubladen?«

»Ich wollte nur andeuten, dass dich nichts Schrecklicheres erwartet als das Landhaus und die Studienrätin.«

Nick sah in die Rapsfelder, deren sattes Gelb die Landschaft leuchten ließ. Er hatte eine verzweifelte Lust auf ein Leben voller Normalität. Doch was war Normalität? Links zu dem Gasthof abbiegen und Erdbeerkuchen essen? Längst verheiratet sein und Vater zweier Kinder?

Nicht so viele Tote, dachte Nick, das wäre normal. Schließlich war er kein Beerdigungsunternehmer.

»Du tust es freiwillig«, sagte Pit, »ich kann nicht anders.«

»Klar kannst du anders. Du kannst jederzeit was Neues anfangen, und wenn du dich versetzen lässt.«

»Und du bist Gefangener deiner inneren Zwänge?«

»Diese Toten haben mit mir zu tun.«

»Die tätowierten Frauen hatten nichts mit dir zu tun, und trotzdem kamst du nicht von ihnen los.«

Nick seufzte. »Ich weiß«, sagte er, »ich war schon als Kind derjenige, der die Vögel gefunden hat, die der Katze in die Krallen geraten waren.«

Pit blickte beinah liebevoll. »Dann lass uns das zusammen durchziehen«, sagte er, »hast du eine Kamera dabei?«

»Die kleine Canon. Ich hab sie in der Jackentasche.«

»In Lederjacke kenne ich dich gar nicht.«

»Ein ganz altes Stück«, sagte Nick. Er verschwieg, dass er die Jacke in Erinnerung an den kleinen Bob trug.

Sie kamen am Ortsschild von Brandum vorbei und bogen in eine kurze Allee, an deren Ende ein einzelnes Haus stand.

»Ist es das?«, fragte Nick.

»Das Haus Barwig«, sagte Pit.

»Da wohnt sie alleine drin?«

»Davon gehe ich bislang aus.«

»Könnte wirklich zum schwarzwäldigsten Schwarzwaldhaus gekürt werden. Was hat sich der große Bob dabei gedacht?«

»Wer?«, fragte Pit.

»Der Erbauer, der den Nazis die Grundstücke für die Ferienheime verkauft hat. Hab ich dir doch erzählt.«

»Nicht, dass er der große Bob genannt wurde.«

»Ich hab es von Christlein«, sagte Nick. »Vermutlich hielt ich es nicht für wichtig, sonst hätte ich es an dich weitergegeben.«

»Vermutlich weißt du viel mehr als ich.« Pit klang verärgert.

»Nein«, sagte Nick.

Pit hielt neben einer großen Remise, die auch aus den dreißiger Jahren zu stammen schien. »Vergiss nicht, dass du mein lieber Kollege bist«, sagte er, »die Canon lass stecken.«

Sie stiegen die Stufen zur schweren Eichentür hoch.

Pit drückte auf den Klingelknopf.

»Doch nicht alles nur humanistisch hier«, sagte Nick.

Er deutete auf die Schnitzerei, die die Eichentür zierte.

Eine ländliche Schar, die zwischen Ährenbündeln stand und den Arm mit flacher Hand gestreckt nach oben hielt.

»Heil Hitler«, sagte Nick. Gerade, als sich die Tür öffnete.

Elisabeth Barwig sah einen Augenblick lang befremdet aus, doch sie ging über diesen Gruß hinweg und führte sie ins

Haus. Nick verzichtete darauf, zu erklären, wie es dazu gekommen war. Nur nichts aufbauschen.
Sie folgten ihr auf eine von Glasfenstern umgebene Veranda und blickten in den Garten. Tannen. Hohe Tannen.
Die Sehnsucht nach dem Schwarzwald schien tief gewesen zu sein. Warum hatte der alte Barwig im Norden gelebt?
Die Frage lag Nick auf den Lippen. Doch ihm war auferlegt, sich zurückzuhalten. Zuhören sollte er, hingucken.
Die Veranda war karg möbliert. Alte Korbstühle, von denen ihnen keiner angeboten wurde. Ein schmiedeeiserner Tisch, dessen Lack abblätterte. Waren sie hergeführt worden, weil hier nichts von der Bewohnerin preisgegeben wurde?
Kargheit lag auch in dem Gespräch, das kaum stattfand. Elisabeth Barwig glaubte, alles gesagt zu haben, schilderte nur noch einmal knapp, wie sie Christlein tot aufgefunden hatte. Gab eine kühle Erklärung für den Schlüssel. Lüften. Nach dem Rechten sehen. Schließlich war das Haus oft wochenlang nicht bewohnt gewesen. Keine Hintergründe, die die Studienrätin bot, und keine Meinung.
»Standen Christlein und Sie sich nahe?«
Elisabeth Barwig vereiste vollends. »Es gibt hier keinen Satz, der nicht schon gesagt worden wäre«, sagte sie.
Hatte sie nicht selbst einmal vom Danaergeschenk gesprochen? Warum hakte Pit da nicht ein?
Nick betrachtete die Barwig und überlegte, warum Christlein ausgerechnet ihr den Schlüssel anvertraut hatte. Gab es keine vertrauensvolle polnische Putzfrau am Ort?
Pit schickte sich an, zu gehen. Nick glaubte es kaum.
Sollte das schon alles gewesen sein? Kein Wunder, dass die Aufklärungsquote so niedrig war.
Sie folgten Elisabeth Barwig durch das dämmrige Haus und kamen rechts und links nur an geschlossenen Türen vorbei.
Schon in der geöffneten Eichentür mit Schnitzerei stehend,

drehte Pit sich um und stellte eine letzte Frage. Er hatte ohne Zweifel zu viel von Inspektor Columbo gesehen.

»Warum war Christlein ein Danaergeschenk?«

Die Barwig schien zu einer Antwort bereit, wenn sie dann endlich gingen. Zögerte nur noch einen Augenblick.

»Er hat versucht, das Klima zu verändern«, sagte sie, »und dazu hat er sich das Vertrauen meines Bruders erschlichen.«

Hätte man nicht nochmal zurückgehen müssen, zur Veranda vielleicht oder hinter eine der verschlossenen Türen, um das Gespräch ganz neu zu beginnen? Verhör, dachte Nick.

Doch Pit verabschiedete sich, und ihm blieb nichts anderes, als hinterherzutrotten.

»Was war das?«, fragte Nick, als sie die Allee entlangfuhren, »deine geniale Salamitaktik?«

»Genau«, sagte Pit, »ihr letzter Satz ist ein Scheibchen feinster Salami. Die Barwig ist der Typ, der total dichtmacht, wenn du eine Frage zu viel stellst, und foltern darf ich sie nicht.«

»Und was machst du mit deinem Scheibchen Salami?«

»Klimaforschung«, sagte Pit.

»Bei dem Tempo werden wir vergreist sein, bis sich der Tod von Christlein aufklärt.«

»Siehst du die beiden Fälle getrennt?«

»Nein«, sagte Nick, »ich kann mir nur nicht vorstellen, dass es derselbe Täter war. Die Axt spricht kaum für einen Profi.«

»Auch ein Profi nimmt alles, was am Wege liegt.«

Sie bogen in einen Sandweg ein, ohne in den Ortskern vorgedrungen zu sein. Brandum streckte sich lang.

»Da vorne ist die Nordsee«, sagte Pit.

»Ist das der direkte Weg zu Christleins Landhaus?«

»Eine Abkürzung. Es gibt auch eine asphaltierte Strecke.«

»Du kennst dich gut aus.«

Pit hob die Schultern. »Ich war bei den Pfadfindern«, sagte er.

Sie waren an einem Stück Strand entlanggefahren und schlugen wieder landeinwärts ein.
»Das waren ja nicht gerade ein paar Schritte über die Straße, um mal zu lüften und nach dem Rechten zu sehen.«
»Komische Geschichte mit dem Schlüssel«, sagte Pit, »klang kaum nach einer engen Freundschaft zwischen den beiden.«
Lauter gekalkte Häuser mit Reetdächern in der Straße, durch die sie fuhren. Genormtes nordisches Idyll.
»Da drüben ist es«, sagte Pit, »das Eckgrundstück.«
»Ich hab es mir einsamer vorgestellt.«
»Kann auch einsam sein. Die Häuser werden vor allem im Sommer bewohnt. An dem Freitagabend, an dem Christlein eintraf, hatte allerdings gerade die Grillsaison begonnen.«
»Keiner hat was mitgekriegt?«
»Keiner hat was zu Protokoll gegeben«, sagte Pit.
Er parkte den Wagen vor einer Weißdornhecke, die längst hätte geschnitten werden müssen. Christlein schien sich wenig um ein gepflegtes Ambiente geschert zu haben.
»Hinten sind Tannen«, sagte Pit.
»Vielleicht standen sie bei den Barwigs zu dicht, und er durfte ein paar Bäume ausgraben.«
Pit zog die Versiegelung ab und öffnete die Tür. Hinter dem Windfang war gleich ein großer Wohnraum mit Kamin, vor dem zwei abgewetzte braune Ledersessel standen.
»Guck, was in dem Korb dort liegt«, sagte Nick.
»Papier zum Anbrennen der Holzscheite«, sagte Pit.
»Die National-Zeitung«, sagte Nick.
»Wundert dich das?«
»Wenn dort auch noch die taz und die Frankfurter Rundschau lägen, dann nicht.«
»Vielleicht war er kein Linker mehr. Denk an Horst Mahler.«
»Ausgeschlossen«, sagte Nick, »nicht Christlein.« Sein Blick

fiel auf einen Stapel schlichter Klappstühle, die an der Wand gelehnt standen. »Was ist das?«, fragte er.

»Klappstühle«, sagte Pit und war wenig interessiert. »Vielleicht hat er sie im Garten verteilt, wenn Gäste kamen.«

»Und im Wohnraum neben dem Kamin gestapelt?« Nick trat an eines der Fenster, an dem der Rollladen hochgezogen war. »Draußen hat er einen Schuppen«, sagte er, »warum hat er sie nicht da aufbewahrt?«

»Vergiss die Klappstühle. Christlein war eben ein Chaot.«

»Er lag im Keller?«, fragte Nick.

»Neben der Treppe.«

»Warum ist die Barwig in den Keller gegangen? Kommt her, schließt auf, geht ins Haus, und kein Christlein da. Auf ihr Rufen kriegt sie keine Antwort. Da könnte sie umkehren. Stattdessen geht sie in den Keller.«

»Vielleicht sollte ich anfangen zu fotografieren, und du machst meinen Job.«

»Keine schlechte Idee«, sagte Nick. Er holte die Canon aus der Lederjacke und fotografierte die National-Zeitung im Korb und die Klappstühle. Er wusste selber nicht, was er mit den Fotos wollte. Vera zeigen vermutlich. Die noch keine Ahnung hatte von Christleins Tod.

»Laut Aussage hat sie es an der Atmosphäre gespürt, dass er im Haus war. Oder sich auch nur vom Glas Whisky leiten lassen, das noch auf dem Tisch stand. Willst du nicht die Altglaskiste mit den leeren Flaschen Johnny Walker knipsen, die in der Küche steht?«

»Wenn du Fotograf werden willst, dann solltest du dir das Wort Knipsen abgewöhnen«, sagte Nick. Er ging in einen kleinen Nebenraum, der zur Küche führte. »Ist das die Tür zum Keller?«, fragte er und hatte sie schon geöffnet. Eine dunkle Treppe lag vor ihm. Pit trat heran und drückte auf den Lichtschalter. Eine Zeituhr fing an zu ticken.

Nick ging hinunter und blieb dort stehen, wo die Lage von Christleins Leiche eingezeichnet war. Dunkle Flecken waren auf dem hellen Estrich.

Nick blickte zu Pit, der oben an der Treppe stand.

»Die Axt ist bei uns in der Asservatenkammer«, sagte Pit.

»Doch so viel Blut?«

»Das ist ihm vor allem aus Nase und Mund gelaufen.«

Nick wandte sich ab von der Kreidezeichnung und ließ seinen Blick durch den Keller schweifen. Ein alter Schrank. Kartons. Eine Menge Werkzeuge, darunter eine Motorsäge.

Er sah zu den kleinen Türmen von Tontöpfen, die auf den Simsen der Kellerfenster standen. War hier mal gepflanzt worden? Friedliches Tun im Keller eines Landhauses.

»Ist dir aufgefallen, dass die Fenster schwerstens verriegelt sind?«, fragte er.

»Stell dir vor, das ist uns aufgefallen«, sagte Pit. Er hatte die Lust an diesem Ausflug verloren.

»Es ist einfach nahe liegend, dass es die Barwig war.«

»Zu nahe liegend.«

»Die Studienrätin ist stockkonservativ. Da kommt Christlein ins Dorf, nimmt ihren Bruder unter die linken Fittiche, und der lässt sich nicht länger von seiner Familie verbiegen. Nur das kann sie gemeint haben, als sie vom Versuch sprach, das Klima zu verändern.«

»Deswegen bringt sie Christlein um? Und gibt vorher noch den Mord an ihrem Bruder in Auftrag, weil der ihr zu links geworden war?«

»Nein«, sagte Nick, »das funktioniert nicht.« Er stieg die Treppe hoch und kam mit dem letzten Ticken der Zeituhr oben an. Er konnte gerade noch den Aufkleber erkennen, der innen an der Kellertür klebte. Eine Karikatur von Franz Josef Strauß aus dem Wahlkampf von 1980. Wollt ihr den?

»Seit wann hatte Christlein das Haus?«

»Ziemlich genau siebenundzwanzig Jahre«, sagte Pit.

»Da war der kleine Bob noch gar nicht geboren.«

»Das stimmt«, sagte Pit und klang, als überrasche ihn das.

»Gibt es keine Eltern Barwig?«

»Kurz hintereinander gestorben. Vor vier Jahren.«

»Der Schlüssel kann nur in dem Material liegen, das der Junge zusammengetragen hat.«

Es war Pit anzusehen, wie sehr ihm das widerstrebte. Üble Nachrede war es, was da zusammengetragen worden war. Je länger er darüber nachdachte, desto eher war er bereit, sich für jeden der vier Genannten zu verbürgen. Einem von ihnen hatte er schon seine Stimme gegeben.

Der kleine Bob war wahrscheinlich ein junger Hitzkopf gewesen, angestachelt von Christlein.

»Lass uns zurückfahren«, sagte Pit. Er hatte schon das neue Siegel in der Hand, das er auf die Tür kleben würde.

»Ich fange bei Lauterbach an«, sagte Nick.

Ein leichtes Zusammenzucken von Pit.

Es war das erste Mal, dass einer der vier Namen laut ausgesprochen worden war.

Anni brachte Brot und Salz und wurde eingeladen, in die Küche zu kommen, um einen Kakao auf den Einzug zu trinken. Engelenburg hatte ihn gerade gekocht.

Er schwor darauf, dass Süßes den Nerven gut tat, und schon darin war er sich mit Anni Kock einig. Das Chaos des Umzugs war doch größer, als er gedacht hatte. Die Schränke vorne noch immer nicht aufgestellt, der Elektriker verschollen und ein Karton mit gutem Geschirr verloren gegangen.

Er stellte eine große Kanne Kakao auf den Tisch und eine Schüssel mit Schlagsahne. Hätte er Annis Herz schneller gewinnen können? Wer hätte gedacht, dass sie sich in dieser Wohnung wohl fühlte. Peraks Geist war gebannt.

Als sie hörte, dass er Witwer war, dachte sie kurz daran, ihn mit Vera zu verkuppeln und seinen drei Söhnen noch einen vierten dazuzugeben. Er war sicher ein guter Vater, und wenn er auch geschätzte zwanzig Jahre älter war als Vera, wäre der Altersunterschied zwischen Gustav und Nelly noch lange nicht erreicht.

Vera würde ihr den Hals umdrehen, wüsste sie von dieser Kuppelei in des Holländers Küche. Ist ja nur in Gedanken, dachte Anni und nahm einen großen Schluck Kakao.

Vera war mit dem Kleinen zu Nick gegangen, den Anzug vorbeibringen. Nick ahnte ja nichts von seinem Glück. Allein das Etikett im Anzug würde ihn aufregen. Das Wort Boss war nichts für Nick.

Das, was Herr von Engelenburg da trug, war durabel. Hatte Gustav immer gesagt. Durabel. Kordhosen und ein Jackett aus gutem Tweed. Der Mann gefiel ihr wirklich.

Anni lud ihn für den Abend zum Essen ein. Spargel hatte sie eingekauft, der reichte für alle. Sonderangebot, wo Pfingsten vorbei war. Da konnte auch der junge Engelenburg kommen.

Als Anni am eigenen Küchentisch saß und den Spargel schälte, kamen die komischen Gefühle in ihr auf.

Keine Verkupplungen. Eher die Sorge, was Vera und Nick ausbrüteten. Diese Idee, gemeinsam in die Hamburger Gesellschaft zu gehen, konnte nichts Gutes bedeuten.

Da schüttelte sich Nick doch beim Gedanken daran, und nun ging er aus freien Stücken, und das auch noch im Anzug?

Anni erinnerte sich an einen Abend kurz nach Nicholas' Geburt. Hühnersuppe hatte es gegeben, und Nick hatte was von einem Informanten erzählt. Tage später war sie in ein Gespräch geplatzt, mit zwei Einkaufsnetzen, in dem der erste Spargel war und Erdbeeren. Da hatten die beiden doch auch Geheimnisse vor ihr gehabt.

Dann die Leiche am Schwanenwik. Ob die was damit zu tun hatte? Wenn sie das doch nur wüsste.

Als alle Spargel geschält auf dem karierten Leinentuch lagen, hatte Anni einen Entschluss gefasst. Vera sollte die Karten auf den Tisch legen. Dazu würde Anni sie auffordern.

Nur nicht heute Abend. Herr van Engelenburg sollte doch einen guten Eindruck von ihnen haben.

»Danke«, sagte Nick. »Du bist großzügig und hast einen erstklassigen Geschmack und leider auch ein gutes Augenmaß. Ich fürchte, der Anzug passt mir.«

»Du fürchtest?«

»Täte er es nicht, hätte ich ein Argument, ihn abzulehnen.«

»Zick nicht«, sagte Vera, »du ziehst ihn doch aus hehren Gründen an. Zur Rettung des Vaterlandes.«

Warum hatte sie Schwierigkeiten, dieses Thema ernst zu nehmen? Wäre Nicks Informant nicht tot, dann würde sie kein Wort glauben von dem, was Nick ihr zu lesen gegeben hatte. Erst das Loch in der Stirn des jungen Mannes machte das Material gewichtig.

»Christlein ist tot«, sagte Nick, »mein alter Chefredakteur, von dem ich dir erzählt habe.«

»War er krank?«

»Er ist mit einer Axt erschlagen worden, in seinem Landhaus oben an der Küste in der Nähe von Husum.«

Vera setzte sich und sah erst jetzt, dass Fotos auf dem Küchentisch lagen. Sie gab ihnen einen flüchtigen Blick.

»Ich war gestern am Tatort. Pit Gernhardt hat mich gebeten, mitzukommen. Weil ich Christlein kannte.«

»Konntest du helfen?«

»Kaum«, sagte Nick. »Der Ton zwischen ihm und mir wird gereizter, weil er den Nazi-Hintergrund tapfer zu ignorieren versucht.«

»Ist auch schwer vorstellbar, dass Leute, die seit Jahren Vertreter unserer Demokratie sind, zu üblen Rassisten mutieren, die an einen braunen Umsturz denken.«

»Sie bereiten den Boden, und der ist leider fruchtbar. Du wärst entsetzt, wenn du die Leserbriefe läsest, die nach der Hohmann-Affäre an deutsche Zeitungen geschrieben worden sind. Da geht es um die Maulkorb-Republik, die es nicht zulässt, Wahrheiten auszusprechen. Nur ist die Wahrheit dieser Leute leider unter aller Sau.«

Vera seufzte. Hatte sich Nick nicht schon oft verrannt? Don Quichote war ein leichtlebiger Hupfer gegen ihn.

»Und darum hast du die Nationalzeitung in einem Weidenkorb fotografiert?« Vera hatte eines der Fotos in der Hand.

»Die lagen in Christleins Haus.«

»Ich dachte, er sei ein Linker gewesen.«

»War er auch«, knurrte Nick. Darauf ließ er nichts kommen.

»Was sagen uns die Klappstühle?«

»Dass der Fotograf die Kamera hilflos in den Raum hielt.«

»Glaube ich nicht«, sagte Vera, »ich vermute, dir fiel das Gleiche ein, das mir auch einfällt.«

Nick sah sie irritiert an. Ihm war gar nichts eingefallen.

»Die stehen für eine größere Gemeinde bereit. In Christleins Landhaus haben Versammlungen stattgefunden.«

»Du hast Recht«, sagte Nick. Er ließ sich auf einen Küchenstuhl nieder und nahm das Foto. Noch immer war nichts anderes zu sehen als ein Stapel schlichter Klappstühle. Doch nun hatten sie eine Bedeutung. Das war die Klimaveränderung, die Christlein gewollt hatte und die der konservativen Dame Barwig gegen den Strich gegangen war.

»Er hat einen linksliberalen Kreis gegründet«, sagte er.

»Oder das Gegenteil«, sagte Vera, »schließlich hat er die National-Zeitung gehortet und nicht die taz.«

»Du kannst rechtsradikale Thesen ja auch kaum anhand der taz erklären.«
»Gib uns einen Wein«, sagte Vera und stand auf, um in das Schlafzimmer zu gehen und nach dem Kleinen zu schauen, der auf Nicks Bett lag, umrandet von eng gerollten Decken, die verhindern sollten, dass er herunterfiel. Nicholas schlief noch immer ruhig und friedlich.
»Schläft er noch?«, fragte Nick, als sie in die Küche kam.
»Sonst hätte er mich nicht aus seinen Fängen gelassen.«
Nick gab ihr ein Glas Wein und stieß seines gegen ihres.
»Ich hätte gern Kinder gehabt«, sagte er.
»Auf Leo würde ich da nicht länger warten.«
»Nein«, sagte Nick. »Hast du noch Kontakt zu ihren Eltern?«
»Nach der Geburt von Nicholas. Ich habe ihnen eine Anzeige geschickt und sie mir eine Strampelhose.«
»Haben sie von Leo gehört?«
»Ich denke, sie wissen, dass Leo lebt. Sonst wären sie längst nicht so gelassen.«
Nick nahm einen großen Schluck Wein. »Was habe ich ihr getan, dass sie mich so in Unwissenheit lässt?«, fragte er.
»Leo schämt sich. Dass sie sich Harlan ausgeliefert hat«, sagte Vera, »und dass du, den sie schmählich vernachlässigt hatte, kamst, um ihr das Leben zu retten.«
»Daran hattest du auch einen großen Anteil und Pit.«
»Uns schreibt sie auch keine Ansichtskarten.«
»Wenn sie wüsste, dass da ein Anzug von Boss für mich bereitliegt.«
»Das würde auch nichts mehr ändern«, sagte Vera, »lass dir die Haare schneiden. Am Dienstagabend haben du und ich unseren ersten Auftritt in einem Saal des Atlantic.«
Nick guckte erschrocken.
»Ich habe eine Einladung des Nienstedtener Kreises angenommen. Ein vielgängiges Essen mit Vortrag.«

»Wer oder was ist der Nienstedtener Kreis?«

»Das werden wir herausfinden. Das Thema des Vortrags ist jedenfalls konservativ. Das ist doch das, was wir suchen.«

»Warum wirst du dahin eingeladen?«

»Weil ich eine wohlhabende Bürgerin dieser Stadt bin.«

»Was kostet der Abend denn?«, fragte Nick. Er klang nervös.

»In diesen Dingen bist du eine bange Seele.«

»Du hast gut reden.«

»Genieße es doch endlich, dass die wohlhabende Bürgerin deine beste Freundin ist.«

»Wo stand dein Vater politisch?«

»Gustav?« Vera lächelte. »Der hätte sich bei Brandts Kniefall in Warschau am liebsten daneben gekniet«, sagte sie. »Falls du vermuten solltest, dass die Einladung ins Atlantic aus alten konservativen Verbindungen meines Vaters stammt, liegst du völlig daneben. Gustav stand der SPD nahe.«

Vera nahm die Weinflasche und goss sich und Nick nach. »Streif mal deine kleinbürgerlichen Vorurteile ab«, sagte sie.

»Meine Mutter hat Kiesinger gewählt«, sagte Nick, »kannst du dir das vorstellen? Einen Mann, der schon im Ministerium des Herrn Goebbels tätig gewesen war.«

»Kann ich«, sagte Vera, »sonst wärst du kaum so verbissen damit beschäftigt, einen Kontrapunkt zu setzen.«

Sie hob den Kopf und horchte in die Wohnung hinein. Doch Nick war schon aufgestanden, um den Kleinen zu holen.

Er kam mit ihm zurück und gab ihn an Vera weiter. Nicholas versuchte sich schon selber an den Knöpfen ihres Kleides.

»Das kann lange dauern am Dienstagabend«, sagte Nick.

»Ich werde zwei Fläschchen auf Vorrat zapfen.«

»Das geht?«

»Das geht«, sagte Vera und grinste.

»Da überlegt man doch, ob man nicht wieder im Esszimmer aufdecken sollte«, sagte Anni.

Das Esszimmer war seit dem Auszug von Nelly nur noch leer stehende Kulisse. Keiner saß mehr an dem langen Tisch aus poliertem Mahagoni, der jeden Fleck begierig aufnahm. Vera legte gelegentlich großformatige Zeitungen darauf aus und die Belege für die Steuererklärung.

Doch gegessen wurde seit Jahren in der Küche.

»Warum überlegt man das?«, fragte Vera. Sie stand am Herd, um ein Fläschchen Fencheltee zu wärmen.

»Wäre doch eleganter«, sagte Anni, »wo heute Abend der Herr van Engelenburg zum Essen kommt.«

»Wie gut, dass ich davon schon am späten Nachmittag höre.«

»Hat sich spontan so ergeben«, sagte Anni verlegen, »wo ich doch einen Kakao bei ihm getrunken habe.«

»Ich setze mich gern mit ihm an den Küchentisch, Annilein. Ist doch viel gemütlicher. Hast du selber gesagt.«

Anni nickte. Stimmte ja. Da brauchte sie nur daran zu denken, wie Nelly sie beim Servieren gescheucht hatte. Kamen Gäste, sollte Anni ein Häubchen anziehen und weiße Handschuhe. Nelly war eben doch eine Soubrette geblieben, die auf feine Dame machte. Das hatte selbst Gustav mal in einem Wutanfall gesagt.

»Du hattest nicht gerade deine glücklichsten Augenblicke im Esszimmer«, sagte Vera.

Anni winkte ab. »Es gibt Spargel«, sagte sie, »in der Küche.«

»Herr van Engelenburg scheint dir zu gefallen.«

»Ein feiner Herr«, sagte Anni, »und dabei doch gemütlich. Erinnert mich an deinen Vater. Er hat drei Söhne und ist verwitwet«, fügte sie hinzu und gab Vera einen Blick, in dem Hoffnung seelte.

»Ich dachte, du hättest Nick für mich ins Auge gefasst.«

Aus Veras Tonfall war deutlich zu hören, dass weder der eine noch der andere infrage kam. War ja auch noch nicht lange her mit Jef, dachte Anni. Aber sie hatte eben ihr Leben lang praktisch gedacht. Vera war kein junges Ding mehr, und dann das Kind und die ganze Verantwortung alleine tragen.

»Um halb acht. Jockel kommt nun doch nicht mit.«

»Ich bin begeistert, wie vertraut du mit den Engelenburgs bist. Wer ist Jockel?«

»Engelenburgs Jüngster. Die anderen heißen Jon und Joris.«

Wenigstens nicht Jef, dachte Vera. Das hätte auch noch in die Alliteration der Namen gepasst. Sie hatte Anni lange nicht mehr so entzückt gesehen. Vielleicht ließe Anni sich mit van Engelenburg verkuppeln.

Als später der nackte Nicholas auf der Wickelkommode lag, gebadet und gecremt, war Vera beinah glücklich. Der Kleine quietschte vor Wonne, wie er es oft tat. Des Großvaters Lebenslust. Der Vater des Kindes war eher ein Zweifler am Leben gewesen.

Durfte denn alles gut werden, obwohl Jef fehlte?

Eben hatte sie noch über Annis Begeisterung für die neuen Nachbarn gelächelt, doch es würde ihr helfen, einen Mann wie Engelenburg nebenan wohnen zu haben.

Normalität war nach Perak ein Gütezeichen.

Die weiße Strampelhose, die sie dem Kleinen über die Windel zog, war seine schönste. Kleine blaue Stickereien. Kinder mit Sonnenhüten. Segelboote.

War sie von Anni angesteckt? Die Lichtes im besten Licht?

Gleich würde sie noch so weit gehen und die Perlen anlegen, die ihrer Großmutter väterlicherseits gehört hatten.

Als es klingelte, warf Vera einen Blick in den antiken Spiegel, der im Flur hing. Mutter mit Kind.

Bald würde sie sich nicht mehr vorstellen können, dass es eine Zeit ohne Nicholas gegeben hatte.

Aus der Küche kamen Klagelaute. Zur Herstellung einer Sauce hollandaise gehörte Annis Klagen wie das Eigelb, die Butter und der Zitronensaft. Dabei gelang sie ihr immer.
Vera öffnete die Tür und sah ihren neuen Nachbarn das erste Mal von nahem, und ihr fiel auf, dass Anni gar nichts darüber ausgesagt hatte, ob Engelenburg ein Notariat hatte oder doch eine gut gehende Schlachterei.

Van Engelenburg zögerte keinen Augenblick, sich einen Konservativen zu nennen. Er schätzte die Werte, die seine Familie seit Generationen begleiteten, hoch. Nicht nur die weltlichen Güter, mit denen er und die Seinen gesegnet waren, seit der Großvater seines Großvaters ein kleines und vornehmes Bankhaus in Delft gegründet hatte.
Engelenburg glaubte auch an die hohe Stellung, die die Familie im Leben eines Menschen einnehmen sollte.
Er glaubte an Gott und Vaterland und das holländische Königshaus. In dieser Folge.
Anni Kock glaubte auch an all diese ideellen Werte, das holländische Königshaus ausgenommen, und vermutlich hatte ihr Vater das ebenfalls getan, der als bekennender Kommunist gelebt hatte, bevor Hitler auch zu den Arbeitern nach Barmbek in die Humboldtstraße fand.
Von da an hatte Annis Mutter ihren Mann an manchen Abenden im Kohlenkeller verstecken müssen und ihm den Mund zugehalten, damit keiner ihn denunzierte, wenn er mit trunkenem Kopf die Wahrheit brüllte.
Vielleicht war es die wohlhabende Bürgerin der Stadt, die am ehesten Probleme damit hatte, wenn konservative Werte derart hochgehalten wurden. Von Nick geschult, vermutete sie einen Abgrund gleich hinter dem festen Boden, auf dem alle Konservativen zu stehen betonten.
Van Engelenburg gefiel ihr. Er war freundlich und schien klug.

Er hielt den Kleinen im Arm, einer der wusste, wie Kinder im Arm zu halten waren. Lobte die Strampelhose, deren Farben an die der Delfter Fayencen erinnerten. Nicholas jauchzte.
Jan van Engelenburg auch.
Vor allem über die Sauce hollandaise.
»Kennen Sie den Nienstedtener Kreis?«, hatte Vera gefragt, als Anni das Dessert auf den Tisch stellte.
Engelenburg kannte ihn, doch er ließ sich nicht näher aus, widmete sich ganz den Erdbeeren mit Mascarpone.
Anni hatte es sahniger als sahnig gestalten wollen.
Es war ihr gelungen, und Vera ahnte, wie van Engelenburg zu der satten Rosigkeit seines Gesichtes kam.
»Ich lebe gern aus dem Vollen«, sagte er.
Nein. Vera wollte nicht länger ausloten, wo ihr neuer Nachbar politisch stand. Anni und sie hatten ihn als Menschenfreund erkannt. War das nicht das Entscheidende?
»Schweinskopfpastete mit Apfelmus«, sagte Engelenburg, »wenn das Esszimmer möbliert ist, lade ich Sie dazu ein.«
Anni schenkte Vera einen langen Blick. Sie hatte vor allem das Wort Esszimmer gehört. Das wäre nun auch wirklich eleganter gewesen.
»Eine holländische Spezialität«, sagte Engelenburg. »Leider ist mein Küchentisch zu klein, und die Jungen sollen doch auch dabei sein. Alle vier.«
»Nicholas ist noch nicht so für Schweinskopfpastete«, sagte Vera, »der bleibt in seinem Körbchen.«
Engelenburg guckte zu dem Kleinen, der sich die Schnute leckte. Auf den Lippen lag noch eine Spur von holländischer Sauce, in die der Schnuller getaucht worden war.
»Das ist ein hungriger Junge«, sagte er, »meine sind auch so.«
Er schien darüber sehr befriedigt zu sein.
Am Ende des Abends wurde die Flasche Genever geöffnet, die

der Gast mitgebracht hatte, und auf Helene Engelenburg getrunken, die nun auf dem Nienstedtener Friedhof lag, und auf Jef und auf Gustav.
»Grief is the price we pay for love«, sagte van Engelenburg, und Vera erinnerte sich, dass dies schon einmal im letzten Herbst gesagt worden war.
Doch Engelenburg klang fröhlich dabei.

Es hatte einen kleinen Brand im Keller des Hauses Barwig gegeben, der leicht außer Kontrolle hätte geraten können.
Ein Kaninchenstall war leicht angekohlt, das Kaninchen ums Leben gekommen. Vermutlich war es vor Schreck gestorben, denn vom eigentlichen Feuer wurde das Tier verschont.
Richtig gebrannt hatte ein Karton mit alten Papieren, von denen nur Asche blieb. »Steuerunterlagen«, hatte Elisabeth Barwig gesagt, der es gelungen war, das Feuer mit einer alten Decke aus schwerer Wolle weitgehend zu ersticken, bevor die Feuerwehr den Weg zu ihr fand.
Wer hätte geglaubt, dass sie ein Kaninchen hielt?
Der Dorfpolizist, der alles brav nach Husum meldete, weil Frau Barwig doch kürzlich schon in etwas verwickelt gewesen war, hatte das Schwarzwaldhaus zum ersten Mal betreten.
Er war noch nicht lange in Brandum.
Pit Gernhardt, den diese Meldung tatsächlich erreichte, tat sich schwer mit der Vorstellung an eine Kaninchen haltende Studienrätin Barwig. Doch ihn lenkte eine Leiche ab, die in einem Bordell in der Herbertstraße gefunden worden war. Auf einer überdimensionalen Wickelkommode liegend. Später würde sich herausstellen, dass der Mann, ähnlich wie das Kaninchen, an einem Herzschlag gestorben war.

Anni nutzte ein Tischchen in einem Gartenlokal am Leinpfad, um Vera aufzufordern, die Karten auf den Tisch zu legen.

Sie hatten einen langen Spaziergang mit Kinderwagen hinter sich. Siebenschläfer, und die Sonne schien und versprach einen schönen Sommer. Anni war zweimal für die Großmutter von Nicholas gehalten worden. Ein guter Tag.

Eigentlich wollte Anni nur wissen, dass keine Gefahr drohte, als sie sich die Karten auf den Tisch legen ließ.

Veras erste Antwort war beinahe beruhigend.

Ins Atlantic gehen oder zu Jacob und in die Patriotische Gesellschaft, um in gepflegter Atmosphäre Vorträgen zu lauschen, da war ja nichts Böses dran.

Wenn es Anni auch verwunderte, dass ausgerechnet Nick an einer Geschichte über die feine Gesellschaft arbeitete und dafür einen Anzug anzog.

Doch die Frage nach dem Informanten, von dem Nick selbst mal bei der Hühnersuppe gesprochen hatte, wurde nicht zu ihrer Zufriedenheit beantwortet. Vera wich aus.

»Dass du mir nicht vertraust«, sagte Anni.

Vera nahm einen Schluck Milchkaffee und hätte gerne gehabt, dass der Kleine aufwachte und Anni ablenkte.

Doch Nicholas schlief fest.

»Ich vertraue dir«, sagte Vera, »ich will nur nicht, dass du gleich wieder komische Gefühle kriegst und dich ängstigst, wo es nichts zu ängstigen gibt.«

»Das gibt's ja gar nicht, dass es nichts zu ängstigen gibt.«

»Ich wusste es«, sagte Vera. Doch sie fühlte sich nicht wohl dabei, Anni mit Halbwahrheiten abzufertigen. Hatte sie nicht alles durchlitten mit Vera und durfte Ehrlichkeit erwarten?

»Die Leiche am Schwanenwik war Nicks Informant.«

»Gott o Gott«, sagte Anni, »und wer ist der Mörder?«

Vera zuckte die Achseln.

»Nun will Nick ihn im Hotel Atlantic finden?«

»Natürlich nicht«, sagte Vera.

»Das ist immer noch nicht die ganze Geschichte«, sagte Anni

und guckte vorwurfsvoll in ihre leere Tasse. »Worüber hat der Informant denn Nick informiert?«

Vera gab der Kellnerin ein Zeichen, um zwei weitere Tassen Milchkaffee zu bestellen. Sie blickte in den Kinderwagen, doch Nicholas, der Verräter, schlief.

Dann erzählte sie die kleine Variante der Geschichte.

Den Tod von Christlein ließ sie aus.

Auch die Namen der vier Honoratioren.

»Und was wirst du dabei tun?«, fragte Anni.

»Ganz und gar nichts Gefährliches. Ein elegantes Kleid anziehen, Nick in die Gesellschaft einführen und ihm beim Smalltalk aushelfen.«

»Wenn das alles ist, wird nicht viel bei rauskommen.«

Vera sah sie verblüfft an. »Was willst du nun eigentlich?«, fragte sie. »Doch eine Mördersuche?«

Anni nahm der Kellnerin die Tasse Kaffee aus der Hand.

Eine schlechte Angewohnheit von ihr, Kellner nicht servieren zu lassen. Anni murkste immer dazwischen. Sie nahm den Mandelkeks, der auf der Untertasse lag, und zerbiss ihn mit einem lauten Knacken.

»Um deine Zähne brauche ich mir keine Sorgen zu machen.«

»Ist nur der Zorn«, sagte Anni, »weil ich an Hellmann denke.«

»Der Feldrichter, bei dem du mal gearbeitet hast?«

»Zu meiner Zeit war er Landgerichtspräsident. Dass du das überhaupt weißt.«

»Hat Gustav mir erzählt«, sagte Vera.

Anni musste sich über Gustav wundern. Wenn Vera nur nicht zu klein gewesen war. Ist ja keine Geschichte für Kinder.

»Warum denkst du an Hellmann?«

»War auch so einer, der gut verbergen konnte, dass er Dreck am Stecken hatte. Da kommst du mit Smalltalk nicht weit.«

»Das glaube ich auch nicht«, sagte Vera, »aber Nick hofft darauf, also mache ich ihm die Freude.«

Sie verschwieg, dass sie selbst dringend vor die Tür wollte.

»Die Kerle sind nämlich aalglatt«, sagte Anni.

»Nun schieß dich auf keinen ein. Du bist ja schon wie Nick.«

Anni winkte ab. »Isst du deinen Keks?«, fragte sie.

»Die meisten Leute dort sind Menschen wie der von dir hoch geschätzte Herr van Engelenburg«, sagte Vera und legte ihren Mandelkeks vor Anni hin.

»Der hat eben auch noch eine Herzensbildung und nicht nur Geld und eine Bank und ein Gehabe«, sagte Anni.

»Ist dir eigentlich klar geworden, ob er noch arbeitet?«

»Na, in der Bank von den Beerbohms wohl nicht mehr. Seine Frau war ja eine geborene Beerbohm. Aber er sammelt Bilder und verkauft sie auch. Er hat mir eines gezeigt. Ein dicker Kerl, der Trauben isst, und hinten siehst du einen Fasan.«

»Das war ja ein ausgiebiger Klatsch bei Kakao und Sahne.«

»Kannst du wohl sagen«, sagte Anni, »war gleich ein Vertrauen da. Wie bei Gustav und mir. Ist dir eigentlich aufgefallen, dass Nelly nichts geschickt hat zur Geburt?«

»Ist mir aufgefallen«, sagte Vera.

»Wo sie doch die Großmutter ist«, sagte Anni, »wenn die mir bloß nicht eines Tages einfach vor der Tür steht.«

»Was wäre dann?«, fragte Vera, die der Gedanke an einen Besuch ihrer lieben Mutter auch nicht frohlocken ließ.

»Ich würde sie reinlassen und ihr den Kleinen zeigen, aber alles kühl. Einen Kaffee kann sie haben.«

»Seit sie nach Nizza durchgebrannt ist, war sie nicht mehr hier. Nicht mal zu Gustavs Begräbnis. Nelly kommt nicht.«

»Weiß man nicht«, sagte Anni, »immerhin hat sie einen Lebensmittelhändler geheiratet, und das sind bodenständige Kerle mit Familiensinn, nicht so aalglatt wie andere.«

Vera ließ diese logische Exkursion unkommentiert.

Lang erwartete Geräusche aus dem Kinderwagen lenkten sie ab. Sie nahm den Kleinen heraus und angelte nach dem Teefläschchen. Bald würde sie zufüttern müssen. Allein schaffte sie es nicht mehr.
»Jedenfalls kennst du jetzt Nicks und meine Absichten und weißt, wie harmlos sie sind«, sagte sie.
Anni verzog das Gesicht, und Vera sah ihr an, wie gern sie von komischen Gefühlen gesprochen hätte.
Dass sie es nicht tat, geschah sicher Nicholas zuliebe.

Das Wetter war schon wieder regnerisch, als Pit Gernhardt nach Brandum fuhr. Er hatte die Absicht, den Dorfpolizisten kennen zu lernen, der ihm ernsthafter bei der Sache zu sein schien als die Herren in Husum.
Die hatten ihm den zweiten und ausführlicheren Bericht des Hauke Behn von der Polizeiwache in Brandum zwar gleich geschickt, doch Pit ahnte, dass es kaum aus Anerkennung seiner Kompetenz geschehen war. Die Husumer hatten nur keine Lust, sich mit Kinkerlitzchen aufzuhalten.
Eines der Kinkerlitzchen, die Pit interessierten, waren die Kindertapeten in einem der Kellerräume. Behn hatte nur einen kurzen Blick darauf geworfen, doch immerhin fand er sie erwähnenswert. Auch, dass Elisabeth Barwig diese Tür hastig schloss, als sie durch den Keller gingen.
Das Haus Barwig hatte wahrlich genügend Zimmer, um Kinder auf den beiden oberen Etagen unterzubringen.
Welche Kinder überhaupt? Feriengäste?
Ansonsten war Behns Bericht eher atmosphärisch als von Fakten geprägt. Glaubte man ihm, dann hatte Hauke Behn im Hause Barwig Kummer und Verklemmung geatmet.
Vielleicht war er ein Dichter.

Der Dichter schob das belegte Brot unter die Zeitung, als der Hauptkommissar aus Hamburg das Büro betrat, und versuchte hastig zu Ende zu kauen.

Pit beruhigte ihn mit einer kleinen Geste. Er hatte nichts dagegen, erst mal aus dem Fenster zu schauen und die Deiche zu betrachten und die Schafe, die dort grasten.

Er war noch nie in einer Polizeiwache gewesen, die ein Panoramafenster hatte.

»Ich bin so was wie der Deichgraf hier«, sagte Hauke Behn, als er zu Ende gekaut hatte.

»Da haben Sie ja den richtigen Vornamen«, sagte Pit.

Es war lange her, dass er den Schimmelreiter gelesen hatte, doch an Hauke Haien erinnerte er sich.

»Erzählen Sie mir, was hinter den Deichen geschieht.«

Behn war aufgestanden, um sich neben Pit zu stellen und aus dem Fenster zu sehen. »Die Stimmung im Dorf?«, fragte er.

»Genau«, sagte Pit, »wie ist die, seit dem Mord an Christlein?«

»Der Verkauf von Alarmanlagen ist gestiegen. Vor allem bei denen, die ihre Datschen hier haben. Die Einheimischen denken, dass der Mord ein sehr persönlicher gewesen ist. Christlein war gemeint und kein anderer.«

»Was denken Sie?«

Behn hob die Schultern. »Ich bin erst seit einem halben Jahr hier«, sagte er, »vorher war ich auf Amrum.«

»Gibt es auf Amrum Leute, die rechts von der CDU sind?«

»Die gibt es doch überall«, sagte Hauke Behn, »wollen Sie einen Kaffee?« Er nahm einen Kessel von einer Kochplatte und ging zum Waschbecken, um ihn mit Wasser zu füllen.

Pit sah zu, wie Behn den Kessel aufsetzte und eine Filtertüte aus der Schublade holte. Paradiesische Zustände. In seinem Büro gab es nur einen Kaffeeautomaten.

»Gern«, sagte er, »ich weiß nicht, wann ich den letzten mit der Hand zubereiteten Kaffee getrunken habe.«

»Ländliche Idylle«, sagte Hauke Behn.

»Wie steht es sonst mit der?«

»Rechte gibt es hier reichlich. Ich nahm an, dass Christlein dazugehörte. Irgendwas fand da bei ihm im Haus statt. Das habe ich schon vorher flüstern gehört.«

Pit dachte an die Klappstühle. Nick hatte doch den richtigen Riecher gehabt, das war nicht nur Christleins Chaos. Doch es würde Nick wenig freuen, zu hören, dass Karl Christlein kein unbescholtener Linker gewesen war.

»Und Elisabeth Barwig?«, fragte Pit.

»Ich hatte vor dem Mord nie mit ihr zu tun gehabt. Hab aber einiges gehört. Dass sie streng ist und unnachsichtig. Zu sich und zu den anderen.«

»Auch zu ihrem Bruder?«

»Das weiß ich nicht«, sagte Hauke Behn, »der war ja wohl nur noch gelegentlich in Brandum.«

»Tief getroffen war sie wohl nicht von seinem Tod.«

»Mag ich so nicht sagen. Manche haben ihre Gefühle eben hinter einer Mauer.«

»Sie sind ein vorsichtiger Mann«, sagte Pit.

Hauke Behn schenkte Kaffee ein. In solide Porzellanbecher.

»Es wird Menschen schnell was nachgesagt«, sagte Behn, »gerade hier auf dem Dorf.«

»Und die Kindertapete und das Kaninchen?«

»Das ist ihr schon nahe gegangen, dass das Viech tot war. Sie hat die Wolldecke über den Käfig gelegt und gesagt, dass sie es später vergraben will.«

»Passt gar nicht zu ihr, ein Kaninchen zu halten«, sagte Pit, »dann schon eher eine Dogge.«

Behn nahm die Kanne, die aus dem gleichen dicken Porzellan war wie die Becher, und schenkte nach.

»Die Kindertapete passt auch nicht«, sagte er, »das ganze Haus karg, alles irgendwie verschlissen darin, und dann eine Tapete, die ganz frisch aussieht und Englein drauf hat.«

»Englein«, sagte Pit.

»Und das im Keller«, sagte Hauke Behn.

»Können wir uns das mal angucken?«

»Sagen Sie mir einen guten Grund, warum wir in den Keller der Barwig wollen. Wenn wir zu ihr kommen, wird sie uns in ihr Arbeitszimmer führen oder in den Wintergarten.«

Pit nickte. Die Studienrätin würde sie nie und nimmer in ihren Keller lassen, und einen Durchsuchungsbefehl würde er kaum kriegen. Sie galt inzwischen als unverdächtige Zeugin im Fall Christlein.

»Da liegt eine Last auf dem Haus«, sagte Behn, »da ist was passiert. Ich bin kein Spökenkieker, aber wenn ich dort bin, habe ich ein unangenehmes Gefühl im Bauch.«

»Das liegt an der herzlichen Art der Hausherrin.«

Hauke Behn lächelte. »Das sicher auch«, sagte er, »aber ich glaube, da liegt noch eine Leiche im Keller.«

»Dann kriegen wir ja unseren Durchsuchungsbefehl.«

»Vielleicht eher im metaphysischen Sinne«, sagte Behn.

»Also doch Spökenkiekerei«, sagte Pit.

Dieser Dorfpolizist war kein Dichter, aber ungewöhnlich. Einer, der seinen Gefühlen traute und die in einen Bericht zu schreiben wagte. Selten geworden im Kreise der Kollegen.

Pit suchte nach einer Visitenkarte und fand keine und zog schließlich einen kleinen Block aus der Tasche. Bavaria Brauerei stand darauf. Die gab es schon lange nicht mehr.

Er schrieb seine Büronummer und die des Handys auf.

»Keine Umwege über Husum«, sagte Pit, »ich denke, wir kommen allein klar.«

Er hielt den Becher hin und ließ sich nachfüllen.

Hauke Behn und sein Kaffee gefielen ihm.

Nicks Blick fing das eigene Spiegelbild auf, und er erkannte sich kaum. Der Mann im grauen Kammgarn, der in einem der Salons des Hotel Atlantic stand, hatte nichts mit ihm zu tun.

Wäre diese Frau mit den hochgesteckten messingblonden Haaren nicht neben ihm im Spiegel gewesen, die er leicht als Vera identifizierte, dann hätte er sich umgedreht und wäre gegangen und hätte weitergelebt als der Mann im grauen Kammgarnanzug. Nick was not here.

»Komm zu dir«, flüsterte Vera und lächelte gleichzeitig einen hoch gewachsenen Herrn an, der sich ihnen näherte.

Der zweite Anwalt, den sie ihm vorstellte. Nick hatte Veras Leben aus juristischer Sicht für konfliktfreier gehalten. Ihn erstaunte, dass Vera hier überhaupt Bekannte traf.

Vielleicht entging den konservativen Kreisen nur, wer ein Habenichts war. Da hatte er gute Karten gehabt.

Achtertische, zu denen sie geführt wurden. Nick nahm die Menuekarte, die auf seiner Damastserviette lag, und war froh, endlich wieder was in den Händen zu haben.

Das Glas Champagner hatte er viel zu schnell geleert und dann abgestellt, nachdem er sah, dass auch Vera sich nicht mehr nachschenken ließ. Es war erstaunlich, wie überflüssig Hände wurden, wenn sie nichts hielten und man in einem grauen Kammgarnanzug steckte und keine verbeulten Hosentaschen zur Verfügung hatte.

Vera sah niemals verkleidet aus. Die Perlenkette zu dem ärmellosen schwarzen Kleid wirkte an ihr, als hätte sie sie immer schon am Hals gehabt.

»Hast du die Perlen extra gekauft?«, fragte er.

»Von Gustavs Mutter geerbt«, sagte Vera, »ich wundere mich, dass dir das auffällt. Ich dachte, du kriegst nicht mal mit, wenn ich eine Klobrille um den Hals habe.« Sie dämpfte ihre Stimme sofort, als der Blick einer älteren Dame sie traf.

»Da siehst du's«, sagte Nick, »noch keine Stunde hier, und ich liefere mich den Äußerlichkeiten aus.«

Wie hatte er es nur geschafft, jahrelang mit Leo liiert zu sein, der Königin des Talmi?

Nach der geeisten Gurkensuppe entspannte sich Nick leicht. Er hatte sein Spiegelbild nicht länger vor Augen.

Der erste Schluck vom Pouilly-Fumé ließ ihn fast den Zweck seines Hierseins vergessen. Die Gespräche am Tisch waren nebensächlich und hätten auch einem aufmerksameren Zuhörer nicht den kleinsten Hinweis gegeben.

Wenigstens das Essen war gut.

Der Vortrag kam nach dem sommerlichen Salat mit Hummer. »Sterben die Deutschen aus?«

Vera rückte den Empire-Stuhl nach hinten, um die Beine übereinander schlagen zu können. Ihr Kleid rutschte hoch, und die ältere Dame am Tisch schien auch das zu bemerken, doch der Herr im blauen Blazer, der an das Rednerpult getreten war, sah aus, als hätte er einen langen Atem.

Vera saß auf Dauer gerne bequem.

Sie zog das Kleid zurecht und wusste schon nach kurzer Zeit nicht, warum sie diesen Abend für spannend gehalten hatte.

Der Redner näherte sich zwar allmählich der drohenden Islamisierung, doch er tat es mit ausgetretenen Sätzen, die beinah brav zu nennen waren.

Das einzig Spannende, das zu passieren drohte, war, dass ihr bei dem Gerede von Geburtenquoten und Kindersegen die Milch einschoss. Der würden die Mullpads in ihrem BH nicht lange standhalten. Warum trug sie auch ein Kleid aus Georgette statt ein Kettenhemd.

Nick näherte sich einer Gemütslage, in der es ihn nur noch interessierte, ob es der Küche gelang, die Perlhuhnbrust mit Spitzkohl und Maisplätzchen, die als nächster Gang auf der Menuekarte stand, auf dem Punkt zu halten.

Das alles hier hatte nichts mit dem zu tun, was Bob und Christlein und er so brisant gefunden hatten.

Es war nur altbekanntes konservatives Geschwafel.

Robert Barwig konnte um dessentwillen kaum zu Tode gekommen sein.

Der Applaus war kurz, nicht nur Nick schien zu bewegen, was aus den Perlhuhnbrüsten geworden war.

Ein südafrikanischer Pinotage wurde eingeschenkt, und die Gespräche wurden lauter.

Nick glaubte, den Namen Merk zu hören, und er lehnte sich leicht und unauffällig vor. Vera war mit dem Herrn zu ihrer Linken in ein Gespräch vertieft. Wie gelang ihr das?

Von ihm schien man eher abzurücken, kaum, dass er Interesse zeigte. Nick tastete nach dem Krawattenknoten, der an Perfektion nichts zu wünschen übrig ließ.

Den letzten hatte er am Tag der Beerdigung seiner Mutter gemacht. Manche Dinge verlernte der Mensch nicht. Eine Krawatte zu knoten gehörte wohl dazu.

Er hatte es an den Tagen vor seiner Konfirmation lange geübt.

Keiner, der es ihm zeigen konnte.

Er war der einzige Mann im Haus gewesen.

»Der einzige Mann, dem ich das zutraue«, sagte der Herr, der ihm gegenübersaß, »er packt es an.« Die ältere Dame nickte.

Um was ging es? Die Besetzung eines Postens? Er hatte einen Moment lang nicht zugehört.

Bürgermeisterwahlen standen jedenfalls nicht an.

Vermutlich sprachen sie über den Ausbau einer Segelyacht oder das beste Catering.

Die Perlhuhnbrust wurde nun auch an diesem Tisch serviert.

»Amüsierst du dich?«, fragte Vera.

Nick knurrte. Obwohl das Huhn bestens war.

»Ich habe viel über den Nienstedtener Friedhof erfahren«, sagte Vera, »wer auf sich hält, liegt dort.«

»Ohlsdorf ist auch schön«, sagte Nick in einem Ton, als wolle er Vera beruhigen. Gustav und Jef waren dort begraben.

Vera grinste. »Das Schöne an dir ist, dass du alles immer so ernst nimmst«, sagte sie.

»Darum bin ich hier.«

»Genieße das Essen. Mehr ist nicht rauszuholen.«

Nach der Birne mit Gorgonzola war Nick dann doch damit zufrieden, dass es nur ein gutes Essen gewesen war.

Vielleicht war das Ganze eine Wahnidee von ihm.

Was hatte Leo ihm oft vorgeworfen? Dass er sich in seinen Träumen verheddere und nichts zu Ende bringe?

Er fing an, sich auch in seinen alltäglichen Arbeiten zu verheddern. Die Aufträge prasselten ohnehin nicht auf ihn ein. Er sollte die Fotos für den Lokalteil ernster nehmen.

Sich öfter im Rathaus herumtreiben. In die Horde derer einreihen, die sich die Politiker vor die Linse holten.

Der Tod von Bob und Christlein war keine Wahnidee.

Der eine war in der Nordsee verstreut und der andere noch immer in der Kühlschublade.

Nick blickte zu Vera, die sich von der Rheingauer Riesling Beerenauslese nachschenken ließ, die zum Dessert gereicht worden war. Der Kaffee kam bereits.

Die ersten Gäste gingen. Auch der Kenner des Nienstedtener Friedhofes hatte sich schon verabschiedet.

Ein paar Augenblicke später saßen sie allein am Tisch.

Sie waren dabei, den Salon zu verlassen und in den Vorraum mit den Spiegeln zu treten, als Nick den Herrn noch einmal sah, der ihm gegenübergesessen hatte. Er trat auf einen anderen zu, der neben Nick dem Ausgang zustrebte.

»Nachher noch bei Lauterbach«, hörte Nick ihn sagen, »kleinster Kreis.«

War Lauterbach der Mann, dem der Herr von Nicks Achtertisch es als Einzigem zutraute?

Was zutraute? All das, was der kleine Bob und Christlein befürchtet hatten?
Die Veranstaltungen, auf denen er die Chance hätte, etwas in Erfahrung zu bringen, ließen sich kaum über das Atlantic buchen. Kleinster Kreis. Das war es.
Er sah sich nach Vera um, die vorausgegangen war, und blickte noch einmal kurz in den Spiegel und entschied, den Mann im grauen Kammgarn vorläufig zu vergessen.

»Lauterbach im kleinsten Kreis«, sagte Pit, »na und?«
»Konspiratives Treffen«, sagte Nick.
»Du verrennst dich total. Politiker treffen sich sicher öfter im kleinsten Kreis als auf Massenveranstaltungen.«
Pit nahm das Leinenjackett, das über dem Drehsessel hing.
»Lass uns was trinken gehen«, sagte er.
»Ich bin doch gerade erst angekommen«, sagte Nick und sah sich in Pits Büro um, als sei es zu mieten.
»Ich kann dir auch einen Kaffee aus dem Automaten holen.«
»Ist schon gut. Wir gehen was trinken.«
»Irgendwo draußen sitzen«, sagte Pit, »den ganzen Tag war ich hier eingesperrt.« Ihm fiel Hauke Behn ein, der den Deich vor Augen hatte, wenn er aus dem Büro guckte. Vielleicht sollte er um eine Versetzung aufs Land bitten. Im Sommer fühlte er sich in der Stadt gefangen.
»Paolino?«, fragte er. »Ich habe Lust aufs gute Leben.«
Nick zögerte.
»Sag jetzt nicht, dass du für ein Essen bei Paolino ein Dutzend Mal bei Penny einkaufen könntest«, sagte Pit.
Nein. So weit war Nick noch nicht, dass er das laut aussprach.
»Du hast doch gerade im Atlantic diniert«, sagte Pit.
»Das ging auf Veras Rechnung«, sagte Nick verlegen.
Sie traten aus dem Präsidium, und Nick wäre gern ein Stück zu Fuß gegangen, um bei einem Griechen anzukommen und

in dessen abgestecktem Garten ein Glas Retsina zu trinken, von dem man sich auch noch ein zweites und drittes leisten konnte, doch Pit strebte seinem Wagen zu.

»So geht das nicht weiter mit dir«, sagte Pit. »Du weißt, wie sehr ich es schätze, wenn du dich mit mir in meine Fälle vertiefst. Zumal du in diesem Fall die beiden Mordopfer kanntest. Doch du musst mit irgendwas Geld verdienen. Ich kann dich leider auf keine Gehaltsliste setzen.«

Er öffnete den schwarzen Mercedes, den er für einen Hauptkommissar schon zu lange fuhr. Keine Spur von Klimaanlage. Der Wagen glühte, und Pit dachte wieder an Dünen und grasende Schafe und Seeluft.

»Ich liebe den Sommer in der Großstadt«, sagte Nick, als er die Scheibe herunterkurbelte.

»Dann lässt es sich leichter unter den Brücken schlafen.«

»Hör auf«, sagte Nick, »das ist nicht lustig. Ich bin einfach ein wenig desolat, seit Leo weg ist.«

Pit legte einen schnellen Start hin. Wenigstens Wind durch die geöffneten Fenster und den Wagen wehen lassen. Wenigstens eine Ahnung von Freiheit. Er sah zu Nick.

»Eine Ausrede«, sagte er, »du warst vorher auch desolat.«

»Du kannst es doch nicht einfach ignorieren«, sagte Nick, »der kleine Bob schleppt kompromittierendes Material an über vier Herren, die eine Menge zu verlieren haben. Er trifft sich mit ihnen oder jedenfalls mit Leuten, die ihnen nahe stehen, und liegt auf einmal tot im Schilf.«

»Und du hast keine Ahnung, wo er sich mit ihnen getroffen hat?«, fragte Pit.

Nick schüttelte den Kopf. »Was ist eigentlich mit der Wohnung des Jungen?«, fragte er.

»Den Schlüssel haben wir Elisabeth Barwig gegeben. Sie ist die einzige Verwandte. Wir haben uns natürlich vorher umgesehen, aber nichts gefunden.«

»Das wundert mich«, sagte Nick, »da müssen doch Spuren gewesen sein. Irgendwelche Notizen. Verabredungen auf dem Anrufbeantworter. Er hat wochenlang recherchiert.«

Pit war stadteinwärts gefahren und hatte die Alster erreicht. Keine Frage, dass er Paolino anpeilte. »Auf den Anrufbeantworter hast vor allem du draufgequatscht. Glaubst du, der Mörder hinterlässt eine Anschrift? Sagt, wir treffen uns am Schwanenwik und buchstabiert es noch?«

»Wie kommst du auf Schwanenwik?«

»Weil er da in einer geschützten Schilfzone gelegen hat.«

»Habt ihr die Häuser dort eigentlich überprüft?«

Pit schenkte ihm einen langen Blick, ehe er sich auf die Spur zur Kennedybrücke einreihte. »Außer dem Literaturhaus alle«, sagte er, »was glaubst du eigentlich, was wir tun?«

»Und? Kein Hinweis?«

»Pensionen«, sagte Pit. »Arztpraxen und Anwaltskanzleien. Privatwohnungen von größerem Ausmaß. In einigen wohnen seltsame Leute. Wirklich verdächtig war uns keiner.«

»Vielleicht sucht ihr das Falsche«, sagte Nick. »Vielleicht habt ihr eine dumpfe Schlagende Verbindung vor Augen. Dunkles Holz an den Wänden, Wimpel in jeder Zimmerecke und eine düstere Bibliothek mit einschlägiger Literatur.«

»Dunkles Holz gab es reichlich«, sagte Pit und fluchte, weil er vergessen hatte, dass das andere Alsterufer abgesperrt war, um das amerikanische Konsulat vor Terroristen zu schützen.

»Ist doch seit Jahren«, sagte Nick, »du verdrängst gern, was du nicht wahrhaben willst.«

»Quatsch«, sagte Pit und parkte in der Warburgstraße, die parallel zum Alsterufer lag.

»Hast du einen der vier genannten Herren aufgesucht? Lauterbach? Kroll? Minwegen? Haussmann?«

»Lass uns den Abend genießen«, sagte Pit.

Er war bei jedem einzelnen Namen zusammengezuckt.

Sie überquerten die Straße und gingen den Steg hinunter. Nicht einfach, einen Tisch für zwei zu finden. Viele, die an diesem Sommerabend Lust aufs gute Leben hatten.

Der Kellner setzte sie an einen Vierertisch nah am Wasser, an dem schon ein Paar saß. Keine Chance für Nick, noch einmal auf diese vier Namen einzugehen.

»Hast du dir Material über die Herren kommen lassen?«, fragte Nick. Er fragte leise. Pits Blick war dennoch strafend.

»Was hältst du von Melone mit Schinken?«, fragte Pit.

»Einverstanden«, sagte Nick. Vielleicht blieb es ja bei einer Vorspeise. Er hatte noch zwanzig Euro in der Tasche.

»Zwei von ihnen waren in einer Schlagenden Verbindung«, sagte Pit, »das war das einzig Auffällige. Obwohl ich Leute kenne, die das als durchaus ehrenwert ansähen.«

»Dein Bekanntenkreis macht mir Sorgen«, sagte Nick.

»Als Zweites vielleicht eine Dorade?«, fragte Pit.

Nick blickte in die Karte. »Spaghetti neapolitana«, sagte er.

»Ich lade dich ein«, sagte Pit.

»Ich will nicht euer aller armer Nick sein.«

»Keiner hindert dich, das zu ändern.«

»Wir müssen was tun«, sagte Nick, »es sind zwei Menschen gestorben.«

»Wenigstens fürchte ich nicht, dass der Täter eine Serie von Morden plant. Wie im letzten Jahr bei den Frauen.«

Sie hatten inzwischen die volle Aufmerksamkeit des Paares an ihrem Tisch. Pit lächelte sie an und überlegte, ob er seine Dienstmarke zeigen sollte, um zu signalisieren, dass dies in seiner Branche ein ganz normales Tischgespräch war.

Doch die beiden lenkten ihre Blicke auf die abendliche Alster. Pit bestellte die Vorspeisen, Doraden und eine Flasche Regaleali. Er hatte vor, sich und Nick zu verwöhnen.

Sie wateten in letzter Zeit zu viel in Sümpfen herum.

»Ich dachte, dass ich mal wieder mehr fürs Lokale fotografiere«, sagte Nick.

»Sehr gut«, sagte Pit, der schon auf einer Scheibe Ciabatta kaute, »was kriegst du denn für ein abgedrucktes Foto?«

»Hängt von der Größe ab«, sagte Nick.

»Dann schießt du eben nur große Fotos.« Pit grinste.

»Es geht mir nicht nur um Kohle.«

»Sollte es dir aber zur Abwechslung mal gehen.«

Nick wünschte, er hätte sich die Spaghetti bestellt.

Wenn Arbeit nicht frei machte, dann doch Geld.

Er fing an, mit Missvergnügen zu essen, doch der Schinken aus San Daniele ließ das nicht lange zu. Gutes Essen war das Einzige, wo Nick zum Genießer wurde.

Auf jeden anderen Glanz glaubte er, verzichten zu können.

Die Doraden waren ihnen noch vergönnt, der Kaffee nicht mehr. Pits Handy klingelte, kaum, dass er die Bestellung für den Espresso aufgegeben hatte.

Pit lauschte hinein und schien verstört.

Er stand auf und ging ein Stück den Steg hinauf. Als er zurückkam, legte er drei Scheine vor Nick. Hundertfünfzig Euro.

»Zahl du bitte. Ich muss sofort los.«

»Kann ich nicht mit?«, fragte Nick. Die kleine Nikon hatte er in der Jackentasche. Doch Pit schüttelte schon den Kopf.

»Da muss ich allein hin«, sagte er.

Er wandte sich schon zum Gehen und drehte sich noch einmal um und beugte sich zu Nick.

Das Paar an ihrem Tisch hatte es geschafft, sich eine Stunde lang an den Antipasti festzuhalten. Gerade schoben sie letzte Stücke der geschmorten Paprika in des anderen Mund und schienen damit abgelenkt.

Pit sprach sehr leise. Nick konnte kaum hören und schon gar nicht glauben, was er sagte.

»Ein Anschlag auf Lauterbach.«

»Ist er tot?«, fragte Nick.

Pit schüttelte den Kopf. »Ich rufe dich nachher noch an«, sagte er und ließ Nick allein mit dem guten Leben.

Nick trank erst den einen und dann den anderen Espresso. Trank auch den Grappa, den der Kellner ihm offerierte.

Er blickte auf die Alster, über der es dunkel geworden war, und fragte sich, ob der Anschlag auf Lauterbach nun eine Bestätigung der Mutmaßungen sei, die ihm der kleine Bob und Christlein hinterlassen hatten.

Der silberfarbene Ford seiner Kollegin stand nachlässig abgestellt halb auf dem Gehweg. Sie schien in großer Eile gewesen zu sein, die Hauptkommissarin war bekannt dafür, dass sie auch auf dem Wege zu Kapitalverbrechen ihren Wagen korrekt parkte.

Der Name Lauterbach vermutlich, dachte Pit. Der hatte sie so nervös gemacht, dass sie alle Prinzipien vergaß.

Der hatte wohl auch gleich ein halbes Dutzend Streifenwagen herbeigeholt, die alle ordentlich aufgereiht die kleine Straße verstopften, in die Pit mit seinem alten Mercedes zu kommen versuchte. Er nahm sich ein Beispiel an seiner Kollegin und stellte ihn vorschriftswidrig ab.

Was hatte Lauterbach in lauer Sommernacht in einer kleinen Straße in Barmbek zu suchen?

In Pits Unterlagen war als Wohnsitz Duvenstedt angegeben, ein beinahe schon ländlicher Vorort. Viel passender für eine Sommernacht als dieses balkonlose Backsteinhaus.

Pit trat ins Treppenhaus und sah Blutspuren auf dem Terrazzoboden. Klar. Lauterbach war bereits abtransportiert.

Ins Barmbeker Krankenhaus vermutlich, das gleich um die Ecke gelegen war.

»Dass du endlich da bist«, sagte seine Kollegin.

Er fand, er habe sich beeilt, doch Silke Kollmorgen war ganz offensichtlich nervös. Hatte ihr der Polizeipräsident bereits ins Handy getutet, dass dieser Fall ganz besonders delikat behandelt werden müsste?

»Was ist mit Lauterbach?«, fragte Pit.

»Schulterdurchschuss. Viel Blut. Keine Lebensgefahr.«

»Und darum sind wir hier in großer Besetzung vertreten?«

»Frag doch mal, wessen Wohnung das ist.«

Pit sah sich um. Drei kleine Zimmer. Karg möbliert. Doch in einem stand ein Doppelbett, das Gulliver erfreut hätte.

Viele Volants. Viele Kissen. Viel Fläche.

»Hat die Besitzerin des Bettes geschossen?«

»Sie ist seit Wochen verreist.«

Pit nickte. Warum sollte es auch einfach sein.

»Wessen Wohnung ist es?«, fragte er.

»Die einer stadtbekannten Hure.«

»Und warum war Lauterbach hier, wenn die Dame doch verreist ist?«

»Wenn ich das wüsste«, sagte Silke Kollmorgen.

»Ich habe mir das Ambiente einer stadtbekannten Hure ganz anders vorgestellt«, sagte Pit.

»Ich glaube nicht, dass es ihr einziges Domizil ist.«

»Habt ihr die Kugel?«

Seine Kollegin ging ihm voran in ein Zimmer, das sich notfalls als Wohnzimmer bezeichnen ließ. Ein Sofa stand dort, eine CD-Anlage, ein Sideboard. Auf dem Sideboard verschiedene Spirituosen. Whisky vor allem.

Im Sideboard ein Loch, in dem die Spurensicherung bereits erfolgreich gebohrt hatte, um die Kugel zu entfernen.

»Der Täter muss nah dran gewesen sein«, sagte Pit, »ich bin gespannt auf Lauterbachs Aussage. Hast du schon was aus ihm rauskriegen können?«

Die Hauptkommissarin Kollmorgen schüttelte den Kopf. Ihr

stand es bis zum Kragen. Sie hatte mit ihrem Freund in einem Lokal an der Elbe gesessen und war noch nicht einmal bis zur Scholle Finkenwerder Art gekommen.

»Der Arzt sagte, er stünde unter Schock. Ich glaube eher, dass er nichts ohne seinen Anwalt sagt.«

»Er wäre nicht der erste Politiker, dessen Kontakt zu Huren öffentlich wird.«

»Das war kein Schäferstündchen.«

»Warum nicht? Vielleicht wurde er an eine Kollegin der Dame weitergereicht.«

»Wusstest du, dass es Gerüchte um Lauterbach gibt?«, fragte Silke Kollmorgen.

Pit spürte, wie ihm kühl wurde an diesem Sommerabend.

»Es gibt um jeden Politiker Gerüchte«, sagte er.

»Er soll im kleinsten Kreise üble rassistische Äußerungen von sich geben.«

»Das kann nicht sein«, sagte Pit, »ich kenne Bilder, auf denen er schokoladenfarbene Kinder herzt.«

»Und er sagt auch nie Negerkuss, nur Schokokuss?«, fragte Silke Kollmorgen und triefte vor Hohn.

Zwei Streifenpolizisten sahen zu ihnen hinein.

»Können wir die Hundertschaft nicht nach Hause schicken?«, fragte Pit. Seine Kollegin nickte.

Die Polizisten tippten an ihre Mützen und machten auf dem Fuß kehrt. »Sagen Sie es auch den anderen«, rief Pit.

Er wäre gerne mitgegangen. Warum war ihm das Gespräch unangenehm? Weil es Nick bestätigte?

»Wer verbreitet denn dieses Gerücht?«, fragte er. »Der kleinste Kreis würde doch wohl dichthalten.«

Die Hauptkommissarin zuckte die Achseln.

»Die Putzfrau?«, fragte Pit. Er hasste es, wenn Silke die Sphinx gab. Sie neigte dazu.

Seine Kollegin sprach kurz mit dem letzten Getreuen der

Spurensuche und wandte sich dem Ausgang zu. Vor der Tür stand ein Eimer mit Wasser. Das Blut wurde weggewischt. Ein paar Neugierige standen vor dem Haus.

»Setzen wir uns in meinen Wagen«, sagte Silke Kollmorgen.

Wenigstens schlug sie nicht vor, ins Präsidium zu fahren.

Pit überlegte, ob Nick schon zu Hause sei. Er war sicher zu Fuß gegangen und vielleicht noch unterwegs.

»Lauterbach hat erwachsene Kinder, von denen eines den Vater durchaus kritisch sieht.«

»Pfui«, sagte Pit, »Denunziation in der Familie.«

»Auf wessen Seite stehst du eigentlich?«, fragte seine Kollegin.

»Woher kennst du dieses illoyale Kind?«

»Ich persönlich kenne es nicht.«

Pit stöhnte. »Auch noch aus zweiter Hand«, sagte er, »das Ganze ist ja wohl eher Klatsch als ein Gerücht.«

»Was du für feine Unterschiede machst.«

Warum sträubte er sich so? Er wusste es selber nicht.

»Also?«, fragte Pit.

»Mein Freund ist Therapeut in der Drogenberatung.«

»O Gott. Sag jetzt nicht, dass eines der Kinder von Lauterbach an der Nadel hängt.«

»Nein«, sagte Silke Kollmorgen, »Lauterbachs ältester Sohn ist ebenfalls Therapeut. Sein Vater sähe ihn allerdings lieber in einer Praxis am Neuen Wall.«

»Und dann erzählt der Sohn beim Becher Kaffee von den rassistischen Äußerungen seines Vaters?«

»Es gab einen konkreten Anlass.« Silke Kollmorgen sah ihn an. »Was ist los mit dir?«, fragte sie. »Wir arbeiten jetzt seit einem halben Jahr zusammen. Aber so habe ich dich noch nicht erlebt. Du blockst total ab.«

»Vielleicht hängt es mit den beiden Fällen zusammen, an denen ich gerade sitze.«

»Der alte Journalist und der Junge im Schilf?«
»Ich habe einen Informanten, der behauptet, dass es einen braunen Sumpf gäbe, in dem auch Lauterbach steckt«, sagte er, »und dass die beiden darum getötet wurden.«
»Aber das bestätigt doch alles.«
»Und warum stehen wir jetzt in dieser stillen Straße?« Pit sah zum Fenster hinaus. Die Neugierigen trollten sich allmählich.
»Das finden wir morgen früh heraus.«
»Um neun«, sagte Pit.
»Acht Uhr«, sagte die Hauptkommissarin Kollmorgen, »im Barmbeker Krankenhaus stehen sie auch früh auf.«
Eifrig, wie sie war. Noch nicht lange dabei.

»Die Terrasse«, sagte Vera, »wir sollten sie viel mehr nutzen. Einen langen Tisch hinstellen, an dem wir alle essen können. Groß genug ist sie.«
»Sprichst du vom vorderen Balkon?«, fragte Anni.
»Herrje nochmal. Ja.« Vera wurde immer ungeduldig, wenn in Hamburg der Sommer ausbrach. Eile war angesagt, denn er konnte schnell wieder vorbei sein.
»Und wer ist wir alle?«
»Du und ich. Der Kleine. Nick. Von mir aus auch Engelenburg und seine Söhne. Ich will Leben im Haus haben.«
Anni sah zum Klavier hinüber, dessen Deckel noch immer geschlossen war. Ob Engelenburg Klavier spielte?
Wenn Nicholas erst einmal größer wäre, dann gäbe es Krabbelgruppe und Kindergarten und Väter und Mütter, die hier säßen und Kaffee tranken oder Wein.
Es war schön, auf eine Zukunft hinzuleben, in der ein Kind vorkam. Waren nicht die Kinder die Träger aller Hoffnungen und aller Sehnsucht?
Vera war ihr Kind gewesen. War es immer noch. Verakind.

»Anni«, sagte Vera, »du träumst.«

»Einen Sylter Tisch«, sagte Anni, »so ein schmales langes Ding, das weiß lackiert ist.«

»Sylter Tisch. Wo krieg ich den denn her?«

»Hellmann hatte so einen«, sagte Anni.

»Hellmann«, sagte Vera, »den Herrn Feldrichter habe ich mir in dunkler Eiche vorgestellt.«

Anni winkte ab. »Dem können wir den Tisch nicht mehr abkaufen«, sagte sie, »der ist schon lange tot.«

»Morgen will ich hier ein Krebseessen machen«, sagte Vera.

Was war ihr im Kopf? Ein Bild von Carl Larsson?

Sie hatte Sehnsucht danach, Idylle zu schaffen. War sie das nicht sich und ihrem Kind schuldig?

»Matjes wäre doch auch schön«, sagte Anni. Sie war alles andere als eine Vegetarierin, aber sie schätzte es gar nicht, lebende Tiere in kochendes Wasser zu werfen.

»Ich kann die Krebse bei Kruizenga bestellen«, sagte Vera.

Sie war auf den Balkon getreten und brauchte sich gar nicht nach Anni umzudrehen, um den Ausdruck auf ihrem Gesicht vor sich zu sehen. Er konnte nur empört sein.

Anni ging es gegen die Ehre, vom Feinkosthändler fertig liefern zu lassen, das sich selber zubereiten ließ.

Da wurde sie lieber noch zur Mörderin.

»Und wo kriegen wir die Krebse her?«, fragte sie.

»Ich bitte Nick, mit mir zu Hummer Pedersen zu fahren.«

Hätte man sich Vera nicht in einem Alfa Cabrio vorstellen können? Eng geschlungenes Seidentuch? Sonnenbrille?

Doch sie blieb lediglich eine leidenschaftliche Beifahrerin.

Auch Gustav war ein Mensch ohne Führerschein gewesen.

Nur Nelly liebte schnelle kleine Autos, mit denen sie über die Corniches sauste, die untere, die mittlere, die obere.

Kam Vera nicht in fast allem auf ihren Vater?

»Und der Tisch?«, fragte Vera.

»Wir nehmen den Mahagonitisch aus dem Esszimmer und legen eines von den großen Leintüchern drauf.«

»Äußerste Notlösung«, sagte Vera. Sie wollte wenigstens schon einmal die Requisiten für das Larsson'sche Idyll.

Anni war ihr auf den Balkon gefolgt. Die Begrünung musste auch noch üppiger werden, wenn sie hier die Festwochen einläuteten. »Und wenn die morgen alle keine Zeit haben?«

»Dann kommen sie am nächsten Tag.«

»Du bist so unruhig, seit du im Atlantic warst.«

Vera lachte. »Ich bin nur heimgesucht von der längst fälligen Erkenntnis, dass ich eine allein erziehende Mutter bin. Eine Rolle, die ich für mich nicht vorgesehen hatte.«

»Geht uns doch allen so«, sagte Anni, »wer lebt denn, was er für sich vorgesehen hatte. Nick doch bestimmt nicht und dass van Engelenburg so früh verwitwet ist.« Sie hielt inne in ihrer Betrachtung und trat zur Balkonbrüstung. »Da unten ist er«, sagte sie, »hab ich doch richtig gehört. Laut, wie der lacht. Kannst du ihn gleich einladen. Er ist aber nicht alleine.«

»Ich brüll die Einladung doch nicht vom Balkon runter«, sagte Vera. Sie war wahrlich eine unkonventionelle Frau, doch es hatte Grenzen. Sie beugte sich vor und warf einen kurzen Blick nach unten. Engelenburg stieg gerade die Stufen zur Haustür hoch. An seiner Seite ein Herr mit Glatze, der Vera bekannt vorkam.

»Kannst es natürlich auch auf Bütten machen«, sagte Anni.

»Sei nicht gleich beleidigt«, sagte Vera, »was machen wir nun mit dem Tisch?«

»Ein weißes Leintuch drauflegen.«

»Bei Kirchner anrufen«, sagte Vera und ließ sich in einen der Korbstühle fallen. »Die haben doch lauter Friesenkram.«

»Ist es noch zu früh für einen Gin Tonic?«, fragte Anni. Sie wollte Veras Sommerlaune gerne weiter heben.

»Nein«, sagte Vera, »großartige Idee. Mach dir auch einen.«
Ihre Freundin Leo fiel ihr ein. Die Großkonsumentin von Gin Tonics. Leo on travelling. Wo war sie bloß?
Wenn sie Leo doch anrufen könnte. Zum Krebseessen einladen. Wie sie alle anderen anrufen würde. Nick. Van Engelenburg. Ein kleiner Kreis. Ihr Freundeskreis musste dringend wieder größer werden.
Hatte Nick ihr nicht irgendwas vom kleinsten Kreis ins Ohr geflüstert, als sie das Atlantic verließen?
Vera nahm das Glas, das Anni ihr gab. Zum Anfassen zu kalt. Anni setzte auf die Verdünnung des Alkohols durch Eiswürfel.
Lauterbach, der sich im kleinsten Kreis traf. Sie erinnerte sich.
Vera trank ein paar Schlucke und stellte das Glas ab.
Die Sonne brannte heiß. Vielleicht sollte sie die Zeit nutzen, in der Nicholas schlief, und ein bisschen dösen.
Sie schloss die Augen und wäre eingeschlafen, hätte nicht ein Gedanke sie wieder wach sein lassen.
Ihr war eingefallen, wer der Herr mit Glatze an Engelenburgs Seite gewesen war. Einer der vier Herren, die ihrem Freund Nick so am Herzen lagen. Minwegen.

Er hatte vergessen, Nick anzurufen. Er erinnerte sich spät daran, eigentlich erst in dem Augenblick, als ihm der Bericht des ballistischen Labors vorgelegt wurde.
Pit lehnte sich in seinen Drehsessel, dessen Leder knarrte, billiger Abklatsch eines Chefsessels, und betrachtete die Decke.
Damit hatte er nicht gerechnet.
Eine 6.35er Beretta, deren Kugel gestern aus dem Sideboard gepflückt worden war. Gar nicht lange her, dass ihnen eine gleiche Kugel auf dem Tisch lag, die sie aus einem Gehirn geholt hatten. Lauterbachs Schulter war von derselben Waffe

durchschossen worden, die den kleinen Bob getötet hatte. Pit atmete tief durch und griff zum Telefon.
Es wunderte ihn nicht, dass Nick erst einmal schwieg, nachdem er diese Neuigkeiten gehört hatte.
Warum konnten Fälle nicht einfach und gradlinig sein.
Den Mörder mit dem blutigen Beil in der Hand fassen.
»Was sagt uns das?«, fragte Pit.
»Er muss direkt vor Lauterbach gestanden haben.«
»Während es gut möglich ist, dass Robert Barwig seinem Mörder nicht ins Gesicht geblickt hat«, sagte Pit.
»Lauterbach müsste den Täter doch genau beschreiben können.«
Pit Gernhardt seufzte. »Er sagt gar nichts«, sagte er, »sein persönlicher Arzt wedelt uns weg wie Fliegen. Schock. Noch nicht aussagefähig. Er ist eilends herbeigeeilt, obwohl es in Barmbek weiß Gott genügend Ärzte gibt. Nicht nur er eilte herbei, auch sein Anwalt steht neben dem Krankenbett, und wer, glaubst du, ist sein Anwalt?«
»Sag es schon.«
»Achim Kroll«, sagte Pit. Er wurde von Nicks Gelächter überrascht und erkannte die Komik ganz und gar nicht.
»Falls du es nicht herausgehört hast, es war ein durchaus bitteres Lachen«, sagte Nick. »Erst hältst du dir die Ohren zu, wenn ich nur den Namen einer der vier Herren nenne, und nun fallen sie dir vor die Füße.«
»Das hier muss gar nichts mit deinen Theorien zu tun haben.«
»Weil es in der Wohnung einer Prostituierten stattfand? Du sagst doch, die sei nicht zu Hause gewesen.«
»Und warum schießt einer, der in deine Sumpfgeschichte verwickelt ist, auf Lauterbach? Weil er es auf einmal schweinisch findet, dass Lauterbach ihm den Auftrag gegeben hat, den kleinen Bob totzuschießen?«

»Warum nicht«, sagte Nick, »manche Menschen haben mehr Ehre im Leib, als sie selber vorhergesehen haben.«

»Darum tötet er jetzt nicht mehr, sondern schießt nur noch durch Schultern.«

»Denk dir doch selber was aus«, sagte Nick, »weißt du eigentlich, dass es drei Uhr nachmittags ist, und ich seit gestern Abend auf deinen Anruf gewartet habe?«

»Verdammt nochmal, Nick, ich habe den Vormittag in diesem Krankenhaus verbracht. Ich bin nicht dazu gekommen.«

»Ich spreche vom gestrigen Abend.«

»Sei nicht kleinlich. Ich hatte den Kopf voll.«

»Du solltest mal den Gedanken zulassen, dass Lauterbach angeschossen wurde, weil er im Sumpf steckt.«

Pit dachte daran, dass er die rassistischen Äußerungen, die Lauterbach getan haben sollte, mit keiner Silbe erwähnt hatte. Aber Nicks Feuer brannte auch ohne Öl.

»Wir werden in allen Richtungen ermitteln«, sagte Pit. Er hörte sich schon an wie der Pressesprecher.

»Mit solch gepflegten Sätzen könntest du auch in die Politik gehen«, sagte Nick. Er trat auf seinen Küchenbalkon und guckte in die Kastanie, aus der ein größerer Krach kam.

»Bist du das, der da zetert?«, fragte Pit.

»Komm lieber vorbei und trinke einen Wein mit mir«, sagte Nick, »das macht dich wieder liebenswürdiger.« Er sah den Elstern nach, die aufgeflogen waren.

»Ich kann jetzt nicht«, sagte Pit, »aber ich melde mich, sobald ich was Neues weiß.«

»Tu es wirklich.«

»Ich verspreche dir, dass wir uns nochmal gemeinsam über das beugen, was dein kleiner Bob zusammengetragen hat. Sobald ich ein bisschen Zeit habe.«

»Vielleicht könntest du diesmal etwas unvoreingenommener sein«, sagte Nick.

»Versuche du das auch mal.«

Pit legte auf, und Nick setzte sich auf einen der beiden Stühle, die auf dem kleinen Balkon standen, und blickte in das Laub der Kastanie und sah den kleinen Bob vor sich.

Ein freundlicher Junge war er gewesen, und doch konnte sich Nick an gar kein Lächeln erinnern.

Warum war ihm Bobs Lächeln abhanden gekommen? Verloren sich die Gesichter aus seinem Gedächtnis?

Vor Tagen hatte er versucht, sich Leo vorzustellen, doch es war ihm erst gelungen, nachdem er ein Foto betrachtet hatte. Von seiner Mutter erinnerte er nur das ganz junge Gesicht. Das leidende aus den letzten Jahren hatte er verdrängt.

Nick stand auf und legte das Telefon auf den Küchentisch. Unvoreingenommen betrachten, was der kleine Bob zusammengetragen hatte. Er wollte es versuchen.

Am hellichten Tag im Sonnenschein, der auf seinen Tisch aus Lindenholz fiel.

Er wusste, dass er einer war, der sich leicht verrannte.

Nick legte die vier Klarsichtmappen auf den Lindenholztisch. Jeweils nur drei Blatt Text in den Mappen. Auf dem ersten Name und Alter der Herren. Biographische Angaben.

Auf dem zweiten das, was Pit üble Nachrede genannt hatte. Äußerungen der vier Herren, die nicht anders als rassistisch zu nennen waren. Die deutlich den Wunsch erkennen ließen, dem Land die Liberalität auszutreiben.

Hinter jedem einzelnen Satz stand das Datum des Tages, an dem er gesagt worden sein sollte.

Die Namen derer, die diese Sätze weitergegeben hatten, kamen nur als Kürzel vor.

Dick wurden die Mappen durch Zeitungsausschnitte. Nicht nur die Nationalzeitung war dabei, auch die Neue Zürcher, die Frankfurter Allgemeine, die Süddeutsche Zeitung.

Texte, in denen es um Anschläge neonazistischer Art ging, brennende Häuser, totgeschlagene Menschen.
Doch auch die eine und andere Demonstration, die durch Chaoten der autonomen Szene zur Schlacht geworden war, fand in den Texten statt.
Dann die Kopien der Kontoauszüge.
Die Herren Haussmann und Lauterbach hatten Konten bei der Credit Suisse. Krolls Name stand auf den Auszügen der Raiffeisenbank Husby. Minwegens Konto war bei einer Privatbank in Den Haag.
Auf dem dritten Textblatt hatte der kleine Bob einzelne Kontobewegungen festgehalten. Alle vier Herren hatten immer wieder größere Summen an die Okzidentale Treuhand GmbH überwiesen.
Kein Schwein schien zu wissen, wer sich dahinter verbarg. Nick hatte vergeblich im Internet danach gesucht.
Ein Förderverein für Dichter, die das Abendrot besingen, hatte Pit gesagt und war nicht weiter interessiert.
Nick blieb überzeugt davon, dass der kleine Bob kurz vor einer Entschlüsselung gewesen war. Hatte Nick Anfang Mai nicht tagelang auf eine Nachricht von ihm gewartet, die Bob mehr oder weniger angekündigt hatte?
War er nun einer, der sich verrannte?
Hier wird nichts bleiben, wie es war, wurde Haussmann auf dem zweiten der Blätter zitiert. Ehemaliger Bundespolitiker, der über eine Spendenaffäre gestolpert und sich nach einer Schamfrist in Brüssel wieder gefunden hatte.
Wer waren die Zuträger dieser Sätze? Das Personal, das den Herren die Canapés auf silbernen Tabletts reichte?
Nick legte die Zeitungsausschnitte nebeneinander auf den Tisch und beugte sich darüber. Bob war die Erklärung schuldig geblieben, warum er die Texte den Herren in die Mappen gelegt hatte.

Nick wurde das Gefühl nicht los, dass die Kontobewegungen und die Vorfälle, die in den Texten behandelt wurden, einiges miteinander zu tun hatten.
Eine Theorie, die er bislang für sich behalten hatte.
Pit war dafür zu verbohrt.

Lauterbach gehörte zu den Leuten, die die Chance, die ein Schock bot, voll auslebten. Er sprach zwar wieder, doch die Sätze hörten sich an, als habe sein Anwalt sie gemeißelt.
Er erinnerte sich an nichts.
Erst nach Stunden fand er zu einer Leutseligkeit zurück, für die er bekannt war und die ihm einen strengen Blick Krolls einbrachte, aber Pit war sich kaum mehr sicher, ob nicht auch das Teil der Inszenierung war.
Stunden, in denen Pit sich auf Geheiß des Arztes ständig zurückziehen musste, um den Verletzten zu schonen.
Lauterbach sprach von Verwundung, als habe er sich den Schulterdurchschuss in einem Krieg zugezogen.
Er neigte zunehmend dazu, dem Attentäter verzeihen zu wollen, gar auf eine Verfolgung zu verzichten.
Ihm lag ganz offensichtlich daran, die Identität des Täters im Dunkeln zu lassen. Wer ihm die Wohnungstür geöffnet hatte, und zu welchem Zweck er dort gewesen war, auch diese Angaben blieben vage.
Lauterbach verwies auf sein soziales Engagement für junge Prostituierte. Hatte er nicht vor einigen Wochen eine von ihm finanzierte Teestube für diese armen Frauen eröffnet?
Gab es da nicht Kontakte zu Betroffenen aus der Szene, die ihre Emotionen kaum unter Kontrolle hatten und darum zu Gewalttaten neigten?
»Ich bin ein Mann, der verzeihen kann«, sagte Lauterbach.
Pit durchschaute alle Finten und litt.
Er würde wieder der Dumme sein.

Im Präsidium angekommen, suchte er nach seiner Kollegin, um zu erfahren, welches der konkrete Anlass gewesen war, der Lauterbachs ältesten Sohn dazu gebracht hatte, über die rassistischen Äußerungen seines Vaters zu plaudern.
Pit gierte nach jeder Information. Er war bereit, auch Nicks Unterlagen mit neuen Augen zu betrachten. Er hasste es, so dumm ausgetrickst zu werden, wie Lauterbach und sein Anwalt Kroll es mit ihm versuchten.
Doch Silke Kollmorgen stand vor einem Klinkerhaus in Lurup, um einen Geiselnehmer daran zu hindern, der eigenen Frau das gemeinsame Küchenmesser an den Hals zu setzen. Silke war die Beste an der Flüstertüte. Bisher hatte sie noch jeden weichgequatscht und zum Aufgeben gebracht.
Pit holte sich einen Kaffee aus dem Automaten und hatte schon Magenschmerzen, als er die Brühe im Becher sah.
Vielleicht sollte er mal wieder Hauke Behn besuchen.
Mal gucken, was die Studienrätin Barwig und ihre Tapeten machten. Vielleicht hatte sie ein neues Kaninchen.
Irgendwer musste auch noch Karl Christlein beerdigen.
Warum nicht Elisabeth Barwig, wo sie schon einen Schlüssel zu seinem Haus besessen hatte? Vermutlich war die Intimität größer gewesen, als sie zuzugeben bereit war.
Pit sah auf die Armbanduhr und griff zum Telefon.
Er hatte vor, den Dienst bei Nick fortzusetzen. Er durfte Nick nur nicht erzählen, dass Christleins Leiche freigegeben war. Sonst fühlte Nick sich noch verantwortlich, ihn unter die Erde zu bringen, des schlechten Notendurchschnitts wegen, den er damals als Volontär gehabt hatte.
Doch bei Nick läutete das Telefon durch. Er war unterwegs zum Hafen, um Krebse zu kaufen.

»Die mittlere Größe«, sagte Vera, »ich glaube, Gustav hat immer gesagt, die mittlere sei am schmackhaftesten.«

Nick legte den Kopf schräg und lauschte auf die Geräusche, die sein alter Golf von sich gab. Klang nicht gut. Doch bis zum Hafen und zurück würden sie mit ihm wohl noch kommen.
»Hörst du mir zu?«, fragte Vera.
»Die mittlere sei am schmackhaftesten«, sagte Nick. »Habt ihr oft Krebse gegessen?« Ihm fiel ein, dass es ein Traum seiner Mutter gewesen war, einmal Hummer zu essen.
Als er ihr den Hummer dann brachte, hatte er ihr kaum mehr geschmeckt. Zu spät war er auf den Gedanken gekommen.
Warum speicherte sein Gedächtnis die Misserfolge und Niederlagen so viel sorgfältiger als alles andere?
»Nein«, sagte Vera, »Anni schätzt Krebseessen nicht. Sie zieht es vor, wenn die Tiere tot in ihre Küche kommen.«
Apropos tot, wollte Nick sagen. Doch er riss sich gerade noch zusammen. Lauterbach war nicht einmal tot.
»Kochst du die Krebse?«, fragte er stattdessen.
»Falls Anni ohnmächtig dabei wird, koche ich sie.«
»Wen hast du denn eingeladen?«
»Dich. Und meinen neuen Nachbarn und seinen Sohn. Ich habe dir übrigens noch gar nicht erzählt, dass ich gestern Minwegen gesehen habe. Vom Balkon aus. An der Seite des besagten Nachbarn trat er ins Haus.«
Nick war dankbar, dass er gerade an einer roten Ampel halten durfte. Er sah Vera ziemlich fassungslos an. »Wer ist dein Nachbar nun eigentlich?«, fragte er.
»Ein lebenslustiger Holländer. Konservativ bis in die Knochen. Seine Frau ist im Winter gestorben, darum hat er sein Haus in Nienstedten aufgegeben. Er hat drei erwachsene Söhne, von denen aber nur der jüngste noch bei ihm wohnt.«
»Und du kannst ihn leiden?«
»Sonst hätte ich ihn kaum eingeladen. Anni ist übrigens völlig hingerissen von ihm.«

Nick gab einiges auf die Menschenkenntnis von Anni, aber das mit Minwegen irritierte ihn doch. »Hab ich eigentlich je erfahren, was er beruflich macht, wo er doch offensichtlich kein Notar und kein Schlachter ist?«

»Hab ich dir das nicht erzählt?« Vera blickte auf das Altonaer Rathaus, an dem sie vorbeifuhren. Hier hatte sie mal Jef heiraten wollen. »Er ist Bankier«, sagte sie, »seine Familie hat ein Bankhaus in Holland.«

Nick bog in die Große Elbstraße ein, die sie zu Hummer Pedersen führen würde. Der Golf schepperte. Vermutlich würde ihn das Kopfsteinpflaster gleich auseinander legen.

»Er heißt nicht zufällig Engelenburg?«, fragte er.

Vera sah ihn überrascht an. »Doch«, sagte sie.

Nick seufzte tief. Es konnte nicht sein, dass sich bei Vera nebenan ein neues Unheil zusammenbraute. So viel Pech konnte der Mensch mit seiner Nachbarschaft nicht haben.

»Dann ist er der Bankier von Alphons Minwegen«, sagte er.

»Wie kommst du darauf?«

»Steht alles in den Unterlagen des kleinen Bob.«

»Die habe ich doch auch gelesen«, sagte Vera.

»Nicht das, was die Konten betraf.«

»Du willst mich ins Boot holen und gibst mir nur die halbe Wahrheit bekannt?«

Nick hielt vor einem schlichten einstöckigen Gebäude, in dem einer der besten Fischhändler Hamburgs untergebracht war.

»Die beiden Textseiten, die ich dir gezeigt habe, schienen mir die bedeutenden zu sein«, sagte er.

»Ist Engelenburg ein Schuft?«, fragte Vera.

»Die Banken tun nichts anderes als die Überweisungen ausführen, die die vier Herrn tätigen. Wenn Engelenburg nicht anderswo seine Finger drin hat, ist er kein Schuft.«

»Wohin wird da überwiesen?«

»An die Okzidentale Treuhand GmbH«, sagte Nick.

Vera guckte genauso, wie er es erwartet hatte.

»Was soll das sein?«, fragte sie, »eine Vereinigung zur Rettung des Abendlandes?«

»Ich denke, du bist nahe dran. Wenn wir die Krebse bei Anni abgeliefert haben, kommst du mit zu mir, und ich zeige dir das Ganze von A bis Z. Ich wette, diesmal wirst du staunen.«

»Ich staune auch über rassistische Äußerungen«, sagte Vera, »sie lassen sich nur so leicht erfinden und unterstellen.«

Sie öffnete die Autotür. »Ich kann nachher nicht kommen«, sagte sie, »das Krebseessen will vorbereitet sein. Abgesehen davon wird heute noch ein Sylter Tisch geliefert.«

Nick stieg aus und überlegte, ob es nötig war, den Wagen abzuschließen. Wer ihn klaute, musste verrückt sein.

Vera stand schon auf der Treppe, die zum Laden führte.

»Was unterscheidet Sylter Tische von anderen?«, fragte Nick.

»Sie sind lang, schmal und weiß lackiert, und Anni sagt, der Landgerichtspräsident Ludwig Hellmann habe einen solchen besessen und in der Küche stehen gehabt.«

Nick kannte seine Nazis. Darauf konnte Vera sich verlassen.

»Doch nicht der Feldrichter Hellmann?«, fragte er.

»Genau der. Anni war in Stellung bei ihm, bevor sie zu uns kam. Ist länger als vierzig Jahre her.«

»Ich frage mich, warum wir viel Geld im Atlantic ausgeben«, sagte Nick, »ein Krebseessen bei dir ist ergiebiger.«

»Kannst gucken, was hundert Krebse gleich kosten.«

»Hundert? Sprachst du nicht von fünf Personen?«

»Zwanzig für jeden. Da ist doch kaum was dran.«

»Dann frage ich mich, warum wir die armen Kerle essen.«

»Du und Anni könnt ihnen ja ein Aquarium anlegen. Am besten in der Badewanne.«

Sie betraten die Kachelsäle von Hummer Pedersen.

Nick schüttelte den Kopf. »Ludwig Hellmann«, sagte er, »die

alten Nazis sind nicht totzukriegen. Und dann auch noch am Sylter Tisch mit dem Banker von Minwegen.«
»Hellmann ist bereits seit Jahren tot, und du hast selber gesagt, dass Engelenburg kein Vorwurf zu machen sei.«
»Aber warum lässt er Minwegen in seine Wohnung?«
»Vielleicht werden wir es heute Abend erfahren«, sagte Vera und lächelte den Mann mit der blutigen Schürze an.
»Einhundert Krebse von mittlerer Größe«, sagte sie, »und ein Stück von dem Thunfisch, den Sie gerade zerlegt haben.«

Eine fragliche Entscheidung, am späten Nachmittag noch nach Brandum zu fahren. Bis er dort war, saß Hauke Behn schon zu Hause am Abendbrottisch.
Pit hätte sich gern bei Nick ausgeweint, doch nach vier Versuchen gab er es auf, bei ihm anzurufen.
Silke Kollmorgen war noch nicht von ihrem Einsatz in Lurup zurückgekommen. Der Ehemann mit dem Küchenmesser schien ein hartes Stück Arbeit zu sein.
Pit zog eine der Schreibtischschubladen auf und holte das Kuvert unter dem Katalog für Tauchurlaube hervor.
Die Notiz, die von ihm angelegt worden war, nachdem ihm Nick das Material des kleinen Bob gezeigt hatte.
Aus jeder seiner Zeilen sprangen ihm Zweifel entgegen, doch der Zorn auf Lauterbach und seinen Anwalt Kroll, der ja auch einer dieser vier Herren war, hatte seinen Blick verändert.
Er blieb an einer Zeile hängen, die er noch zugefügt hatte: Kontoauszüge. Okzidentale Treuhand. Suche bei Google ohne Ergebnis geblieben.
Vielleicht sollte er das Gespräch mit Lauterbach morgen mit einer Frage nach der Okzidentalen Treuhand beginnen.
Obwohl kaum zu hoffen war, dass er zusammenbrechen und endlich Klartext reden würde.
Dieser Herr war zu ausgekocht.

Pit legte das Kuvert zurück und schloss die Schublade ab.
Er blickte auf die Rolex an seinem Handgelenk. Wasserdicht auf zweihundert Meter. Er war lange nicht mehr abgetaucht.
Halb sechs, als er das Büro endlich verließ.
Er öffnete alle Fenster und Luken, die der Mercedes hatte, und schob eine Kassette von Frankie Miller ein. Jahrzehnte her, diese Lieder, und Miller sang, als habe er mindestens zwei Leben gelebt und immer auf der Kante.
»Searching«. Das war sein Lieblingslied, seit er sechzehn Jahre alt gewesen war. Irgendwie sein Lebensmotto.
Nach wem oder was er schon alles gesucht hatte.
Weit öfter nach Mördern als nach Liebe, schien es ihm.
Hauke Behn saß sicher an einem Tisch mit kariertem Tuch und aß Butterbrote, und seine Frau hatte frische Wangen und war weizenblond wie die Kinder.
Ob er da einfach hineinplatzen durfte? Vor sieben konnte er kaum da sein, selbst wenn er kachelte.
»Just another day of searching«, sangen Pit und Frankie Miller. Sie sangen es, während die Landschaft an ihnen vorbeiflog, und sangen es noch, als sie sich Brandum näherten. Pit hatte das Lied immer wieder zurückgespult.
Er schaltete den Kassettenrecorder aus, als er in die Straße einfuhr, an deren Ende die Polizeiwache lag.
Die Tür war geschlossen, doch Pit hatte angenommen, dass Behns Wohnung über der Wache war.
Das Klingelschild sagte nichts darüber aus.
Pit trat zurück und sah zu den Fenstern im ersten Stock. Es hingen Gardinen dort, aber es wirkte nicht, als ob dahinter jemand lebte. Eher, als staubten dort Akten der Polizei Brandum aus zwei Jahrhunderten in den Schränken.
»Wollen Sie zum Wachtmeister?«, fragte eine Frau hinter ihm.

Pit Gernhardt drehte sich um und bejahte die Frage, obwohl Hauke Behn mindestens Kommissar sein musste.

Die Frau hielt einen Korb Wäsche in den Händen, die wohl gerade von einer Leine genommen worden war.

»Geh ich auch hin«, sagte die Frau, »da drüben das Haus mit den Fensterläden.«

Pit schickte sich an, ihr den Wäschekorb abzunehmen, doch die Frau schüttelte nur den Kopf und schritt eilig voran. Sie war wenigstens siebzig. Pit dachte, dass diese Generation zähe Exemplare hervorgebracht hatte.

Sie stellte den Korb kurz ab und schloss die Haustür auf.

»Bring Besuch mit«, rief sie in den Korridor hinein.

Ein weizenblonder Junge von vielleicht acht Jahren beugte sich über ein Treppengeländer.

Na bitte, dachte Pit. Eine seiner Voraussagen stimmte schon einmal. Er folgte der Frau in den schmalen Gang.

Sie stieß mit Hilfe des Ellbogens eine Tür auf, und sie traten in die Küche. Behn stand am Herd und hielt eine Pfanne in der Hand. »Hochwerfen«, sagte die Frau, »mit Schmackes.«

Pit sah staunend, wie ein Pfannkuchen in der Luft gewendet wurde. Hauke Behn sah nicht weniger erstaunt aus.

»Ist was passiert?«, fragte er. Die Frau nahm ihm die Pfanne ab, und Behn deutete zum Küchentisch, der für zwei gedeckt war. Pit setzte sich. Das Tischtuch war kariert.

»Ich geh dann mal«, sagte die Frau, »Bügeln tu ich morgen.«

»In Ordnung«, sagte Behn, »Danke für alles.«

Er begleitete sie zur Tür und kam mit einer Flasche Wein wieder. »Trinken Sie ein Glas? Ist ein frischer Kerner.«

»Gern«, sagte Pit. Wo war die Frau mit den frischen Wangen?

»Hab ich ein Fax übersehen?«, fragte Hauke Behn. Er wandte sich dem Herd zu und gab eine Kelle Teig in die Pfanne. Dann öffnete er die Flasche und holte zwei Gläser hervor.

»Nein. Ein spontaner Einfall, zu Ihnen zu kommen. Ich dachte, Sie hätten noch ein paar atmosphärische Betrachtungen für mich. Ich glaube, Sie haben eine Ader für so was.«

Seine Sehnsucht nach der heilen Welt des Hauke Behn behielt Pit lieber für sich.

»Die einzige atmosphärische Betrachtung, die ich Ihnen bieten kann, habe ich von Frau Broder, die Sie eben kennen gelernt haben. Aber eigentlich ist es nur Klatsch und schon fünfundzwanzig Jahre her.«

»Ich fange an, Klatsch schätzen zu lernen«, sagte Pit.

»Damals wurde wohl gemunkelt, dass Karl Christlein der Vater von Robert Barwig sei«, sagte Behn.

Pit stellte sein Glas etwas heftig ab. »Die inzwischen verstorbene Frau Barwig soll von Christlein geschwängert worden sein?«

Behn hob die Schultern und legte den nächsten Pfannkuchen auf eine Porzellanplatte. »Fragen können wir nun beide nicht mehr«, sagte er. »Soll aber ein flotter Feger gewesen sein, diese Frau Barwig. Nicht wie die Tochter.«

Behn öffnete die Küchentür. »Theo. Essen«, rief er.

»Ihr Junge heißt Theo? Da ist ja wohl eine tiefe Liebe zu Theodor Storm in Ihrer Familie.«

»Den Namen hat meine Frau ausgesucht.«

»Ist sie unterwegs?«, fragte Pit.

Hauke Behn stellte die Platte mit den Pfannkuchen auf den Tisch und einen dritten Teller dazu.

»Sie ist vor einem Jahr in die Nordsee gegangen. Als die am höchsten war«, sagte er, »Depressionen.«

Pit schluckte. Was waren das alles für Mitteilungen.

»Das tut mir Leid«, sagte er.

»Darum bin ich mit dem Jungen von der Insel runter. Haben wir beide nicht länger ausgehalten, da zu leben.«

Theo kam in die Küche und begrüßte Pit mit einem breiten Lächeln, um sich dann den Pfannkuchen zuzuwenden.

Behn legte ein Besteck neben Pits Teller. »Zimt und Zucker kann ich Ihnen bieten«, sagte er, »und Brombeerkonfitüre.«
»Selbst gepflückt, die Brombeeren«, sagte Theo mit vollem Mund, »zwei große Schüsseln voll.«
Pit versuchte den Mund ähnlich voll zu nehmen. Er hatte lange keine Pfannkuchen mehr gegessen. War wohl nicht angesagt, vor dem Jungen den Klatsch um Christlein zu vertiefen. Änderte das etwas, wenn der alte Journalist der Vater des kleinen Bob war? Hätte Elisabeth Barwig ein stärkeres oder ein schwächeres Motiv zu einem Mord?
»Ich habe heute ein Kaninchen gestreichelt«, sagte Theo, »auf dem Hof von Hein. Die haben einen neuen Wurf, und die Lehrerin hat sich eines geholt.«
Behn sah auf. »Deine Lehrerin?«, fragte er.
»Die vom Gymnasium, die in dem komischen Haus wohnt.«
Pit und Hauke Behn wechselten einen Blick. Beide hatten sie das Gefühl, eine wichtige Information bekommen zu haben. Doch ließ sich ein Verbrechen aufklären, weil eine Frau ein Kaninchen kaufte und ein alter Klatsch erzählte, dass ihr Vater nicht auch der Vater ihres Bruders gewesen sei?
»War sie nett?« Pit wusste nicht, warum er Theo diese Frage stellte. Sie war ihm einfach in den Kopf gekommen.
»Zu dem Kaninchen war sie nett«, sagte Theo Behn.
»Können wir sie heute Abend noch besuchen?«, fragte Pit und sah auf seine Uhr. Zehn nach acht.
»Weil sie ein Kaninchen gekauft hat?«, fragte Behn.
»Ich könnte mit ihr über die Beerdigung von Christlein sprechen«, sagte Pit.
Behn sah zu seinem Sohn. »Ist schon in Ordnung«, sagte Theo, »ich guck noch Fernsehen.«
»Nur den Kinderkanal«, sagte Behn, »und nach neun gehst du ins Bett, und dann bin ich auch schon wieder da.«
Pit sah Vater und Sohn an und spürte deutlich die Defizite in

seinem Leben. Trotz der Tragödie bei den Behns. Nick und er sollten den Club der einsamen Herzen aufmachen.
Er trank seinen Wein aus, und sie brachen auf, um bei der Barwig sicher nicht willkommen geheißen zu werden.

Engelenburg brachte Levkojen und eine Klarinette mit, auf der er zu spielen gedachte. »Ein kleines Ständchen für die Gastgeberinnen«, sagte er.
Nick hielt einige Bündel Dill in der Hand, die Anni noch telefonisch geordert hatte, um sie in den Krebsesud zu geben.
Er hatte einen Augenblick lang daran gedacht, die Kopien der Kontoauszüge mitzubringen, doch er war froh, sich dagegen entschieden zu haben.
Nicht, dass all das in falsche Hände kam, weil Vera es herumliegen ließ. Noch wusste er nicht, ob Engelenburg Feind oder Freund war.
Jockel, Engelenburgs Sohn, war stattlich und rosig wie sein Vater, doch die Haare waren dunkel und die Augen schwarz.
Die Nienstedtener Bankierstochter Beerbohm musste den Süden in ihren Genen gehabt haben.
Nicholas war aufgekratzt und wirkte, als ob er seinem Wippstühlchen entsteigen wollte, um am Sylter Tisch Platz zu nehmen. Bald würde er ein Vierteljahr alt sein.
Zeit, in die Gesellschaft eingeführt zu werden.
Engelenburg nahm Vera die Magnumflasche aus der Hand und füllte die Gläser mit dem Brut D'Argent.
Der Sylter Tisch sah prächtig aus. Weißes Porzellan. Blaue Leinenservietten. Viele alte Tontöpfe, in die Vergissmeinnicht gepflanzt waren. In den Windlichtern dicke blaue Kerzen.
Anni war glücklich gewesen, alles hervorholen zu dürfen.
Gustavs Silber. Die Jugendstilgläser für den Sekt.
Die schweren Kübel, in denen Weißwein und Aquavit in Hunderten von Eiswürfeln kalt gehalten wurden.

Lange hatte es kein Essen wie dieses bei ihnen gegeben.

Das Erste, das Anni servierte, waren dicke Butterbrote.

Sie hatte Krebseessen mit Gustav erlebt, bei denen die Gäste in der ersten Stunde betrunken waren und von den Stühlen kippten. Zu wenig Fleisch an den Krebsen.

Zu viel Alkohol auf leerem Magen.

Dunkles Vollkornbrot, auf dem die Butter daumendick lag.

Im ersten Augenblick wusste das nur van Engelenburg zu schätzen, angesichts der Schüsseln voll duftender Krebse.

Doch er war ein Meister des gepflegten Besäufnisses und erkannte sofort den Sinn in der Butter und griff zu.

»Anni«, sagte er, »Sie sind eine großartige Frau. Ich wette, Sie haben Ihrer Vera auch immer Ölsardinen zu essen gegeben, bevor sie auf eine Tanzerei ging. So hab ich es mit meinen Jungs gemacht.«

Jockel van Engelenburg stöhnte auf, als sei ihm das schon zu intim, doch er grinste dabei.

Nick fand den Holländer leutselig. Konnte er leutselige Leute leiden? Nagte an ihm der Neid des Besitzlosen, dass er fand, Engelenburg schwitze großbürgerliche Leutseligkeit aus?

Streif deine kleinbürgerlichen Vorurteile ab, hatte Vera mal zu ihm gesagt. Doch nichts klebte fester an ihm.

Er misstraute den Besitzenden. Vera war die Ausnahme, die er zuließ. Vera, die von ihrem Vater ein Vermögen in den Schoß gelegt bekommen hatte. Sie war anders.

Oder war es Minwegen, der ihm im Kopf kreiste, dass er van Engelenburg nicht vorurteilsfrei betrachten konnte?

Nick hatte Minwegen immer für einen undurchschaubaren Politiker gehalten. Obwohl ihm die politische Korrektheit aus allen Poren kam. War er nicht gar als Anwalt am Gerichtshof der UNO in Den Haag aufgetreten? Das könnte sein Konto bei einem holländischen Bankhaus erklären.

Anni schenkte aus der Literflasche Aquavit nach. Nick hielt mit. Bei den Krebsen und beim Alkohol.

Vielleicht hatte Minwegen einen dieser Serben verteidigt.

»Du siehst so finster aus«, sagte Vera. Sie hatte es leise sagen wollen, doch sie sagte es laut. Der Aquavit war auch in ihrem Blut angekommen.

Alle sahen Nick an. »Das stimmt«, sagte Anni und guckte nach den Butterbroten. Vielleicht brauchte Nick noch eines.

»Ich habe an Alphons Minwegen gedacht«, sagte Nick.

Er hatte van Engelenburgs volle Aufmerksamkeit.

»Wer ist denn das?«, fragte Anni.

»Sie kennen ihn?«, fragte Engelenburg.

Nun war es Vera, die finster aussah. Sie hatte keine Lust, sich von Nick den Abend verderben zu lassen.

»Nur aus den Nachrichten«, sagte Nick.

»Minwegen in allen Ehren«, sagte Engelenburg, »aber ich verstehe nicht, warum ein junger Mann wie Sie an einem solchen Abend an den alten Kahlkopf denkt.«

»Nick ist Fotograf«, sagte Anni, als erkläre das was.

»Arbeiten Sie an einer Geschichte über ihn?«, fragte Jockel.

Vera sah ihn dankbar an. Das war doch eine Lösung.

»Kann man so sagen«, sagte Nick.

»Minwegen ist ein komischer Kerl«, sagte Jockel, »er hat was Zwielichtiges.«

»Das kann ich nicht finden«, sagte sein Vater. Er schien beunruhigt von dieser Meinungsäußerung.

»Du nimmst ja jeden an deine Brust«, sagte Jockel van Engelenburg, »aber Minwegen gehört da nicht hin.«

Nick entspannte sich zum ersten Mal an diesem Abend.

Der junge Engelenburg fing an, ihm gut zu gefallen.

»Ich habe ihm einen Kneppelhout verkauft. Hübsches Bild. Hing aber schon sehr lange bei mir«, sagte Engelenburg.

»Du bist also einen alten Hut an ihn losgeworden.«

Engelenburg zog die Brauen hoch. »Sohn«, sagte er, »der Aquavit lässt dich doch sehr kritisch werden mit deinem Alten. Ein gefährliches Getränk.« Er lachte laut und herzlich. »Jockel will Psychoanalytiker werden. Gnade mir Gott.«
Anni atmete auf, ob der Entspannung, die eingetreten war, und servierte Apfelkompott mit dicker Sahne und Krokant.
»In Ihrem Herzen sind Sie eine Holländerin, Anni«, sagte Engelenburg, wieder weit weg von des Gedankens Blässe.
Er hob das Glas und trank jedem zu, auch Nicholas, der längst eingeschlafen war. Engelenburgs Blick schweifte über die Terrasse und blieb an seiner eigenen hängen.
»Nur die Buchsbäume«, sagte er, »die müssen noch weg. Sieht ja aus wie auf dem Friedhof.«
Er nahm die Klarinette, die er auf den kleinen Serviertisch gelegt hatte, und spielte Gershwins Summertime, als sei er Sidney Bechet. Das erste Mal seit Monaten, dass Musik die Räume erfüllte. Anni sah zu Vera und war besorgt.
Dabei wusste sie nicht einmal, dass Summertime eines der Lieder aus Veras und Jefs Repertoire gewesen war.
»Den Klavierdeckel, Anni«, sagte Vera, »den öffnen wir bald.«
Anni atmete viel und tief auf an diesem Abend.

Pit blickte auf die ländliche Schar, die den Arm zum Hitlergruß erhoben hatte, und wartete darauf, dass die Tür sich öffnete.
»Keiner da«, sagte er und drehte sich zu Hauke Behn um.
»Vielleicht ist Elternabend«, sagte Behn. Andere abendliche Ablenkungen schien er Elisabeth Barwig nicht zuzutrauen.
»Oder sie liegt tot hinter der Tür«, sagte Pit.
Hauke Behn winkte ab. »Das ist der verderbliche Einfluss der Großstadt«, sagte er, »immer das Spektakulärste annehmen.«

»Was tun wir jetzt?«, fragte Pit.

»Ums Haus herumgehen«, sagte Behn.

Sie traten in den Vorgarten, in dem erste kleine Tannen den Weg verstellten, und standen vor einer schmiedeeisernen Gartentür, die verschlossen war.

Pit sah sich fragend um. Er fing an, abhängig zu werden von Hauke Behn. »Gehen wir nach Hause?«, fragte er und sehnte sich nach Theo und der karierten Decke.

»Ich schlage Hausfriedensbruch vor«, sagte Behn.

Dieser Dorfpolizist hatte wahrlich Tiefen.

Hatte Pit sich vorgestellt, an einem Sommerabend um neun über ein schmiedeeisernes Gartentor zu klettern, als er sich entschloss, viel zu spät nach Brandum zu fahren?

Er kletterte und versuchte, nicht darüber nachzudenken.

Der hintere Teil des Gartens war dunkel, als sei schon die Nacht ausgebrochen. Die Tannen ließen kein Licht durch.

Pit tappte hinter Hauke Behn her, der festen Schrittes über den trockenen Rasen ging, als wisse er, wohin er wollte.

Die Fenster waren dunkel. Keine Lampe, die brannte. Anderswo wäre das auch kaum nötig gewesen, hell wie der Sommerabend noch war. Doch hier musste es in den nach hinten liegenden Zimmern ziemlich finster sein.

Dennoch war nicht auszuschließen, dass die Studienrätin hinter einem der Fenster stand und auf die beiden Polizisten blickte, die ohne Befugnis durch ihren Garten liefen.

Hauke Behn begann zu schleichen, als er auf die Büsche zuging, die an der Hauswand entlang gepflanzt waren.

Rhododendren, die zu wenige Blüten trugen und deren ledrige Blätter herabhingen. Zu dunkel. Zu trocken.

Eine Gärtnerin war Elisabeth Barwig nicht.

Vielleicht resignierte man an einem Erbe wie diesem.

Behn ging in die Hocke, und Pit tat es ihm nach, obwohl er Schritte entfernt gestanden hatte. Behn winkte ihn heran.

Ein schwacher Lichtschein, der durch das Laub fiel.
Ein schmales Kellerfenster. Vergittert.
Hellrosa Wände, auf die sie da blickten. Engel, die auf der Tapete schwebten. Engel auch auf dem Stoffschirm der Lampe, die auf einem weißen Nachttisch stand.
Ein hohes Eisenbett war noch in ihrem Blickfeld.
Darauf saß Elisabeth Barwig und schwang die Beine, als säße sie auf einer Schaukel. Doch sie saß auf dem Bett, und in ihrem Schoß lag ein Kaninchen, das sie streichelte.

Nick wachte auf und dachte, dass er ein Stoffel sei.
Warum konnte er nicht einen Abend lang heiter sein, ohne finstere Gedanken hineinzubringen. Vera hätte ihm gern den Hals umgedreht, darüber war er sich im Klaren.
Konnte er einen Mann wie Engelenburg nicht über Gott sprechen lassen, wenn die Klarinette gespielt und die Stunde vorangeschritten war, ohne den eigenen Senf zuzugeben?
Das Elend der Menschen spräche gegen die Existenz Gottes, hatte Nick gesagt. Ein durchaus erwägenswerter Gedanke, aber hatte er ihn in dem Moment äußern müssen, in dem Anni zum Kaffee selbst gemachte Windbeutel servierte?
Das Telefon riss ihn aus den Gedanken, die alle nicht zu seinem Vorteil waren.
»Ich würde dir gern was über meine Erkenntnisse der letzten zwei Tage erzählen«, sagte Pit, »lieber in deiner Küche als bei Paolino. Das kann ich mir auf Dauer nicht leisten.«
Nick verzichtete darauf, den Griechen an der nächsten Ecke zu erwähnen, irgendwas würde er schon zaubern. Ein Mann wie Pit, der sich hauptsächlich von Fertiggerichten ernährte, hielt schon ein Rührei für die hohe Kunst des Kochens.
»Gib mir Zeit bis zwei Uhr«, sagte Nick, »ich habe ein großes Krebseessen mit viel Aquavit hinter mir.«
»Du Glücklicher«, sagte Pit. Doch wenn er ehrlich war, muss-

te er zugeben, dass die Pfannkuchen köstlich gewesen waren. Vielleicht mochte er Pfannkuchen sogar mehr als Krebse.

»Mach dir doch mal Gedanken zu Elisabeth Barwig«, sagte Pit.

Nick war einigermaßen verblüfft.

»Wenn ich dir sage, dass sie in einem Zimmer mit einer rosa Tapete voller Engel sitzt, die Beine schwingt, ein Kaninchen streichelt und nur das Matrosenkleidchen fehlt ihr noch, was fällt dir dazu ein?«

»Ich glaube, du hast mir viel vorenthalten in letzter Zeit.«

»Vieles hat sich erst gestern ergeben«, sagte Pit. Ihm fiel der Tote auf der Wickelkommode in der Herbertstraße ein. Was ging in den Menschen vor?

»Und? Hat sie aufgehört, mit den Beinen zu schwingen, als du hereinkamst?«

»Der Dorfpolizist und ich haben sie heimlich beobachtet. Vom Garten aus. Sie hat nichts davon mitgekriegt.«

»Wie seid ihr denn auf die Idee gekommen, ums Haus herumzuschleichen?«

»Hauke Behn, der Polizist in Brandum, hatte doch im Keller das Kinderzimmer entdeckt. Hab ich dir das nicht erzählt?«

Nick schwieg ein beleidigtes Schweigen.

»Okay«, sagte Pit, »um zwei Uhr erzähle ich dir alles, was ich weiß. Von Lauterbach, der uns für ganz dämlich hält, und auch das Neueste von Christlein. Koch was Leckeres.«

»Das von Christlein wüsste ich gern jetzt schon.«

»Da gibt es ein Gerücht in Brandum, dass er der Vater von Robert Barwig gewesen sei.«

»Der Tod des Jungen hat ihn schon schwer getroffen«, sagte Nick. Christlein war sarkastisch gewesen an jenem Vormittag beim vorzeitigen Glase Whisky. Doch, das glaubte er gespürt zu haben, dass da eine Trauer um Bob gewesen war.

»Das hätte jeden Nahestehenden getroffen, und er kannte

Bob ja schon seit frühester Kindheit. Deshalb muss er noch lange nicht der Vater gewesen sein.«

»An solchen Gerüchten ist meistens was dran«, sagte Nick.

»Das Danaergeschenk ist mir dabei eingefallen«, sagte Pit.

»Er soll also die alte Frau Barwig geschwängert haben?«

»Na alt ist sie damals nicht gewesen. Deutlich jünger als dein Christlein.«

»Dann ist sie früh gestorben.«

»Sechzig soll sie gewesen sein. Da war sie achtunddreißig, als ihr Sohn Robert geboren wurde, und obendrein ist sie als flotter Feger in Erinnerung, sagt Hauke Behn.«

»Der scheint ja ein Quell der Weisheit zu sein«, sagte Nick.

Er fing an, eifersüchtig zu werden.

»Er ist nett und hat es auch nicht leicht«, sagte Pit.

»Woran sind denn die Eltern Barwig so kurz hintereinander gestorben?«, fragte Nick.

»Mord und Selbstmord aus Eifersucht war es nicht. Das wüssten wir. Aber ich habe keine Ahnung. Vielleicht findet Behn was raus.«

»Um zwei«, sagte Nick. »Bist du mit einer schlichten Spaghetti Bolognese einverstanden?«

»Klingt wie bei Paolino.«

»Versuch doch schon mal, deinen Dorfpolizisten auf die Fährte der Eltern zu setzen.«

»In Ordnung«, sagte Pit.

Nick hatte kaum aufgelegt, als ihm ganz schlecht wurde von den Neuigkeiten. Der Aquavit war noch im Kopf. Alles andere passte kaum hinein. Der kleine Bob und Christlein. Er hatte beide gemocht. Sollten sie Vater und Sohn gewesen sein?

Er versuchte seine Gedanken zu ordnen, doch alles, was ihm gelang, war Hackfleisch auf einen Zettel zu schreiben.

Kümmerte sich eigentlich jemand um die Beerdigung von Christlein? Kinder hatte er ja keine gehabt, dachte Nick. Eine

Ähnlichkeit zwischen den beiden war ihm nicht aufgefallen. Hatte er je darauf Acht gegeben? Gab er bei anderen Menschen darauf Acht? Die Ähnlichkeit der beiden Engelenburgs, die sprang einem ins Gesicht. Trotz der unterschiedlichen Farben. Der eine rötlich. Der andere dunkel. Doch Christlein und Bob?
An manchen Gerüchten war eben auch nichts dran, dachte Nick, als er die Wohnung verließ, um Hackfleisch und eine Büchse Tomaten für die Sauce Bolognese zu kaufen.
Doch es beruhigte ihn nicht wirklich.

Am Nachmittag gegen vier öffnete Vera den Klavierdeckel. Die Sonne dieses ersten Augusttages fiel vom Fenster des Esszimmers durch die Doppeltüren auf das Klavier und gab dem dunklen Holz einen rötlichen Schimmer, und alles schien lebendiger auszusehen.
Vera spielte eines der Lieder, die ihr im Kopf waren. Wenige, die sie ohne Noten spielen konnte. Sie hatte nicht Gustavs Talent für die Improvisation geerbt, das auch Jefs großes Talent gewesen war. Das Improvisieren blieb ihrer Stimme vorbehalten. Singend gelang ihr alles.
»Somewhere over the rainbow«, spielte Vera.
Anni stand in der Zimmertür und hielt ein Küchentuch in der Hand und den Atem an. Das Tuch ließ sie leicht im Takt schwingen, doch es kam kein Laut von ihr.
So viele Wochen hatte sie darauf gehofft, dass der Bann, den Vera auf das Klavier gelegt hatte, aufgehoben würde.
Hier hatte doch immer Musik in der Luft gelegen. Auch nach Gustav und vor Jef.
Das Kind hatte seine eigene Art zu trauern.
Saß nicht bei ihr in der Küche und weinte sich die Augen aus, was vielleicht das Beste gewesen wäre, um den Schmerz herauszulassen und ihn mit Anni zu teilen.

Hatte sie Vera in den vielen Jahren nicht unzählige Male auf dem Schoß und an der Brust gehabt, um von den Tränen ganz durchtränkt zu werden? Nun ja. Anni musste zugeben, dass das vor allem in den ersten Jahren geschehen war.

Danach eigentlich kaum mehr.

Sich die Musik zu verbieten. Das hielt doch kein Mensch aus.

»Verakind«, sagte Anni leise, »das war schön. Hat das nicht die Judy Garland gesungen?«

»Kannst ruhig lauter sprechen«, sagte Vera, »ich werfe den Klavierdeckel nicht wieder zu.«

Sie drehte sich zu Anni und lächelte. »Das hat Judy Garland gesungen«, sagte sie, »das war ihr Lied.«

»Spielst du noch was?«, fragte Anni. Das Küchentuch wurde nun geknetet, aufgewühlt wie sie war.

»Wünsch dir was. Aber du weißt, mein Repertoire ist klein.«

»Spiel was von Gustav«, sagte Anni.

Vera sah einen Augenblick lang auf die Tasten, dann begann sie zu spielen. Nach ein paar Takten setzte Annis Stimme ein, erst nebenher singend, doch dann die Melodie findend.

»Tausend über tausend Wünsche gehen durch das goldne Sieb. Übrig bleibt davon nur einer: Hab mich lieb.«

Vera spielte das kleine Lied zu Ende, das eines der ersten ihres Vaters gewesen war, und stand auf.

»Ist so mit mir durchgegangen«, sagte Anni verlegen.

Vera nahm ihr kleines Gesicht in die Hände und gab ihr einen Kuss auf den Mund. »Hab dich verdammt lieb, Anni«, sagte sie, »aber ehe wir beide hier zerfließen, komme ich mit in die Küche und kakele den gestrigen Abend mit dir durch, solange unsere Knutschkugel schläft.«

»Das haben wir lange nicht mehr getan«, sagte Anni und war glücklich. Der August ließ sich gut an.

»Bist du Nick noch böse?«, fragte sie auf dem Weg zur Küche.

»Ich war ihm nicht wirklich böse«, sagte Vera, »ich frage mich nur, wie er durch die nächsten vierzig Jahre kommen will bei dieser heiteren Grundeinstellung.«

»Ein Leichtfuß ist er nun nicht«, sagte Anni und griff nach dem letzten noch nassen Glas, um es zu trocknen.

Vera machte sich an einem Kanten Vollkornbrot und der Butter zu schaffen. »War eine gute Idee von dir mit dem Brot«, sagte sie, »nur besoffen waren wir nachher doch alle.«

»Hat aber noch schön gespielt, der Herr van Engelenburg«, sagte Anni, »dass er aber auch eine Klarinette hat. Wer ist denn nun eigentlich dieser Nimwegen?«

»Minwegen«, sagte Vera. »Du weißt doch, dass Nick an einer Nazi-Geschichte sitzt. Minwegen ist einer der Verdächtigen.«

»Gott o Gott. Der geht drüben ein und aus?«

»Engelenburg ist sein Bankier. Das ist ja kein Verbrechen.«

»Immer was Neues«, sagte Anni und ließ sich auf einem der Korbstühle nieder. »Oft stecken sie doch unter einer Decke. Bei Hellmann hingen auch immer solche Brüder herum, einer war noch ein Junge, der wich gar nicht von Hellmanns Seite. Es hieß, er sei da, um bei Büroarbeiten zu helfen.«

»Vielleicht war dein Hellmann pädophil.«

»Nicht, dass ich wüsste«, sagte Anni. Aber sicher war sie sich nicht, ob ihr das damals aufgefallen wäre. Sie feuchtete eine Fingerkuppe an und tupfte einen Brotkrümel vom Tisch und betrachtete ihn nachdenklich. »Jetzt lese ich den Namen hin und wieder in der Zeitung. Ob das wohl der Junge ist?«

»Wie heißt er denn?«, fragte Vera.

»Na der, der immer die ganzen Flügel anbaut. Kann mir eigentlich nicht vorstellen, dass der Junge zu großem Reichtum gefunden hat. Sah immer abgewetzt aus.«

»Du meinst nicht Merk? Den Notar und Wohltäter?«

»Ist er Notar und Wohltäter?«

»Du liest doch selber, dass er dauernd Flügel anbauen lässt.«

»Friedrich Merk hieß er«, sagte Anni, »aber alle haben ihn immer nur Fritz genannt.«

»Das ist der Herr, mit dem ich bereits bei unserem Kultursenator diniert habe.«

»Ist nicht wahr«, sagte Anni, »der Fritz.«

»Deine Vergangenheit ist wirklich ein tiefer dunkler Keller.«

»Da ist was dran«, sagte Anni, »und ich glaube, ich sollte mal drin suchen gehen. Können nicht nur Kartoffeln da liegen.«

»War ich gestern sehr streng mit Nick?«

»Liebevoll hast du ihn nicht gerade verabschiedet.«

»Vielleicht sollte ich nochmal bei ihm vorbeigehen«, sagte Vera. Ihr war eingefallen, dass Nick ihr noch Informationen über die Kontobewegungen der Herren schuldig war.

Anni blickte auf die Uhr am Backofen. »Kannst den Kleinen mitnehmen«, sagte sie, »der wacht gleich auf.«

»Von der Okzidentalen Treuhand GmbH hast du aber noch nicht gehört?«, fragte Vera. Bald hielt sie alles für möglich.

»Was soll denn das sein?«

»Wenn ich das wüsste«, sagte Vera, »ich dachte einen Moment lang, du könntest schon vor vierzig Jahren im Hellmann'schen Haushalt davon gehört haben.«

»Der war nicht für Fremdwörter«, sagte Anni. Sie horchte. Nicholas wurde wach. Das tat er seit ein paar Tagen mit einem kleinen Singsang. Schien doch musikalisch zu sein, der Junge. Hatte ja auch genug davon in den Genen.

»Wenn du bei Nick bist«, sagte Anni, »dann vergiss nicht zu sagen, dass der Klavierdeckel offen ist.«

War doch wohltuend, wenn die Dinge wieder ins Lot kamen.

Hauke Behn sah dem Opel Kapitän nach, der ihm beinahe über die Füße gebrettert wäre. Doch er hatte weder Pfeife noch Kelle, und er glaubte auch nicht wirklich, dass sich die Studienrätin von ihm hätte anhalten lassen.

Sie bretterte immer, wenn sie aus dem Nachbarort kam, an dessen Gymnasium sie arbeitete. Vielleicht hatte sie es eilig, das Kaninchen wieder zu sehen. Behn schüttelte den Kopf.

Welch ein seltsames Geschöpf, diese noch junge Frau.

Vierzig Jahre war sie alt. Ein Jahr älter als er.

Doch selbst gestern Abend, als er sie auf dem Bett hatte sitzen sehen, die Beine schwingend, hatte sie gewirkt, als sei sie längst vergreist.

Das Auto war bestimmt noch ein paar Jahre älter als die Studienrätin. Dass der alte Kapitän noch nicht auseinander gefallen war bei der Bretterei, wunderte Behn. Tempo schien die Dame gern zu machen. Zumindest auf der Straße.

Nichts passte zusammen bei Elisabeth Barwig.

Er bog in die kleine Straße, die zu der Polizeiwache und seinem Haus führte, und sah seinen Sohn oben auf dem Deich, einem Hund einen Stock zuwerfend.

Der Schäferhund, obwohl kein Schaf zu sehen war. Vielleicht hatte auch ein Hund ein Recht auf eine Arbeitspause.

Theo wirkte ausgelassen. War er es auch?

Ein Jahr her, dass seine Mutter ins Wasser gegangen war. Wollte er mit dem Jungen über sie sprechen, wich der aus. Zwingen Sie ihn nicht, hatte die Kinderärztin gesagt.

Nein. Kein Zwang, den er ausüben würde. Aber er hätte sich gerne mit seinem Sohn über vieles ausgesprochen.

Theo entdeckte ihn und kam den Deich hinuntergelaufen.

War er einsam hier? Es gab Kinder in der Nachbarschaft, doch der Junge suchte ihre Nähe nicht gerade.

»Was hast du eingekauft?«, fragte Theo.

»Schollenfilets. Kopfsalat.«

Theo zog ein Gesicht. Behn hatte nichts anderes erwartet. Half nichts. Das Kind sollte ja gesund ernährt werden.

»Kann nicht jeden Tag Pfannkuchen oder Nudeln geben.«

»Doch«, sagte Theo. Er nahm die Tüten, die ihm sein Vater hinhielt. Toastwaffeln lugten hervor. Wenigstens das.

»Ich muss noch bis sieben in die Wache«, sagte Behn.

»Kommt der Kommissar aus Hamburg wieder?«

»Heute nicht«, sagte Hauke Behn.

Der Junge nickte und trollte sich mit den Tüten zum Haus.

Behn sah ihm nach. Erst als Theo in der Tür verschwunden war, ging er in sein Büro.

Am Vormittag war er noch einmal zum Haus Barwig gefahren. Zu einer Zeit, in der er sicher sein konnte, dass die Dame des Hauses in ihrer Schule saß und Deutsch und Religion lehrte.

Er hatte eine Weile vor der Eichentür gestanden und auf die Schnitzerei geblickt, ehe er für alle Fälle mal geklingelt hatte.

Die ländliche Schar zwischen den Ährenbündeln, die den Arm mit flacher Hand gestreckt nach oben hielt.

Hätte ein anderer diese Nazikunst nicht längst schon entfernt?

Keiner kam, der die Tür öffnete.

Vielleicht hätte sich die Barwig ruhig eine Haushaltshilfe leisten sollen. Das ganze Haus wirkte verwahrlost.

Nur das Zimmer im Keller nicht.

Behn war noch einmal über das Gartentor geklettert.

Ein paar wenige Sonnenstrahlen fielen durch die Tannen und gaben dem Grundstück eine Ahnung von Licht und Wärme.

Die Rhododendronbüsche dauerten ihn so sehr, dass er sich nach einer Gießkanne umguckte. Doch er fand keine.

Das Zimmer war aufgeräumt. Auf dem Bett saß eine große Stoffpuppe, die einen Strohhut trug.

Sonst schien alles unverändert.

Hauke Behn war zur Polizeiwache zurückgefahren und hatte

sich einen Kaffee gekocht und auf den Deich und die Schafe geschaut, und ihm war wenig eingefallen zu Elisabeth Barwig. So wenig wie jetzt um fünf Uhr nachmittags.

Vermutlich hörte er die Flöhe husten. Seine Frau hatte ein halbes Dutzend Teddybären besessen, die nun alle auf Theos Bett saßen, dass kaum Platz für ihn blieb.

Warum war die Studienrätin heute so spät nach Hause gekommen? Kaum, dass es mal nach zwei war, wenn sie vom Nachbarort kam und über die Straßen bretterte.

Heute war es schon halb fünf gewesen.

Tausend Gründe, dachte Hauke Behn, alle harmlos.

Er drehte sich zum Faxgerät um, das gerade die Ankunft eines Faxes gemeldet hatte. Vielleicht war Pit Gernhardt was eingefallen. Gestern hatte er verstört gewirkt.

Das Fax kam von der Christlichen Polizei-Vereinigung und lud zu einem Gottesdienst in Husum ein.

Seit Amrum waren sie hinter seiner Seele her. Irgendeiner musste denen gesteckt haben, dass die gebeutelt war.

Doch wenn er was mit Gott auszutragen hatte, dann tat er das auf dem Deich, da durfte er seine Wut in den Wind brüllen, und nur ein paar gläubige Schafe guckten auf.

Doch die wollten ihn wenigstens nicht bekehren.

Konnte er die Studienrätin leiden? Nein, dachte Behn. Nicht einmal die gestellte Kindlichkeit konnte ihn berühren. Diese Frau hatte etwas Hartes, das ihn abstieß. Bis in die gestrige Szene hinein. Vielleicht war es eine Art von Transvestismus, den die Barwig da betrieb. Sollte doch Gernhardt mal was zu sagen. Schließlich kam er aus Hamburg. Standen da nicht die Transvestiten an allen Straßenecken?

Behn grinste über die eigenen Vorurteile.

Er setzte sich hin, um einen Bericht zu schreiben über ein Auto, das in der Nähe von Christleins Haus aufgebrochen worden war. Das Übliche. Kassettenrecorder. Handy.

Doch die Leute in den Ferienhäusern wurden schnell hysterisch, weil der Axtmörder noch nicht gefasst war.
Hauke Behn war überzeugt davon, dass dieser Mörder aus Hamburg gekommen war und dorthin wieder abgereist, ohne nach weiteren Opfern in Brandum zu gieren.
Eine Ansicht, die er mit Pit Gernhardt teilte.
Christleins Sterben hatte mit seinem Leben zu tun.
Vielleicht sogar mit einer noch nicht geklärten Vaterschaft.
Die Barwig war ja aus jedem Verdacht raus. Vortrag in Flensburg. Da war sie ein einziges Mal unterwegs, und schon passte es so gut, dass ihr keiner ans Fell konnte.
Behn blickte auf die Wanduhr, die ihm gegenüberhing.
Er würde doch früher zu Theo gehen. Der Junge brauchte mehr Zeit und Zuwendung, auch wenn er das selbst auf keinen Fall zugeben würde.
Eines der Schollenfilets konnte er als XXL-Fischstäbchen tarnen. Theo kriegte alles runter, wenn es nur paniert daherkam.
Dann aß der Junge eben ab morgen vernünftig.
Er führte ja ein gesundes Leben an frischer Luft.
Hauke Behn stellte den Anrufbeantworter an und steckte das Handy ein. Er zog die Tür zu und schloss ab.
Theo und er würden schon am Tisch sitzen, eine Schüssel Salat auf der karierten Decke, ein Schollenfilet und ein XXL-Fischstäbchen auf den Tellern, wenn das Faxgerät in Hauke Behns Büro den kleinen hohen Ton von sich geben würde, der die Ankunft eines weiteren Faxes ankündigte.

Pit Gernhardt hatte zu den Spaghetti nur anderthalb Glas von einem leichten Burgunder getrunken, doch er war in der Stimmung für nicht konventionelle Maßnahmen, als er ins Büro zurückkam und keiner da war, der ihn ablenkte.
Die Hauptkommissarin Kollmorgen war aushäusig. Wie immer, dachte Pit. Er hatte gehört, dass der Ehemann mit dem

Küchenmesser von ihr zur Vernunft gebracht worden war. Der Einsatz hatte sie wohl so beflügelt, dass sie gleich wieder bereit gewesen war, mit der Flüstertüte loszuziehen.

Köhlbrandbrücke, wurde ihm gesagt.

Das sah nicht nach Erfolg für Silke aus. Wenn einer erst mal oben auf der Brücke war, dann sprang er.

Da hatte er selber eine traurige Erfahrung hinter sich.

Pit griff zum Telefon, um der Eingebung zu folgen, die ihm gekommen war, als er an einem Kiosk die Bildzeitung gleich dreifach dekoriert gesehen hatte.

Ihre Schlagzeile ließ sich kaum übersehen.

Pit wunderte es beinah, dass es sich um keinen seiner Fälle handelte, der da blutig aufgerüstet war.

Doch dem Paar aus Lüneburg, das sich gegenseitig zu Tode gebracht hatte, stand der Tagessieg an Grauen zu.

Es hatte sich mit einer Motorsäge gegenseitig so schwere Verletzungen zugefügt, dass Mann und Frau vor dem zu fällenden Baum in ihrem Garten verstarben.

War das Mord aus Leidenschaft, wenn sich Eheleute mit einer Motorsäge an den Hals gingen?

Pit tippte die Nummer ein und hatte das Glück, gleich seinen alten Bekannten in der Bildredaktion am Telefon zu haben.

Der Schacher, der nun losging, gehörte zu ihrem Ritual.

Doch Pit hatte nicht viel zu bieten, außer dass Lauterbach bereits wieder zu Hause war und über das Attentat den Mantel der Barmherzigkeit legen wollte.

Bei Christlein, der in dieser Stadt ein bekannter Journalist gewesen war, lag alles im Dunkeln. Das Einzige, was er in diesem Fall Neues wusste, gab Pit nicht preis.

Wem sollte auch die Schlagzeile etwas bedeuten, dass Christlein der Vater des Schilfmordopfers gewesen sein könnte. Pit hielt das nur für Eingeweihte interessant.

Auch er konnte keinen Coup landen.

Die Okzidentale Treuhand GmbH löste Gelächter, dann Ratlosigkeit aus. Doch immerhin erhielt Pit das Versprechen, dass die Pressedatenbank gefragt werden würde.
Zum Schluss stellte Pit eine Frage, die ihm gerade erst in den Kopf gekommen war. Vielleicht, weil das unglückselige Paar aus Lüneburg noch darin geisterte.
»Schau doch mal, ob je was über Hans und Else Barwig erschienen ist,« sagte er, »sie lebten in Brandum, einem Nest an der Nordseeküste. Vor vier Jahren sind sie gestorben.«
»Hieß der Bengel im Schilf nicht Barwig?«
»Ja«, sagte Pit, »das sind seine Eltern.«
»Dann hast du ja vielleicht doch noch was für mich.«
»Keine Ahnung. Guck einfach mal.«
»Ich melde mich, sobald ich was habe«, sagte Pits Bekannter.
Pit legte auf und hatte nur peripher ein schlechtes Gewissen. Manchmal musste man vom Pfad abweichen.
Er schaltete den Computer an, um sich nochmal Christleins Aussage auf den Schirm zu holen. Doch sie blieb unergiebig wie beim ersten Mal.
Er zog sich eine Cola im Automaten, und als er zurück ins Büro kam, saß Silke Kollmorgen vor seinem Schreibtisch.
»Gesprungen?«, fragte er.
»Nein«, sagte Silke und strahlte.
»Du wirst bald der Engel der Flüstertüte genannt werden.«
»Du glaubst nicht, wie glücklich ich bin.«
Pit streichelte ihr über die Wange. »Doch«, sagte er, »darf ich dich zur Feier des Tages auf eine Cola einladen?«
»Darfst du«, sagte Silke. Pit ging eine zweite Büchse holen und fand seine Kollegin in Tränen, als er das Zimmer betrat.
»Entschuldige. Ich bin einfach aufgewühlt.«
Pit holte ein Papiertaschentuch aus der Schublade.
»Mann oder Frau?«, fragte er.
»Eigentlich noch ein Mädchen. Nicht älter als neunzehn.«

Pit nickte. »Hoffentlich können die Herrschaften von der Psychiatrie ihr helfen«, sagte er. Ihm fiel dabei was ein.

»Erinnerst du dich an unser Gespräch über Lauterbach und seine rassistischen Äußerungen? Du hast erzählt, dass dein Freund und Lauterbachs Sohn beide in der Suchtberatung arbeiten und der Sohn die Scheußlichkeiten seines Vaters aus einem sehr konkreten Anlass ausgeplaudert habe.«

Silke schniefte noch einmal in das Taschentuch.

»Er hatte zwei seiner Klienten zum Abendessen in seine Wohnung eingeladen. Junge Afghanen. Sein Vater ist hereingeplatzt und sehr ausfallend geworden. Till hat ihn wohl vor die Tür gesetzt. Aber der jüngere der beiden Jungen war völlig aufgelöst. Darüber wurde natürlich am nächsten Tag in der Beratungsstelle gesprochen. Das ging ja alle Therapeuten an.«

»Kann man dem Alten denn nichts ans Zeug flicken?«

»Du kannst es natürlich der Presse stecken.«

»Das bliebe dann aber unser Geheimnis.«

»Natürlich«, sagte seine Kollegin.

Pit lächelte. »Geh mal nach Hause«, sagte er, »du hast dir einen schönen Sommerabend verdient.«

»Du dir nicht?«

»Ich warte noch auf eine Mail«, sagte Pit.

Keine Mail, die kam. Ein Fax, dessen Kommen er fast überhörte, so verlor er sich in Gedanken über die Frauen in seinem Leben oder vielmehr ihre Abwesenheit darin.

Silke Kollmorgen war längst gegangen. Zu ihrem Freund. Einer Scholle Finkenwerder Art. Was auch immer.

Pit Gernhardt zog das Fax aus dem Apparat und begann zu lesen. Eine Weile guckte er vor sich hin, als sei er jetzt erst recht ratlos. Doch dann faxte er das Papier nach Brandum, um die Information Hauke Behn zukommen zu lassen.

»Schicksalsfügsamkeit«, knurrte Vera. Da gab es tatsächlich eine Autorin von pädagogischen und theologischen Büchern, die an Frauen die Eigenschaft der Schicksalsfügsamkeit pries. In welchem Jahrhundert waren wir denn?

Vera warf die Zeitung auf den Boden und stand auf.

Sie war heute so wenig schicksalsfügsam wie nur denkbar. Diese Christa Meves hätte kaum Freude an ihr.

Eigentlich war sie in den Artikel nur geraten, weil ihr die Zeile von der Rettung des Abendlandes ins Auge gesprungen war, die der Dame wohl besonders am Herzen lag.

Von der Okzidentalen Treuhand allerdings kein Wort.

Wahrscheinlich war sie nur ein Scherz dieser vier Herren, die darin einzahlten, um Jagdausflüge in Rumänien oder andere außereheliche Vergnügungen zu finanzieren.

Nick hatte ihr die Kopien der Kontoauszüge gezeigt, und seine Theorien dazu hatten sie erschreckt. Nein. Sie konnte nichts davon ausschließen. Aber glaubte sie es?

Was war alles nicht vorstellbar und fand dennoch statt?

Die Abendnachrichten widerlegten doch ständig jedes menschliche Verständnis von dem, was möglich war.

Vielleicht hatte Nick Recht, und die Kontobewegungen und die schrecklichen Anschläge hatten miteinander zu tun.

Sicher hatte es auch Kontobewegungen gegeben, um Vorortzüge in Madrid explodieren zu lassen.

Vera ging in das Kinderzimmer, das vor langer Zeit einmal Nellys Fluchtort vor der Familie gewesen war.

Ihr liebes Mütterlein hatte sehr wenig Familie ausgehalten.

Daran schien sich nicht viel geändert zu haben. Nicholas war drei Monate alt, und von Nelly ward nichts gehört.

Vielleicht war die Geburtsanzeige auf dem Weg nach Nizza verloren gegangen. Doch dann hätte selbst Nelly darauf kommen müssen, dass ihre Tochter nicht zwölf Monate lang ein Kind austrug, und zum Telefon greifen können.

Nicholas' Zimmer beruhigte sie, wenn sie in dieser ganz besonderen Stimmung war, die schicksalsunfügsam zu nennen gewesen wäre.

Die alten Kindermöbel, die Anni jahrelang auf dem Speicher gelagert hatte und die nun neu lackiert hier standen.

Den Teddy, den Vera am Anfang der Schwangerschaft mit Jef gekauft hatte. Die Spieluhr. Die lichten Vorhänge, in die Mond und Sterne gewebt waren.

In ihrem eigenen Kinderzimmer hatte Vera ihr Schlafzimmer eingerichtet. Ganz oben an der Decke war noch eine dicke gelbe Sonne zu sehen. Gustav hatte zu Annis Entsetzen die höchste Leiter erklommen, um sie eigenhändig zu malen.

Ob das Zimmer in all den Jahren weiß, blau oder apricot gestrichen worden war, bei jeder Renovierung hatte Vera dem Maler die Sonne gezeigt und darauf hingewiesen, dass sie auf keinen Fall übermalt werden durfte.

War sie ein glückliches Kind gewesen?

Ja, dachte Vera. Sie hatte Gustav gehabt und Anni.

Die egozentrische Nelly hatte ihr kaum wehtun können.

Nur den Schmerz, den sie Veras Vater zugefügt hatte, der war dem Kind bewusst geworden.

Warum wollte sie Nelly überhaupt noch in ihr Herz und in ihr Haus lassen? Um Nicholas mehr Familie zu bieten?

Nellys Hochzeit mit dem Lebensmittelhändler aus Nizza hatte ihr Hoffnung gemacht, dass das Mütterlein die Stilettos von den Füßen streifen und fortan mehr Bodenberührung haben würde. Eigentlich hatte sie einen Kanister kaltgepresstes Olivenöl von Nelly und Edouard erwartet und eingelegte Artischocken, um die stillende Mutter bei Kräften zu halten.

Der Mensch und seine Erwartungen.

Vera verließ das Kinderzimmer, und eine große Sehnsucht nach ihrem Sohn erfüllte sie, der mit Anni Schiffchen gucken gegangen war. Und nach seinem Vater.

Schicksalsfügsam. Noch dankbar den Kopf senken, dass Gott sie prüft? Zwei Tage vor der Hochzeit war ihr Jef von der Seite gerissen worden. Weil ein Wahnsinniger die letzte Kontrolle über sich verloren hatte.
Der Klavierdeckel war wieder offen. Anni schien das schon für die komplette Heilung zu halten. Ein kleiner Schritt dahin.
Nicht mehr. Vera setzte sich an das Klavier, auf dem das helle Licht des Vormittags lag, und schlug ein paar Tasten an.
Sie dachte an Anni, die Gustavs »Hab mich lieb« gesungen und dabei sicher den Komponisten des Liedes im Herzen gehabt hatte. All die unerfüllten Lieben.
»The man I love« schlug sie an. Ausgerechnet.
Sie würde eine mäßige Klavierspielerin bleiben und keine Sängerin mehr sein. War das auszuhalten?
Vera stand auf und ging auf die Terrasse hinaus. Hier hatte sie oft mit Leo gesessen, Gin Tonics getrunken.
Leo hatte bei Harlan ihre Schicksalsfügsamkeit abgesessen.
War sie jetzt ein freier und glücklicher Mensch?
Auf den Falklands? Tasmanien? Oder ganz nah?
Vera trat an die Blumenkästen, in denen die Bornholmer Margeriten viel zu hoch geschossen waren, und blickte zur Alster hin, dort wo Anni und Nicholas Schiffchen guckten.
Vermutlich guckte vor allem Anni, und der Kleine schlief.
Nicholas konnte nicht alles kitten, was in ihr in Scherben gegangen war. Ein zu großer Anspruch an ihn.
Vielleicht sollte sie diesen Kommissar einmal anrufen.
Sie hatte ihn einmal bei Nick gesehen, nach der ersten Begegnung, bei der er Leo ins Leben zurückgeholt hatte.
Ich würde gerne öfter mit Ihnen zusammenarbeiten.
Waren das nicht seine Worte gewesen?
Oder war es Schmäh, der nach einer überstandenen Krise übrig geblieben war?

Vera erkannte Anni und den Kinderwagen am äußersten Rand des Bildes. Sie kamen näher und füllten es aus und waren ihr Leben. Das Gefühl wurde auf einmal so stark, dass Vera fast in eine größere Heulerei gekommen wäre.
Sollte Schluss sein mit den Hormonschwankungen.
Als sie im Treppenhaus stand, um die Aufzugtür aufzuhalten, war sie heiter, als hätte der Vormittag keine trüben Gedanken gekannt. Schicksalsfügsamkeit. Vera grinste.
Davon sollte sie Anni erzählen.

Das Fax las Hauke Behn erst am späten Vormittag.
Seit sechs Uhr morgens war er mit einem Unfall beschäftigt gewesen, der sich auf der Bundesstraße kurz vor Brandum ereignet und vier Handwerkern in einem Kleinbus das Leben gekostet hatte. Ein Mord mit einer Axt war doch längst nicht so effektiv wie eine Autofahrt.
Behn war sich im Unklaren über die Brisanz des Faxes.
Der Name Minwegen sagte ihm wenig.
Irgendein Europapolitiker. Er glaubte, sich zu erinnern, Wahlplakate von ihm gesehen zu haben.
Wie kamen die Eltern von Elisabeth und Robert Barwig auf ein Segelboot, das diesem Minwegen gehörte, um bei dem Törn auch noch zu ertrinken?
Else Barwig hatten sie wohl noch herausgefischt und ein bisschen am Leben gehalten, doch schließlich war sie ein paar Tage nach ihrem Mann gestorben.
War dieses Geschehen außerhalb des Dorfklatsches?
Wusste Frau Broder, die gute Seele seines Haushaltes, nichts davon?
Hauke Behn hatte es auf Amrum erlebt, dass der Tod durch Ertrinken beinahe hingenommen wurde wie ein gewöhnlicher Tod, der einen im Bett ereilte.
Der Blanke Hans holte sich nun einmal seine Opfer und ver-

schonte darum vielleicht andere. Das war es wohl, was seit jeher in den Menschen am Meer vorging.

Behn blickte auf die Wanduhr. Gleich würde die Broder kommen, um dem Jungen das Mittagessen zu bereiten.

Vielleicht konnte er daran teilnehmen und sie befragen.

Wäre doch eine dienstliche Handlung, und er bekäme dabei was in den Magen.

Das Telefon unterbrach ihn in seinen Gedanken.

Ein paar Worte, um Pit Gernhardt zu erklären, warum er sich noch nicht gemeldet hatte.

»Sie Armer«, sagte Pit. »Wenigstens das muss ich hier nicht tun, Verkehrsopfer von den Bäumen kratzen.«

Behn verging schon wieder der Appetit, der ihn eben kurz überkommen hatte.

»Ich komme gegen vier«, sagte Pit, »und ich bringe einen Kollegen mit. Müssen wir uns bei der Barwig anmelden?«

»Besser nicht. Sie neigt zu gründlicher Vorbereitung, das kann nur hinderlich sein. Ist der Tod der Eltern denn ein Indiz für uns?«

»Interessant ist, dass er bei einem Segeltörn stattfand, und das Boot einem gewissen Alphons Minwegen gehörte.«

»Kommt hier schon mal öfter vor, dass man sich das Boot von Bekannten ausleiht«, sagte Hauke Behn.

»Das will ich eben wissen. Wie bekannt er mit den Barwigs war. Minwegen steht bei mir nämlich schon auf einer Liste von Verdächtigen.« Das erste Mal, dass Pit das dachte.

Er hatte Nicks Mutmaßungen über die vier Herren lange nicht ernst genommen, doch nun hatten schon zwei von ihnen irgendeinen Dreck am Stecken.

Ob das nun zu dem großen braunen Umsturz führte, den Nick befürchtete, wollte er noch bezweifeln. Doch er hatte zwei Morde aufzuklären, und er schloss nicht länger aus, dass dort eine Spur war.

»Ich werde Frau Broder bitten, ein Blech Pflaumenkuchen in den Ofen zu schieben«, sagte Behn. Er war entschlossen, dem Tag noch was Gutes abzugewinnen.

»Bestens«, sagte Pit. Er dachte an den Kaffee, den es dazu geben würde. »Übrigens, der Mann, den ich mitbringe, ist nicht bei der Kripo. Aber wir haben schon einmal einen Fall gemeinsam gelöst.«

»Ich werde ihn im Bericht unerwähnt lassen.«

»Das meinte ich«, sagte Pit. Er wünschte, er hätte lauter Leute wie Hauke Behn um sich. Ein wirklich kluger Kopf.

»Dann bis vier«, sagte Behn und legte den Hörer auf.

Bis dahin durfte er noch einen Unfallbericht schreiben. Wenigstens musste er diesmal nicht vor Türen stehen und die Mütze drehen und den Menschen den Tod ihrer Angehörigen mitteilen. Das hatte ihm der Kollege aus dem Nachbarort abgenommen, der die Toten gekannt hatte.

Behn trat zum Panoramafenster und hielt Ausschau nach der Broder, die meistens von der Deichseite kam.

Zehn Minuten später sah er sie kommen. Mit einem großen Wirsingkohl unter dem Arm. Er bezweifelte, ob man den genügend panieren konnte, dass er Gnade vor Theo fand.

Nick war elektrisiert. Dass es eine Verbindung zwischen den Barwigs und Alphons Minwegen gegeben hatte, bevor der kleine Bob überhaupt zu seiner Spurensuche aufgebrochen war, schien alles in ein neues Licht zu stellen.

Am liebsten hätte er Vera angerufen und sie eingeladen, mit nach Brandum zu fahren. Doch das lag leider nicht in seiner Kompetenz und würde Pit kaum gefallen.

Schließlich war Nick auch nur ein Zaungast.

Höchste Zeit, Vera und Pit zusammenzuführen. Zu dritt wären sie ein unschlagbares Team. Hatten sie das nicht schon einmal bewiesen? Täte allen dreien gut.

Er fand es beunruhigend, dass dieser Dorfpolizist an Einfluss auf Pit gewann.

Nick war sich sicher, dass Bob von dieser Verbindung nichts gewusst hatte. Er hätte das erwähnt gehabt. Für ihn waren diese vier Herren völlig fremde Menschen gewesen.

Objekte seiner Recherche. Nichts anderes.

Hatte er Haussmann nicht mal erwähnt? Nick erinnerte sich dunkel, dass es um die Spendenaffäre gegangen war, die die politische Karriere des Herrn beendet hatte.

Irgendeine Hintergrundinformation hatte der kleine Bob gehabt, die aus seinem privaten Umfeld gekommen war.

Nick seufzte. Konnte es sein, dass eine Demenz schon bei einem Einundvierzigjährigen einsetzte?

Er griff zum Telefon, um Vera vom Segelboot des Herrn Minwegen zu erzählen. Das war er ihr schuldig, nachdem er Freiheit und Abenteuer versprochen hatte.

Vera sollte sich doch mal den Bankier vornehmen.

Vielleicht hatte der auch schon auf diesem Boot die Segel gehisst. Obwohl er sich Engelenburg bei keiner sportlichen Betätigung vorstellen konnte.

»Findest du nicht, dass du mir da ein paar armselige Knochen hinwirfst, an denen ich nagen darf?«, fragte Vera.

Doch. Das fand Nick.

»Nimm mich mit auf diese Landpartie.«

»Und Nicholas?«

»Kriegt seit ein paar Tagen Alete zugefüttert.«

»Ich kann nicht«, sagte Nick, »Pit dreht mir den Hals um. Dass er mich mitnimmt, ist schon an der äußersten Peripherie der Möglichkeiten.«

Vera schnaubte. »Melde dich wieder, wenn du mehr zu bieten hast«, sagte sie und legte den Hörer auf.

Er stand noch eine Weile in der Küche, das Telefon in der Hand, doch ihm fiel nichts zur Entschuldigung ein.

In der Kastanie zeterten die Elstern. Das taten sie immer, wenn er einen Knatsch am Telefon hatte. Vielleicht waren die Biester in Wirklichkeit ganz sensible Vögel, die auf jede seiner Stimmungen einzugehen bereit waren.
Vera war es im Augenblick ganz offensichtlich nicht.
Nick blickte auf seine Uhr. Zeit, den Golf anzutreiben und zum Präsidium zu fahren. Er wollte wenigstens Pit bei Laune halten. Vielleicht fiel ihm ja auch noch ein, was der kleine Bob von Haussmann gewusst hatte.
Er sollte seine Freunde einfach mehr verwöhnen.

Elisabeth Barwig blickte kühl auf die drei Herren, die vor ihrer Haustür standen. Ihr war anzusehen, dass sie gerne auf der Hacke kehrtgemacht und die Tür zugeschlagen hätte.
Doch die Studienrätin hatte sich unter Kontrolle.
Nick betrachtete sie aufmerksamer, als er es bei der ersten Begegnung getan hatte, und suchte nach einer Ähnlichkeit mit Bob, doch ihr Gesicht war zu verschlossen, um an den Jungen zu erinnern.
Erste Spuren von Grau in dem aschblonden Haar, das die Barwig kurz und streng geschnitten trug. Die Brille zu schwer in ihrem schmalen Gesicht.
Ein hoher Blusenkragen an einem heißen Augusttag.
Kaum vorstellbar, dass sie ihre Beine schwingen konnte und Kaninchen streicheln. Sie sah aus, als sei sie auf einem Kreuzzug gegen Lust und Sinnlichkeit.
Nick ging als Letzter hinter Hauke Behn und nutzte seinen Abstand zur Barwig, um einen Blick in die Zimmer zu werfen. Doch nur zwei Türen standen offen.
Hohe Bücherwände in dem einen. Ein großer Schreibtisch aus hellem Eichenholz. Nick erkannte einen Stapel Hefte und spürte einen altvertrauten Druck im Magen.
Seine Schulzeit war kaum glücklich zu nennen gewesen.

Ein aufmüpfiger Schüler, der weder Freude noch Freiheit aus seiner Aufmüpfigkeit zog.
Das war ihm bis heute erhalten geblieben.
Das zweite Zimmer hing voller Geweihe. Darunter standen ländlich schlichte Stühle, wie sie in Wirtshäusern zu finden waren. Ein weiterer Versammlungsort?
Sie betraten die verglaste Veranda, zu der Elisabeth Barwig sie schon bei ihrem vorigen Besuch geführt hatte.
Vielleicht hatten sie es dem Dorfpolizisten zu verdanken, dass sie diesmal zum Sitzen aufgefordert wurden.
Nick sah, dass Pit einen seiner kleinen Schreibblocks aus der Tasche holte. Was wollte er aufschreiben?
Starre Miene? Keine Silbe gesagt?
Bisher hatte Elisabeth Barwig tatsächlich noch keinen Ton von sich gegeben. Knappe Handbewegungen, mit denen sie die Besucher durchs Haus führte.
Ein Ausbund an Beherrschtheit. So saß die Studienrätin in einem der knarrenden Korbstühle. Hände gefaltet. Nichts veränderte sich in ihrem Gesicht, als der Tod ihrer Eltern angesprochen wurde.
»Ein bedauerlicher Unfall«, sagte sie. »Mein Vater hat seine Fähigkeiten überschätzt, und als dann schlechtes Wetter aufkam ...« Hatte sie nicht in einem der ersten Gespräche die verloren gegangene Sprache ihrer Schüler beklagt?
Sollte es ein Zeichen von Emotion sein, dass sie heute schluderte und halbe Sätze sprach?
Nick ließ sie nicht für den Bruchteil einer Sekunde aus den Augen, als Pit Gernhardt den Namen Minwegen nannte.
Ein Achselzucken, das nicht gleichgültiger hätte sein können. Keine Ahnung, wie ihre Eltern zu dem Bootseigner gestanden hatten. Den Namen habe sie das erste Mal nach dem Unfall gehört. Ihr Vater habe viele Geschäftsfreunde gehabt.
»Grundstücke«, fügte sie hinzu.

Oft sei es um Grundstücke gegangen.

»Kann es sein, dass Karl Christlein der Vater Ihres Bruders Robert war?«, fragte Pit.

Elisabeth Barwig lächelte. Eine Ausdrucksstärke, die sie bei ihr kaum mehr vermutet hatten.

Sie lächelte freudlos. Aber sie lächelte. Und sah Hauke Behn an. »Woher haben Sie diesen Klatsch?«, fragte sie.

»Aus dem Dorf.«

Die Studienrätin nickte. »Die Leute können nicht über ihren Tellerrand gucken«, sagte sie. »Das, was Christlein und meine Mutter verband, war die verlorene Heimat im Osten.«

»Else Barwig kam nicht aus Brandum?«

Nick, der das fragte, und mit einem verächtlichen Blick gestraft wurde ob der Langsamkeit seines Denkens.

»Die Vorstellung einer Kindsunterschiebung ist lächerlich«, sagte die Studienrätin.

»Vielleicht hat Ihr Vater davon gewusst und ihn als eigenes Kind anerkannt«, sagte Pit.

Elisabeth Barwig stand auf.

Ihnen blieb nichts anderes übrig, als ihr auf dem Gang durchs Haus zu folgen. Sie waren nicht länger geduldet.

Was hatte Christlein damals zu Nick gesagt? Bis zum letzten Augenblick eine Frage auf den Lippen.

»Haussmann«, sagte er, »war das auch ein Geschäftsfreund Ihres Vaters?«

Sah die Barwig einen Augenblick lang angstvoll aus?

Hauke Behn würde später darauf schwören.

»Gehen Sie«, sagte Elisabeth Barwig und schloss die Eichentür mit Schnitzerei hinter ihnen.

Kein Tag für Vera. Erst das kaum anregend zu nennende Gespräch mit Nick, und dann Annis abstruse Idee, mit dem Kleinen einen Ausflug auf den Friedhof zu machen.

»Was soll er denn da?«, hatte Vera gefragt.

»Papas und Opas Grab gucken?«

Dann doch lieber Schiffchen oder Entchen oder von ihr aus auch Autos. Vera war auf hundert.

»Da ist die Luft in Ohlsdorf aber besser«, hatte Anni gesagt und gekränkt geklungen.

»Ganz viele Vögelchen gibt es da«, sagte sie zu Nicholas, der auf der Wickelkommode lag und zu allem freudig krähte. Er hätte sich mit Anni auch das Krematorium angeguckt.

»Die Mama lassen wir mal in Ruhe«, sagte Anni, »die ist heute gar nicht gut gelaunt.«

Das genügte, um Veras Laune gänzlich zu verderben.

Sie schob Anni, Kind und Kinderwagen zur Tür hinaus, doch kaum dass sich der Aufzug nach unten in Bewegung setzte, tat ihr der kühle Abschied Leid.

»Dann viel Spaß«, rief sie vom Balkon, »passt gut auf euch auf.« Annis alte Beschwörungsformel.

Klang alles lau heute bei ihr.

Eine Viertelstunde kramte sie in dem großen Schrank aus Kirschholz, als ob sie eine Kostümierung brauche für das, was sie vorhatte. Schließlich zog sie eine alte Jeans an und über das zu große Leinenhemd ein Jackett von Jef.

Ein paar Kleidungsstücke, die von ihm geblieben waren.

Der Karton Knuspergold, in dem er die Fotografien seiner Kindheit aufgehoben hatte. Die goldene Omega mit dem schwarzen Lederarmband, die von ihm ein Leben lang gehütet worden war und in schlechten Zeiten vor dem Pfandleiher bewahrt.

Vera hatte die Uhr in den Knuspergoldkarton gelegt, einen kleinen Handzettel aus der Bongo-Bar dazu, der ihrer beider Auftritt angekündigt hatte. Nicholas' väterliches Erbe.

Ihre eigenen ausgelatschten Boots aus Wildleder fand sie ganz hinten im Schrank. Daneben die weißen Stiefeletten von Chanel, die sie zu ihrer Hochzeit hatte tragen wollen.

Alles Annis Schuld, dass sie immer noch hier herumhing und sentimentalen Gedanken nachging.

Zum Friedhof. Mit dem Kleinen. Anni hatte einen Knall.

Vera verließ das Haus und sah in ihrer Aufmachung verwegener aus, als ihr zumute war.

An der nächsten Kreuzung stieg sie in ein Taxi und ließ sich zum Kiez fahren. Den großen Trampelpfad der Reeperbahn hinunter und dann in eine Seitenstraße.

Von der nahen Kirche in der Großen Freiheit schlug es fünf, als Vera vor der Bongo-Bar ankam.

Der Mann, den alle in der Bar Chef nannten, würde schon seit einer halben Stunde in seinem holzgetäfelten Büro sitzen, wenn er seine Gewohnheiten nicht geändert hatte.

Die beste Zeit, um sich Veras Fragen zu stellen. War er ihr nicht noch was schuldig nach all dem Druck, den er damals auf Jef ausgeübt hatte?

Die beiden Schwarzen in der Küche würden wohl schon da sein. Die Garderobenfrau käme um sechs. Die Leute vom Service kurz danach, wenn alles noch so wäre, wie es vor elf Monaten gewesen war.

Den Schaukasten hatte Vera nur mit einem kurzen Blick gestreift. Ein Mann mit dunklem Haarkranz und weißem Dinnerjackett, der jetzt am Klavier saß.

Vera drückte auf den Knopf, der diskret in der dunkelrot gestrichenen Gründerzeitfassade untergebracht war.

Der Summer ertönte, und sie zog die Tür auf.

Eigene Wege gehen. Nick, der alte Zauderer, führte sie doch nur in Sackgassen. Vermutlich hatte er ein geheimes Abkommen mit Anni, ihr jegliche Spannung vom Hals zu halten. Ließe sich vorstellen, dass Anni Angst hatte, dass Vera die Milch sauer würde.

Den Steinway versuchte sie zu übersehen, als sie durch die Bongo-Bar ging. Vera konzentrierte sich ganz auf die Tür, an die sie gleich klopfen würde, um den Chef aufzufordern, mit ihr gemeinsam die Promiwand zu betrachten.

»Vier Stück Pflaumenkuchen«, sagte Pit und stöhnte leicht, »das ist es, was mir von dieser Dienstfahrt in Erinnerung bleiben wird. Pflaumenkuchen und Schlagsahne.«
»Du neigst zum Vielfraß«, sagte Nick, »jedes der Stücke war so groß wie der Vorgarten einer Doppelhaushälfte.«
Pit fuhr auf den Parkplatz des Präsidiums und hielt neben Nicks altem Golf. »Haben wir was erreicht?«, fragte er.
»Hauke Behn ist ein guter Beobachter«, sagte Nick, »die Barwig wirkte völlig verspannt, als ich den Namen von Haussmann nannte.«
»Auf mich wirkt sie immer so«, sagte Pit.
Nick schüttelte den Kopf. Irgendein kleines Detail, das ihm aufgefallen war. Er versuchte, sich zu erinnern. Konnte kaum sein, dass ihm Glukose im Gehirn fehlte. Er hatte zwei Stück vom Kuchen gegessen und eine Schüssel Sahne dazu.
»Ich komme noch mit zu dir«, sagte Pit, »was ich im Augenblick nicht abkann, ist meine einsame Bude.«
»Trotz allem ein gutes Familienleben bei Behn«, sagte Nick. Pit hatte ihm vom Freitod von Behns Frau erzählt.
»Theo ist einfach toll«, sagte Pit.
»Wie einsam muss sich erst Elisabeth Barwig in ihrem schrecklichen Schwarzwaldhaus fühlen?«
»Hast du Mitleid mit ihr?«
»Ja«, sagte Nick, »irgendwie schon.«
»Ich nicht. Mir ist sie unheimlich. Wenn ihr Bild in der Zeitung erschiene und drüber stünde, ›Todesengel hat zehn Leute zu Tode gespritzt‹, würde ich nicken.«
»Ist ihr Alibi im Falle Christlein denn unantastbar?«
»Bislang nichts anderes bekannt. Wusstest du, dass Christlein aus der kalten Heimat kam?«

»Danzig«, sagte Nick, »das wusste ich. Aber mir will nicht in den Kopf, dass er mit Else Barwig Heimatabende abgehalten haben soll. Er war früh für eine Versöhnung mit den Polen und hatte keinen Vertriebenenjammer drauf.«

»War wahrscheinlich nur eine Verschleierung. Else Barwig wird ihre Liebschaften kaum der heranwachsenden Tochter auf die Nase gebunden haben.«

»Kommst du in meinem Wagen mit?«, fragte Nick. »Wir können das auch alles am Küchentisch bequatschen.«

»Dann muss ich morgen zu Fuß gehen.«

»Schadet dir nichts nach all dem Pflaumenkuchen.«

»Hoffentlich schaffe ich es, mein Leben zu ändern, ehe ich den Löffel abgebe.«

Nick, der schon auf dem Wege zu seinem Auto war, drehte sich um. »Was soll das?«, fragte er. »Du bist doch nicht krank?«

»Zu viel Kuchen. Kein Kind. Keine karierte Decke auf dem Küchentisch. Ich nehme mir meine Midlife Crisis.«

Nick sah ihn an. Viel zu gefährlich, jetzt eine Schleuse zu öffnen. Dann heulten sie nachher beide. »Du kannst gleich einen deiner Blocks hervorholen«, sagte er, »und festhalten, auf welche Fragen uns die Antworten fehlen.«

»Auf alle«, sagte Pit. Er setzte sich in den Golf.

Doch eine kleine Erleuchtung kam Nick, als er das Auto unter der Kastanie vor seinem Haus parkte. Ihm fiel das Detail ein, das ihm im Gespräch mit der Barwig aufgefallen war.

»Grundstücke«, sagte Nick. »Da lässt sich die Dame alles aus der Nase ziehen, und dann weist sie uns gleich zweimal auf die Grundstücksgeschäfte ihres Vaters hin. Wäre doch gar nicht nötig gewesen.«

»Nein«, sagte Pit. »Ihr lag wohl daran, dass wir das wissen.«

»Warum?«

»Um sich von einer Last zu befreien«, schlug Pit vor.

Er hatte eigentlich nur noch Lust, oben bei Nick einen Schnaps zu trinken. Nicht der kleinste Ehrgeiz in ihm, zu vorgerückter Stunde den Dr. Watson zu geben.

Nick schnippte mit den Fingern, dass ihm der Autoschlüssel in das erste Laub fiel, das die Kastanie abgeworfen hatte.

»Das ist es«, sagte er, »der kleine Bob hatte doch irgendeine Hintergrundinformation über Haussmann und seinen Spendenskandal. Da ging es auch um ein Grundstück, ein großes, teures Grundstück. Ich bin ziemlich sicher.«

»Dann kann es ja nur um Vorteilsnahme gegangen sein und nicht um Spenden.«

»Was bist du anders als ein Vorteilsnehmer, wenn du Spenden kriegst«, sagte Nick.

»Ich brauche einen Schnaps«, sagte Pit, »und ein, zwei Täter für zwei Morde und nicht immer neue Verwicklungen dieser vier Herren in was auch immer.«

»Von Achim Kroll wissen wir noch wenig. Nur, dass er der Anwalt von Lauterbach ist und der Okzidentalen Treuhand seinen Obolus entrichtet.«

»Allmählich glaube ich, dass die Okzidentale Treuhand ein Hirngespinst von dir ist. Keiner kennt sie. Nicht einmal die Bildzeitung. Ich habe mich eigens erkundigt.«

»Du hast doch die Kontoauszüge gesehen.«

»Raiffeisenbank Husby«, sagte Pit, »klingt, als ob es in der Nähe von Brandum sei.«

»Frag doch mal Behn. Er ist der Hellste von uns.«

Nick schloss die Tür auf und schaltete das Licht in der Küche an. Wie dunkel es um neun Uhr abends schon wieder war.

»Freut mich, dass er dir gefällt«, sagte Pit.

Nick holte den Pflaumenschnaps aus dem Küchenschrank.

»Ich hab leider nur den«, sagte er und grinste. Er schenkte zwei kurze Gläser voll.

»Lauter Puzzlesteine«, sagte Pit, »doch das ist nicht nur ein einziges Puzzle, das wir da legen sollen. Darum passen die Steine nicht zusammen.« Er trank sein Glas in einem Zug leer.

»Pflaume liegt dir. Die putzt du einfach weg«, sagte Nick.

»Es sind wenigstens zwei Puzzles.«

»Einmal Kaninchen und einmal korrupter Politiker?«

»So ähnlich«, sagte Pit und schenkte sich einen zweiten ein.

»Und wie ist Christlein da hineingeraten?«

»Du glaubst immer noch an seine Unschuld?«

»Hätte er die verloren, wenn er Bobs Vater wäre?«

»Nein«, sagte Pit, »nur wenn er politisch ganz woanders gestanden hätte, als du ihn vermutest.«

Nick schüttelte den Kopf. »Christlein und Bob haben beide von den politischen Machenschaften dieser vier Herren gewusst«, sagte er, »das hat sie das Leben gekostet.«

»Zurück zum Anfang«, sagte Pit.

»Du ziehst die privaten Motive vor.«

»Nein«, sagte Pit. »Ein Serienmörder, der seine ganz private Psychose auslebt, ist mir auch nicht lieber.«

»Gibt es eigentlich was Neues bei Lauterbach?«

»Er beharrt darauf, dass eine durchgedrehte Type aus dem Milieu ihn dorthin bestellt und dann angeschossen habe. Vielleicht saß dessen Dame zu viel in Lauterbachs Teestube und stand zu selten auf dem Strich. Unser Wohltäter ist der Verabredung natürlich nur deswegen gefolgt, weil er annahm, ein gutes Werk tun zu können.«

»Ist das glaubhaft?«

Pit hob die Schultern. »Alles ist möglich«, sagte er.

»Nur meine Verschwörungstheorie, wie du sie nennst, ist nicht möglich«, sagte Nick.

»Die Herren haben alle ihre Finger irgendwo drin, aber ich bezweifle, dass ihnen Blut dran klebt. Gekungel mit dem Milieu, Vorteilsnahme, Spendenaffären, alles gebongt. Aber liegen darin die Motive, um zwei Morde zu begehen, aus lauter Angst, diese Missetaten kämen ans Tageslicht? Nicht mal die rassistischen Ausfälle des Herrn Lauterbach bringen uns in die Nähe von Mord.«

»Kenne ich die schon, die rassistischen Ausfälle?«

»Steht doch alles in deinem Material.« Pit hörte selber, dass das nicht nach der ganzen Wahrheit klang.

Nick stellte die Flasche hin, aus der er gerade noch einmal nachschenken wollte.

»Was tun wir hier eigentlich?«, fragte er. »Hat doch alles keinen Sinn, wenn du mich gelegentlich mit ein paar Brocken fütterst und den Rest für dich behältst.«

Vera fiel ihm ein. Hatte sie ihm heute nicht die gleichen Vorwürfe gemacht? Er musste sich unbedingt was zur Versöhnung einfallen lassen.

»Bist du sicher, dass du mir alles sagst?«, fragte Pit.

Nick zögerte. »Ich teile dir nicht jeden Schluss mit, den ich gezogen habe«, sagte er, »du nimmst das ja eh nicht ernst.«

»Okay«, sagte Pit, »Lauterbach hat im privaten Kreis ein paar üble Äußerungen rassistischer Art gemacht. Zeuge ist sein eigener Sohn, der nicht viel vom Vater hält.«

»Ist er zu dir gekommen?«

»Nein. Ich habe das alles von meiner Kollegin, deren Liebster mit Lauterbachs Sohn zusammenarbeitet. Jetzt bist du dran.«

Nick schenkte nochmal nach.

»Die Herren sind Brandstifter«, sagte er, »Brandstifter und vermutlich Mörder.«

Pit stieß einen kleinen Pfiff aus. Er blickte auf die Flasche mit dem Pflaumenschnaps. Hatten sie schon zu viel getrunken?

»Du glaubst mir nicht«, sagte Nick.

»Das sind ungeheure Anschuldigungen.«

»Sie finanzieren Anschläge. Natürlich führen sie die nicht selber aus. Aber sie alimentieren die Täter.«

»Hast du Beweise?«

»Stell dir das als eine Gegenbewegung zu den Islamisten vor. Daher auch der blödsinnige Name: Okzidentale Treuhand.«

»Beweise«, sagte Pit.

»Ich denke, dass der kleine Bob ganz nah an den Beweisen war, und Christlein wird auch was gewusst haben.«

»Leider kann uns keiner von beiden mehr was dazu sagen.«

»Das bestätigt nur das Motiv für die Morde an ihnen.«

Auf Pits Gesicht legte sich Müdigkeit.

»Warum willst du es nicht wahrhaben?«, fragte Nick.

»Ich kann mich nicht auf Mutmaßungen stützen.«

»Es muss doch für dich möglich sein, herauszufinden, an wen die Treuhand Gelder gibt.«

»Um das Bankgeheimnis aufheben zu lassen, brauche ich leider auch mehr als Mutmaßungen.«

»Können wir nicht an die Konten verurteilter Täter?«

»Täter welcher Straftaten?«

»Du bist ein Verhinderer«, sagte Nick.

»Gib mir die Zeitungsausschnitte mit, die dein kleiner Bob zusammengetragen hat. Falls es da verurteilte Täter gab, kann ich versuchen, dem nachzugehen.«

»Da ist mehr dahinter als Spendenaffäre und Vorteilsnahme und böse, böse Wörter sagen.«

»Und du glaubst, dass die Herren in ihren Fundus von Tätern gegriffen haben, um Robert Barwig und Christlein zu töten?«

»Ja«, sagte Nick.

Pit leerte das Glas zum dritten Mal. »I do my best«, sagte er und klang ganz und gar nicht zuversichtlich.

»Ich bin tief gerührt von deinem Versöhnungsgeschenk«, sagte Vera, »doch erkläre mir die karierte Tischdecke.«

Sie sagte nicht, dass Anni Stapel von karierten Decken im Schrank hortete, doch eigentlich hätte Nick das wissen müssen, schließlich war er Stammgast an ihrer Tafel, auf der oft genug eine Decke lag.

»Guck mich an«, sagte Nick, »ich bin der Mann, dem nichts gelingt. Du hast das falsche Päckchen gekriegt. Die Decke ist für Pit Gernhardt.«

»Ist das ein typisches Geschenk unter Männern?«

»Eine lange Geschichte von Sehnsucht nach Glück und Geborgenheit«, sagte Nick.

Vera sah ihn besorgt an.

»Dein Geschenk liegt noch unten im Auto«, sagte Nick, »ich hole es mal schnell.«

»Willst du nicht erst einen Kaffee trinken? Anni hat gestern Pflaumenkuchen gebacken.«

Familie und Geborgenheit. Vera lugte in die Küche. Der Tisch war nackt. Keine karierte Decke. Vielleicht sollte sie doch eine auflegen, während Nick unten war.

Sie war deutlich weicher gestimmt als gestern.

Die Begegnung mit dem Chef der Bongo-Bar, der ohne Zweifel zu viele Filme von Edward G. Robinson gesehen hatte, war ihr im besten Sinne aufs Gemüt gegangen.

Blauweiße Vichykaros. Kaffeetassen. Kuchenteller.

Anni müsste bald vom Einkaufen zurück sein.

Nicholas schlief.

Nick keuchte zur Tür herein und hielt ein quadratisches Päckchen in der Hand, der Tischdecke im Format nicht unähnlich, doch deutlich fester.

Vera wickelte es aus und war viel gerührter, als es eine karierte Decke je hätte fertig bringen können.

Mutter und Sohn im Silberrahmen.

Kurz nach Nicholas' Geburt.

»Ich erinnere mich gar nicht, dass du fotografiert hast.«

»Die Nikon habe ich immer dabei«, sagte Nick.

Vera umarmte und küsste ihn und stellte das Bild auf den Küchentisch, damit Anni es gleich sah und würdigte.

»Ich habe auch eine Art Geschenk für dich«, sagte Vera, »eine Erinnerung, die dir verloren gegangen ist.«

Nick sah sie fragend an.

»Vor Merk warnen«, sagte Vera, »ich verstehe gar nicht, dass du das aus dem Gedächtnis verlieren konntest.«

»Was ist es?«

»Merk ist der größte Verschleißer von jungen Männern, den die Stadt zu bieten hat.«

»Derart drastisch hatte ich es nicht gehört«, sagte Nick.

»Das ist eigentlich auch ein gut gehütetes Geheimnis.«

Nick setzte sich an den karierten Tisch und schüttelte den Kopf. »Kann das sein, dass ich das so wichtig genommen habe?«, fragte er.

»Na hör mal. Das ist ja auch nicht ohne, wenn der ehrenwerte Notar den großen Gönner gibt und sich dann die Jungs herausgreift.«

»Nach alldem, was inzwischen passiert ist, scheint mir das eine Lappalie zu sein«, sagte Nick.

»Darum hast du es auch gleich wieder verdrängt.«

»Warum sollte ich Bob davor schützen wollen, dass ihm einer an die Hose geht? Er war kein Kind mehr.«

»Weil du einer bist, der sich für alles verantwortlich fühlt.«

Nick seufzte. »Wenn ich einer wäre, der Verantwortung fühlt, dann hätte ich den Jungen aufhalten müssen. Ihm die ganze Geschichte verbieten.«

»Hättest du das gekonnt?«

»Er war schon sehr getrieben von seiner Idee.«

»Wäre er Merk denn überhaupt begegnet?«

»Er hatte ihn auf der Liste der Gesprächspartner. Wer ist eigentlich dein Informant?«

»Jefs Chef«, sagte Vera, »der Besitzer der Bongo-Bar. Ich habe ihn gestern besucht.«
»Du weißt, dass er ein Gangster ist. Ich wundere mich, dass sie ihn damals nicht angeklagt haben.«
»Gute Kontakte«, sagte Vera, »eine ganze Wand in seinem Büro ist voller Bilder, die ihn mit den wichtigen Leuten der Stadt zeigen, und die haben wir uns gestern angeguckt.«
»Und Merk stand inmitten eines Knabenchors?«
»Der Chef stand neben ihm.«
»Unsere vier Herren?«
»Lauterbach und Haussmann waren vertreten. Lauterbach hatte eine Dame an der Hüfte, die weder seine Gattin ist noch zum Inventar der Bar gehört.«
»Und dieser Gangster hat dir bereitwillig die Informationen zu den Bildern geliefert?«
»Bereitwillig ist zu viel gesagt. Er war dankbar, dass ich die Begebenheiten des vergangenen Jahres nicht weiter hervorhob und keine Witwenrente von ihm wollte.«
»Als ich dich bat, bei den Recherchen zu helfen und dein gesellschaftliches Leben wieder aufzunehmen, habe ich eigentlich ans Vierjahreszeiten gedacht und nicht an die Bongo-Bar.«
»Wir waren doch auch schon sehr hübsch im Atlantic«, sagte Vera. Sie hörte Anni kommen und legte einen Finger auf die Lippen. Bloß kein Gerede von Gangstern mehr.
»Gut, dass ihr da seid«, sagte Anni, als sie in die Küche kam, »der Schlachter hat so viele Schnitzel abgeschnitten, dass wir auch noch Herrn van Engelenburg einladen können.«
»Er schnitt und schnitt, und du konntest ihm keinen Einhalt gebieten?«, fragte Vera.
Anni winkte ab. »Wiener Schnitzel kann man gar nicht genug haben«, sagte sie und legte das Netz mit den Einkäufen auf den Küchentisch, um gleich nach dem Foto zu greifen.

»Ist das schön«, sagte Anni, »dafür kriegt Nick ein extragroßes Schnitzel und vorher noch Pflaumenkuchen.«

Nick schob vorsichtig den Daumen in seine Jeans. Wenn das so weiterging, sähe er bald aus wie Engelenburg.

»Ich habe noch eine Neuigkeit, die euch beide interessieren wird«, sagte Vera. »Anni, setz du dich auch mal.«

»Ist es so schlimm?«, fragte Anni.

»Überhaupt nicht«, sagte sie. »Woher, glaubt ihr, hat der gute Dr. Merk das viele Geld für all die Flügel und Grundsteine?«

»Drogengeschäfte in der Bongo-Bar«, sagte Nick.

Vera sah ihn strafend an.

»Der Fritz?«, fragte Anni. »Drogengeschäfte?«

»Quatsch. Er hat geerbt. Von einem väterlichen Freund.«

Anni schlug sich mit der Hand gegen die Stirn. »Hellmann«, sagte sie, »der war doch stinkereich.«

»Ist das wahr?«, fragte Nick.

Vera nickte. »Anni kriegt das zweitgrößte Schnitzel«, sagte sie.

»Hat er die Geisteshaltung von Hellmann gleich mitgeerbt?«

»Die Geisteshaltung und die Leidenschaft für Jugendliche männlichen Geschlechts.«

»Also doch«, sagte Anni. Sie stand auf, um die Einkäufe aus dem Netz zu holen. »Immer die kurzen Hosen. Hellmann sah das gern. Aber damals trugen die Jungen in dem Alter noch kurze Hosen. Hat man sich nichts bei gedacht.«

Sie legte das große Schnitzelpaket in den Kühlschrank.

»Fritz trug die aus Leder mit Latz und Hirschhornknöpfen«, sagte sie, »dafür war er natürlich längst zu groß. Hätte ich bloß besser aufgepasst. Das war doch Missbrauch.«

»Du kannst überhaupt nichts dafür«, sagte Vera.

»Vielleicht sollten wir doch mal ein Stück Pflaumenkuchen essen«, sagte Nick. Die Vorstellung, über den Missbrauch am jugendlichen Merk zu diskutieren, war ihm zu viel.

»Erst mal holen wir Herrn Nicholas Lichte in die Küche«, sagte Vera, »der hört nämlich schon die Teller klappern.«

Nick stand auf, und ihn überkam das gleiche Gefühl, das er gestern in der Küche von Hauke Behn gehabt hatte.

Eine Sehnsucht nach Familienleben.

Auch hier war eine Tragödie geschehen, und doch gab es Glück und Geborgenheit.

Er war dankbar für jedes Stück, das er davon abkriegte.

Nick legte die Karte vorsichtig ab, als könne sie gleich explodieren. Ihm schlug das Herz zum Halse und er war erstaunt, dass es das tat. Er hatte sich für kühl gehalten. Abgeklärt. Entliebt. Er klammerte sich fest an der Betrachtung des Holstentors. Harmlos und nah. Schrecklich nah. Er hatte Leo viel weiter weg vermutet. Von Plön nach Lübeck. Das konnte nicht alles gewesen sein. Zwischendurch hatte sie sich ganz bestimmt am anderen Ende der Welt aufgehalten.

Der fast kopflose Nick. Er drehte die Karte um und ließ sie einen Augenblick lang ungelesen liegen.

Leos steile Schrift, die an eine Fieberkurve erinnerte.

Schriebe man nicht einen Brief, wenn man Hoffnungsvolles mitzuteilen hätte? Ließ sich irgendwas auf einer Karte mit dem Holstentor vorne drauf erklären?

Nick, mein Lieber.

Tut mir Leid, dass ich dir jede Aussprache verweigert habe.

Lass uns das nachholen. Leo.

So einfach war das. Sollte er dort wieder anfangen, wo er vor knapp einem Jahr aufgehört hatte? Aufs Telefon starren. Den lieben Gott beschwören, dass sie endlich anriefe?

Hatte Vera auch eine Karte bekommen?

Vielleicht eine Ansicht vom Niedereggerhaus.

O ja. Er wollte eine Aussprache. Denn das, was gerade in ihm vorging, bewies, dass er weder kühl noch abgeklärt war.

Obwohl er längst wusste, dass Leo es nicht sein konnte, mit der er Träume von Glück und Geborgenheit wahr machte.

Liebte er Vera?

Nick setzte sich an den Lindenholztisch und versank in den Anblick des Holstentors.

Das Entscheidende war, dass Vera ihn nicht liebte.

Ein guter Freund. Der beste. Hatte sie das nicht gesagt?

Leo gelang es immer noch, ihm die Tage durchzuschütteln.

Er hatte zu Pit ins Präsidium gehen wollen. Ihm über die Schulter schauen, wenn er die Zeitungsausschnitte mit den Kontobewegungen verglich. Ihm von Merk erzählen.

Pit würde kaum begeistert sein, einen fünften Herren dazuzugewinnen, der nicht koscher war.

Lübeck. Was tat Leo da? Oder hatte sie nur einen kleinen Ausflug gemacht und lebte auf dem Gutshof ihrer Eltern? Schwer vorstellbar, nachdem sie das Leben auf dem Lande immer verabscheut hatte.

Nick griff zum Telefon, um Vera anzurufen.

Leo war eine der Konstanten im Leben von Vera gewesen. Neben Anni und den Tantiemen von der Gema, die ihr vierteljährlich ins Haus flossen.

Es läutete durch. Vera, die Frau ohne Anrufbeantworter.

Wenige hatten die Souveränität, sich den Anforderungen der schönen neuen Welt derart zu verweigern.

Kein Auto. Kein Handy. Kein Band, auf das man sprach.

Vielleicht eines der Privilegien der Wohlhabenden.

Die nicht hinter irgendwelchen Aufträgen herliefen und die neueste Digitalkamera vorführen mussten, bevor sie den Zuschlag bekamen.

Wäre wohl besser, wenn er sich schnell um einen Auftrag kümmerte, um Leo was bieten zu können.

O Gott. Saß er wieder in der Falle?

Nick, der sich verbog, um Leos Zampano zu sein.

Verbiegen war das, was ihm am schlechtesten gelang.

Er ahnte schon, was sie sagen würde, wenn sie hörte, woran er gerade arbeitete. Ohne Chance auf Honorar.

Nick nahm die Karte und steckte sie an die Glasscheibe seines alten Küchenschrankes. Grüße aus Lübeck.

Nein. Er konnte nicht länger Leos Anwärter auf ein kleines Glück sein. Das würde er ihr sagen.

Lauterbach in der Unterwelt. Huren und Zuhälter um sich herum, als hätte er nichts zu verlieren. War er wirklich der Mann, der mordete, um den eigenen Ruf zu retten?

Er trat diesen Ruf mit Füßen, wo er nur konnte.

Als Rassist und Brandstifter zu gelten hatte allerdings eine andere Qualität, als in einem der übleren Bordelle der Stadt gefunden zu werden.

In einer entwürdigenden Lage, wie die Kollegen, die die Razzia veranstaltet hatten, in ihrem Bericht schrieben.

An einem Haken hängend wie eine Schweinehälfte.

Hielt die lädierte Schulter das aus?

Pit Gernhardt schüttelte den Kopf.

Er hätte Lauterbach gern als einen der Männer abgelegt, die alles ihren zweifelhaften Lustgefühlen opferten. Wäre die Kugel, die Lauterbachs Schulter durchschossen hatte, nicht aus derselben Beretta gekommen, die auch Robert Barwig getötet hatte.

Pit blickte auf, als die Hauptkommissarin Kollmorgen sein Büro betrat. »Du hast es also schon gelesen«, sagte sie.

»Warst du dabei?«, fragte Pit.

»Das hat die Sitte alleine gemacht. Hätte ich allerdings eine Ahnung gehabt, dass Lauterbach dort hängt, dann wäre es mir ein Anliegen gewesen, dabei zu sein.«

Sie nahm ein Päckchen vom Besucherstuhl und setzte sich.

»Da kannst du doch nur noch kotzen«, sagte Pit. »Rassist. Perverser Lüstling. Politiker.«

»Es gibt auch noch anständige Politiker.«

»Das will ich hoffen«, sagte Pit. »Hat irgendwer von der Geschichte Wind bekommen?«

»Ich glaube nicht. Wäre uns Wind lieber?«

»Das heben wir uns noch auf.«

»Der braune Sumpf, den du mal erwähnt hast, wer steckt da außer Lauterbach drin?«

»Drei weitere Herren aus dem weiten Feld der Politik.«

»Nennst du mir die Namen?«

»Haussmann. Minwegen. Kroll.«

»Lauterbachs Anwalt?«

»Obwohl ich inzwischen zur Ansicht neige, dass er nur eine Randfigur ist«, sagte Pit.

»Haussmann war der mit der Spendenaffäre?«

Pit nickte müde.

»Minwegen kenne ich nicht«, sagte Silke Kollmorgen.

»Hat sich mal in der Europapolitik hervorgetan. Ist schon länger her. Er ist auch Anwalt.«

»Die Kugel, die durch Lauterbachs Schulter ging, ist das eine Kugel aus dem Sumpf oder eine aus dem Milieu?«

»Da Barwig aus der gleichen Pistole bedient wurde, muss es eine aus dem Sumpf sein. Nach unseren Erkenntnissen hat er nicht das Geringste mit dem Milieu zu tun gehabt.«

»Und wenn der Killer aus dem Milieu kommt?«

Pit stöhnte. Der Fundus von Tätern fiel ihm ein, den Nick vermutete. Konnte es denn sein, dass das Land, in dem er sein Leben lang lebte, eine Bananenrepublik war?

Sein Großvater war ein gerechter Mann gewesen. Er hatte dieses Land in den fünfziger Jahren mit aufgebaut.

Hatte darunter gelitten, dass Nazigrößen wieder Einfluss gewannen. Adenauer verflucht, weil er den Nazi Globke ins

Kanzleramt ließ. Ein Kanzler Kiesinger war ihm erspart geblieben. Da war er schon tot.

Und heute schien die Generation der Nachgeborenen des Nationalsozialmus alles zu verspielen.

Silke Kollmorgen stand auf. »Ich will dich nicht weiter in deinen Gedanken stören«, sagte sie.

»Entschuldige«, sagte Pit, »ich bin ein bisschen abgeschweift.«

»Soll ich das Päckchen wieder auf den Stuhl legen?«

Pit guckte sie überrascht an.

»Es lag dort, als ich kam«, sagte Silke und hielt es ihm hin.

Eine kleine Karte klebte auf dem Geschenkpapier.

Fangen wir einfach mal mit den kleinen Karos an. Nick.

Pit lächelte.

»Willst du es nicht auspacken?«

»Später«, sagte Pit. Er wollte nicht erklären, warum er eine karierte Tischdecke geschenkt bekam.

Engelenburg hatte das Bild in festes Papier gepackt und mit Kordel verschnürt. Er hatte nicht die Absicht, es im Lokal zu präsentieren. Minwegen sollte das Paket nach Hause tragen und das Bild über seine Kommode hängen. Wenn es erst mal dort hing, würde ihn der heitere Zecher entzücken, als sei er von Frans Hals gemalt.

Jan van Engelenburg beabsichtigte keinesfalls, ihm etwas unterzujubeln, doch er hielt nicht viel vom Kunstverständnis seines alten Kunden. Von Geld verstand Minwegen mehr.

Im Ratsweinkeller waren nur noch wenige Tische besetzt.

Hier wurde früh gegessen und wieder in die Kanzleien und Büros geeilt. Die Stadt der hart arbeitenden Menschen.

Hatte das nicht sein Schwiegervater gern gesagt und dabei glücklich geklungen?

Engelenburg war ohne Zweifel ein größerer Genießer.
Er setzte sich an einen Tisch und legte das Bild auf den Stuhl neben sich. Von Minwegen noch nichts zu sehen. War ihm nur recht. Er trank gern in Ruhe ein erstes Glas Rheinwein. Viel besser als sein Ruf. Jan van Engelenburg bestellte einen Schloss Vollrads und lehnte sich zurück.
Das Urteil, das sein jüngster Sohn über Alphons Minwegen gesprochen hatte, war nicht an ihm abgeperlt.
Engelenburg hatte sich viele Gedanken gemacht in letzter Zeit. Einen Moment lang sogar erwogen, alte Beziehungen spielen zu lassen und Einblick in die Konten von Minwegen zu bekommen. Er hatte davon wieder Abstand genommen.
Er war ehrenvoll in den Ruhestand getreten und wollte sich nicht noch die Weste beschmutzen.
Schließlich hatte er Minwegen nichts vorzuwerfen.
Engelenburg nahm einen Schluck Wein und wusste, dass er sich gerade selbst belog.
Minwegen hatte seine Hände nicht in Unschuld gewaschen.
Es hatte einen Korruptionsfall gegeben, als er noch in Brüssel mitmischte. Dann die Bauruine an der Küste oben bei Husum, die ein Hotel hatte werden sollen. Ein Grundstück, das völlig überteuert gekauft worden war. Eine Finanzierung, die von Anfang an nicht gestimmt hatte. Als sei geradezu geplant gewesen, Firmen den Bach hinuntergehen zu lassen.
Hätte er als Bankier eingreifen müssen?
Ihm war vieles zu spät klar geworden.
Engelenburg ließ sich noch einmal nachschenken und bat um die Speisekarte. Vielleicht vorweg ein Kressesüppchen.
Minwegen schien sich zu verspäten.
»Später dann ein Stubenküken«, sagte er zum Ober. Er liebte diese jungen Hähnchen.
Dieser Freund seiner Nachbarin, Nick, er schien noch mehr zu wissen über Minwegen. Sollten sie sich austauschen?

»Braune Butter bitte zu den Petersilienkartoffeln«, sagte er laut, um noch gehört zu werden vom Ober.

Er griff nach dem Bild. Allmählich fing er an, sich zu ärgern.

Eigentlich hatte er Minwegen durch die Bank der Beerbohms kennen gelernt. Zur Engelenburg'schen Bank war Minwegen erst als Kunde gekommen, seit er sich immer öfter in Brüssel und Den Haag aufgehalten hatte.

Ließe sich vielleicht alles auf seinen längst verstorbenen Schwiegervater abwälzen, um das eigene Gewissen zu entlasten. Engelenburg schüttelte den Kopf. Was dachte er da nur? Helene hätte das verabscheut.

Das Kressesüppchen wurde gerade serviert, als Minwegen herangehetzt kam. Ungute Blässe im Gesicht.

Engelenburg stand auf und wartete auf die Entschuldigung.

Ein Telefonat, das sich hingezogen hatte. Ach, wie dünn.

Gab es nicht auch bei neuen Apparaten eine verkrüppelte Version von Gabel, auf die man den Hörer legen konnte?

»Kennen Sie Karl Lauterbach?«, fragte Minwegen.

Natürlich kannte Engelenburg diesen Mann. Lauterbach war in Stadt und Land bekannt.

»Er ist in eine ganz üble Sache hineingeraten. Verdirbt uns allen den Ruf, wenn er nicht vorsichtiger wird.«

Was war es? Korruption? Bauskandal?

»Lässt sich von der Kripo im Puff erwischen. In lächerlicher Pose«, sagte Minwegen.

Engelenburg fragte sich, warum ihm Lauterbach gerade zum Fraß vorgeworfen wurde. Was bezweckte Minwegen?

»Wir hatten ein kleines Geschäft geplant. Eine Fabrikhalle zu einem Toplokal ausbauen. Vielleicht brauche ich nun einen neuen Partner.«

Wie schnell Leute fallen gelassen wurden. Das widersprach Engelenburgs Werten so, dass ihm Lauterbach schon Leid tat. Er selbst war nur ein einziges Mal im Bordell gewesen.

Als Neunzehnjähriger. Aus lauter Angst, sich sonst vor seiner Freundin zu blamieren. Aber es stellte sich heraus, dass das Fräulein Helene Beerbohm die bessere Lehrmeisterin war. Schließlich war sie auch vier Jahre älter gewesen.

»Ich nehme nicht an, dass Sie dabei an mich denken«, sagte Engelenburg und klopfte auf das Bild neben sich. »Ich bin bereits im Kunsthandel tätig.«

»Ach ja«, sagte Minwegen, »der heitere Zecher. Wollen Sie ihn nicht auspacken?«

»Gucken Sie sich das Bild in Ruhe zu Hause an«, sagte van Engelenburg. Seine Suppe war sicher schon kalt.

Er wollte nicht auch noch das Stubenküken gefährden.

»Essen Sie nur«, sagte Minwegen und schaute in die Karte, die ihm vorgelegt worden war.

Engelenburg tauchte den Löffel ein. Später würde er nicht mehr sagen können, ob es wegen der kalten Suppe gewesen war, dass er Minwegen nach dem Hotel bei Husum fragte.

Er hatte einfach Lust gehabt, diesen arroganten Kahlkopf zu provozieren. Sah er ihn auf einmal mit Jockels Augen?

Seit Jahren kannten sie sich, und nun wurde Minwegen ihm auf einmal suspekt.

Der eisige Blick, der Engelenburg gegolten hatte, traf den Ober, der vor dem Tisch stand.

»Matjestartar auf Schwarzbrot«, sagte Minwegen und wandte sich Engelenburg zu. »Wie kommen Sie auf das Hotel?«

»Die lange Wartezeit. Da ließ ich unsere geschäftlichen Beziehungen vor meinem geistigen Auge ablaufen.«

»Heinrich Haussmann hatte da die Hand am Hebel. Ich bin bald ausgestiegen. Aus dem Projekt ist nichts geworden.«

»Schade«, sagte Engelenburg, »ich hatte immer das Gefühl, Ihnen sei sehr an der Gegend gelegen.«

»Sie kennen meine Affinität zu den Niederlanden. Unsere deutsche Nordseeküste hat ähnliche Lockungen.«

Engelenburg fand, dass das Wort Lockungen obszön aus dem Munde Minwegens klang. Wenn nur das Stubenküken bald käme, sonst schoss er sich auf sein Gegenüber ein.

»Sie sollten Lauterbach noch eine Chance geben«, sagte er, um etwas Versöhnliches zu sagen. Eigentlich war ihm Karl Lauterbach ziemlich egal.

»Ich investiere nicht in Verlierer«, sagte Minwegen, »und Lauterbach ist gerade dabei, einer zu werden.«

»Ich kann Ihnen eine Liste von Politikern geben, deren Besuche im Bordell publik geworden sind. Vom tragischen Tod eines dänischen Königs in einem Etablissement am Hamburger Gänsemarkt gar nicht zu reden.«

»Ich bin überrascht, dass Sie so für ihn eintreten«, sagte Minwegen und griff nach dem Glas Pilsener, das vor ihm stand, »doch er wird auch anderswo zur Belastung.«

Engelenburg sah ihn erwartungsvoll an. Die Sache begann ihn zu interessieren. Doch Minwegen trank und schwieg.

Das Stubenküken kam, und Engelenburg fiel darüber her.

Er war völlig ausgehungert.

»Meine Bemerkungen über Lauterbach bleiben natürlich unter uns«, sagte Minwegen. Er deutete auf das Paket, das noch immer auf dem Stuhl lag.

»Ich kaufe nie die Katze im Sack«, sagte er.

Engelenburg hätte sich fast an einer Petersilienkartoffel verschluckt. »Das ist auch nicht nötig«, sagte er, nachdem er zu Atem gekommen war, »ich schenke Ihnen das Bild.«

Kein Geschenk, sondern eine Kriegserklärung.

Er nahm nicht an, dass sich Minwegen darüber im Klaren war.

Jockel hatte Recht. Er drückte die Menschen viel zu schnell an seine breite Brust.

Jan van Engelenburg wusste nun auch nicht mehr, was Minwegen je an seiner Brust verloren gehabt hatte.

Hauke Behn stand auf dem Deich und hielt Ausschau nach Theo. Er war kein ängstlicher Mensch, doch manchmal kam eine Panik in ihm auf, dem Jungen könne was zustoßen. Zu weit draußen im Watt sein, wenn die Flut käme. In der Bauruine herumklettern, die in der Nähe des Karolinenkoog stand. Theo war ein wilder Einzelkämpfer. Seinen Vater hätte es beruhigt, wenn er in einer Horde anderer kleiner Kämpfer gut aufgehoben gewesen wäre.

Er blickte zum Büro hinunter, in dem er längst schon wieder hätte sitzen sollen, und glaubte, durch das Panoramafenster zu hören, dass alle Telefone klingelten.

Behn ging zurück. Er durfte diese Außenstelle nicht aufs Spiel setzen. Theo und er hatten sich gerade eingelebt, und auch die Broder war ein Segen, die sich heute das erste Mal freigenommen hatte, um zum Geburtstag ihrer Schwester zwei Dörfer weiter zu fahren.

Die Husumer nörgelten ohnehin schon viel. Wussten nie, ob sie sich für Zentralisierung oder Außenstellen entscheiden sollten. Vermutlich musste er Christlein dankbar sein, dass er in Brandum zum Mordopfer geworden war, das hatte den hiesigen Posten fürs Erste bestätigt.

Zwei Uhr, und Theo hatte vor einer Stunde Schulschluss gehabt. Hoffentlich hielt er sich von den Straßen fern, durch die Elisabeth Barwig bald wieder brettern würde.

Hauke Behn nahm das Telefon ab, um den Hauptkommissar aus Hamburg anzurufen. Vielleicht hatte Gernhardt versucht, hier durchzukommen. Doch er legte den Hörer wieder auf, als er Theo oben kommen sah. Behn atmete tief durch.

In dem kurzen Augenblick zwischen Büro verlassen und Theo entgegengehen, blieb ihm kaum Zeit, nachzudenken, ob es nun ein väterliches Donnerwetter geben müsste.

»Wo bleibst du denn bloß«, sagte er und schloss den Jungen in die Arme.

»Reg dich nicht auf, Papa. Wir waren noch im Garten vom Schwarzwaldhaus.«

»Wer ist ›wir‹?«, fragte Behn, den das »wir« eigentlich freute.

»Zwei aus meiner Klasse«, sagte Theo. »Jens ist einer davon, der hat eine ziemliche Wut auf die Lehrerin, die da wohnt.«

»Und da seid ihr losgezogen, um Krawall zu machen?«

»Nein«, sagte Theo, »wir waren leise.«

Hauke Behn schloss das Büro ab. Er tat es mit schlechtem Gewissen. Doch jetzt brauchte Theo erst einmal was zu essen und er selber die ganze Geschichte.

»Zwei Spiegeleier auf Brot«, sagte er.

»Haben wir keine Pizza?«

»Gut. Ich schiebe dir eine Pizza in den Ofen, und dafür möchte ich von dir hören, was ihr da wolltet.«

Sie betraten das Haus, und Theo donnerte den Ranzen in die Ecke, um sich gleich am Küchentisch niederzulassen.

»Händewaschen«, sagte Behn und holte die Pizza aus dem Tiefkühlfach. In den Backofen damit. Er wollte nicht lange darüber diskutieren, dass sie mit Spinat belegt war.

Er stellte zwei Gläser und eine Flasche Apfelsaft auf den Tisch und setzte sich.

»Ich hab mir auch die Nägel gebürstet«, verkündete Theo, als er in die Küche kam. »War die ganze fette Erde drunter.«

»Erde aus dem Garten des Schwarzwaldhauses? Was tut die unter deinen Fingernägeln?«

»Wir haben Spuren gesucht.«

Behn goss den Saft ein. »Setz dich und erzähle«, sagte er.

»Aber du darfst es keinem sagen«, sagte Theo.

»Das kann ich dir noch nicht versprechen. Auch achtjährige Jungs dürfen nicht auf fremde Grundstücke eindringen.«

»Jens glaubt, dass im Keller Kinder gequält werden.«

Hauke Behn sah seinen Sohn entsetzt an. »Wie kommt Jens darauf?«, fragte er.

»Der Vater von Jens hat das gesagt. Aber der ist auch wütend auf die Lehrerin.«

»Vielleicht sollte ich mal mit dem Vater sprechen.«

»Das darfst du nicht«, sagte Theo.

»Ich bin der Polizist hier in diesem Dorf. Wenn was Unrechtes geschieht, dann muss ich dem nachgehen.«

Hatten die Jungen das Kinderzimmer im Keller entdeckt? Doch was ließ sie denn dann glauben, dass dort Kinder gequält würden? Behn schüttelte den Kopf.

»Habt ihr was gefunden im Garten?«, fragte er.

»Das war eklig«, sagte Theo. »Erst haben wir gedacht, es sei eine echte Hand, aber dafür war sie zu klein. Jens hat dann gesagt, dass das nur von einer Puppe ist.«

»Die Hand war im Garten vergraben?«

Theo nickte. »Obwohl sie nicht wirklich vergraben war«, sagte er, »die lag ziemlich weit oben. Nur nachher haben wir noch herumgewühlt, weil Jens meinte, dass da ein ganzer Friedhof wäre. War aber nicht.«

»Wer ist der andere Junge?«

»Ole. Der beste Freund von Jens.«

»Und warum warst du dabei?«

»Weil Jens gesagt hat, er wisse, dass ich kein Angsthase sei.«

Hauke Behn war gerührt über den Stolz, der in Theos Stimme schwang. Er konnte ihm das Abenteuer nicht kaputtmachen.

Doch hier ging es um die Barwig. Das gab dem Ganzen eine Dimension, für die er zuständig war.

Die Küchenuhr klingelte, und Behn stand auf und holte das Blech mit der Pizza aus dem Ofen.

»Da ist ja Spinat drauf«, sagte Theo.

Hauke Behn verzichtete auf einen Kommentar.

»Warum glaubt der Vater von Jens, dass dort Kinder im Keller gequält werden«, versuchte er es noch einmal.

Theo hob die zusammengebackene Schicht von Spinat und Mozzarella mit der Gabel an und betrachtete nachdenklich den Teigboden. »Wegen des Spielzeugs«, sagte er, »das kauft die Lehrerin im Laden bei Jens' Vater. Das ist aber nicht sein Laden. Jens sagt, dass mal viele Leute für seinen Vater gearbeitet haben.«

»Die Lehrerin kauft also Spielzeug. Das tut doch keiner, der Kinder quälen will.«

»Jens' Vater hat gefragt, ob die Lehrerin Kinder habe. Da ist sie ganz wütend geworden, und Jens' Vater meint, dass sie Kinder nicht ausstehen kann.«

»Theo«, sagte Behn, »du weißt doch, was ein Gerücht ist.«

Sein Sohn nickte.

»Das hier ist ein böses Gerücht. Ich glaube nicht, dass Frau Barwig Kinder quält.«

Eher quält sie sich selbst, dachte Hauke Behn. Doch diese Feinheiten der menschlichen Psyche mochte er noch nicht mit Theo diskutieren.

»Kannst du Jens nicht mal vorschlagen, dass ich mit seinem Vater spreche?«

Theo säbelte an seiner Pizza herum. Es schien in ihm zu arbeiten. »Na gut«, sagte er schließlich, »aber ich muss das erst mal mit Jens besprechen.«

»Einverstanden«, sagte Hauke Behn. Das Handy klingelte in seiner Hosentasche, und er stand auf und angelte es hervor.

»Bin gleich drüben«, sagte er. Die Husumer würden ihm bald an den Kragen gehen.

»Komm doch einfach zu mir nach drüben und mach deine Hausaufgaben da«, sagte er. Egal, ob er sein Büro verließ oder sein Haus, ein schlechtes Gewissen hatte er immer.

Theo nickte. »Vielleicht spreche ich morgen schon mit Jens«, sagte er. »Er findet das gut, dass du hier der Sheriff bist.«

Hauke Behn lächelte. »Bis gleich«, sagte er und eilte aus dem

Haus. Er nahm sich vor, Pit Gernhardt von diesem Gerücht um Elisabeth Barwig zu berichten.
Obwohl es ihnen kaum weiterhelfen würde.

»Nichts ist vergänglicher als die Sauberkeit«, sage Anni und drückte den Lappen im Eimer aus.
Vera stand auf der Leiter und staubte die Bücherregale ab.
»Wir beide sollten uns eine Putzfrau nehmen«, sagte sie.
»Bin ich das nicht?«, fragte Anni.
»Du bist Hausfrau und Mutter«, sagte Vera.
»Deine Mutter?«
»Meine Mutter. Fang jetzt aber bitte nicht von Nelly an. Ich weiß, dass sie sich noch immer nicht gerührt hat.«
»Vergessen wir sie doch einfach«, sagte Anni hoffnungsvoll.
Vera stieg von der Leiter und stopfte sich den Lappen in die Tasche ihrer Jeans. Seit Tagen hatte sie kein Kleid mehr getragen. Eigentlich seit dem Besuch in der Bongo-Bar nicht mehr, bei dem sie sich eher verhüllt als angezogen hatte.
Was bedeutete das? Weiblichkeit verdrängen, um nicht mehr daran zu denken, dass sie hier völlig brachlag?
»Ich kann dir von jemandem erzählen, der sich gerührt hat«, sagte Vera. Ihr fiel es nicht leicht, davon anzufangen.
Anni stellte den Eimer ab, dessen Schmutzwasser sie gerade ins Klo hatte gießen wollen, und sah Vera an.
»Leo«, sagte Vera, »sie hat Nick eine Karte geschickt. Nicht aus Timbuktu, falls du das denkst, sondern aus Lübeck.«
»Ich hab eher an so einen Glitzerort gedacht«, sagte Anni.
War damals Nelly nicht nach Nizza verschwunden?
Wenn einer was von Glanz verstand, dann war das Nelly.
»Was schreibt sie denn?«, fragte Anni.
»Dass sie Nick die längst fällige Aussprache gönnen wolle.«
»Wird auch Zeit«, knurrte Anni. Sie würde es Leo noch lange nicht verzeihen, dass sie Nick schlecht behandelt hatte, um

sich solch einem Kerl an den Hals zu werfen. Noch schlimmer war, dass sie Vera im Stich gelassen hatte, um selbst nach Jefs Tod nur die eigenen Wunden zu lecken.

»Du hast aber keine Karte gekriegt«, sagte sie.

»Freuen wir uns für Nick, dass er ihr am nächsten steht.«

»Wann trifft er sich denn mit ihr?«, fragte Anni. Sie zog einen Finger über eine Leiste an Gustavs altem Schreibtisch. Dieser ewige Kampf gegen den Staub.

»Heute Mittag«, sagte Vera, »im Cox.« Sie hatte selber schon einmal ein nicht gerade erfreuliches Gespräch mit Leo im Cox gehabt. Doch Leo schien es wieder dort hinzuziehen.

»Hat er genügend Geld dabei?«, fragte Anni. Sie war eben eine Pragmatikerin.

»Das weiß ich doch nicht«, sagte Vera, »Nick ist sehr heikel in Geldangelegenheiten. Er nimmt einfach nichts an.«

»Er soll mal nicht so viel essen. Dann kriegt er nachmittags bei uns Kaffee und Kuchen und kann alles erzählen.«

»Ruf ihn an und sag ihm das«, sagte Vera und sah zu ihrer Verblüffung, dass Anni den Telefonhörer nahm. Vermutlich würde sie ihn auch gleich nach dem Geld fragen.

Vera ging hinaus. Sie wollte das Gespräch nicht hören. Es verletzte sie, dass Leo kein Wort für sie übrig gehabt hatte.

Waren sie nicht lange Jahre Freundinnen gewesen?

Sie ging ins Kinderzimmer, um sich zu beruhigen. Nicholas war wach geworden und brabbelte vor sich hin. Vera nahm ihn hoch und ging mit ihm den Flur entlang und landete wieder vorne bei Anni.

»Eine leichte Quarkspeise«, hörte sie Anni sagen. Um was ging es denn da? Vera glaubte kaum, dass sich im Cox eine Portion Quark bestellen ließe, um die Kosten unten zu halten.

Anni legte auf. »Nick will keinen Kuchen essen bei uns. Hat Angst, zu dick zu werden. Nur eine leichte Quarkspeise.«

»Hat er nun genügend Geld?«

»Sagt er nicht. Aber er will nachher vorbeikommen. Ist fix und fertig, der Arme. Soll er das doch beenden mit Leo.«

»Das ist längst zu Ende«, sagte Vera, »ich nehme an, sie will ein Schlussgebet sprechen, um sich reineren Herzens zu fühlen und dann endgültig zu verschwinden.«

»Du bist ihr böse«, sagte Anni, »das verstehe ich gut.«

»Ja«, sagte Vera. Das war ihr gar nicht klar gewesen. Doch es stimmte. Wollte sie die Freundschaft mit Leo überhaupt wieder aufnehmen?

»Gib mir mal die Knutschkugel«, sagte Anni. Nicholas hatte sich weit aus Veras Arm gebeugt, fasziniert von dem Eimer mit Schmutzwasser. Er stellte mit Freuden fest, dass er bei der kleinen Anni wesentlich näher am Eimer war als bei seiner einsachtundsiebzig großen Mutter.

»Gleich liegt er drin«, sagte Vera.

»Vielleicht machen wir ihm einfach mal eine schöne Wanne«, sagte Anni, »mit Schaum statt Schmutz.«

»Ob er das für einen guten Tausch hält?«

»Vergessen wir Leo doch einfach«, sagte Anni.

»Hast du das Gleiche nicht schon bei Nelly vorgeschlagen?«

»Ein Aufwasch«, sagte Anni.

Um das Schmutzwasser würde sie sich später kümmern. Erst mal eine Planscherei für Nicholas veranstalten.

»Eigentlich sind wir doch glücklich«, sagte Anni, als sie den Kleinen zum Badezimmer trug. »Der Kronprinz hier ist ein viel größerer Schatz als Nelly und Leo zusammen.«

»Ja«, sagte Vera. Doch in ihr war eine viel zu große Unruhe, um allein mit dem Gruppenbild Vera, Kind und Anni glücklich zu sein. Sie litt unter der eigenen Undankbarkeit. Nicht, dass einer auf die Idee käme, sie dafür zu strafen.

Leos blonde Locken waren so kurz geschnitten, dass sie aussah wie die Jungfrau von Orleans.

Vielleicht war es das, was sie beabsichtigte: einen Menschen darzustellen, der den Tod für eine heilige Sache durchlitten hatte. Doch Harlan war nicht heilig, und Leo lebte.

Nach der ersten halben Stunde ihres Wiedersehens fragte sich Nick, warum Leo ihn ins Cox gebeten hatte und nicht in den Mariendom, der nur eine Straße entfernt lag.

Ihre Stimme war leise, als wispere sie in einen Beichtstuhl hinein. Ihre Augen blieben gesenkt, auch als die Speisekarte längst weggetragen worden war.

Die Suppe aus Roter Bete, die sie bestellte, sollte das Einzige bleiben, das sie zu sich nehmen würde.

Dafür hätte Nick nicht die Hasselblad versetzen müssen, die er selten einsetzte. Bei ihm wurden kaum Stillleben in Auftrag gegeben. Darum konnte er sie eine Weile entbehren.

Da war das alte Gefühl in ihm gewesen, Leo zu imponieren. Groß auffahren zu lassen.

Doch nun war sie die heilige Johanna, den Genüssen fern, nicht einmal einen Gin Tonic wollte sie trinken.

Sie war dem Tod sehr nahe gewesen. Vielleicht ließ sich ihre Attitüde damit erklären. Vielleicht wollte sie ihm aber auch nur signalisieren, dass sie auf dem Weg ins Kloster sei und nicht die Absicht hatte, Nick an ihrer Seite zu dulden.

Das war nicht Leo, die ihm da gegenübersaß. Die lockige Leo, launisch und anspruchsvoll, darauf bedacht, dass ihr kein Nagel abbrach und der Lack zum Lippenstift passte.

Nick hatte seine Probleme mit der glamourösen Leo gehabt. Oft gehofft, dass sie weniger oberflächlich sei.

Doch das durchgeistigte Geschöpf an seinem Tisch war ihm unheimlich. Als hätte Leo eine Larve ins Cox geschickt.

Die Karte vom Holstentor war dagegen wirklich irdisch.

»Du hast mir eine Aussprache angeboten«, sagte Nick.

Leo nippte an ihrem Glas Wasser.

»Tut mir Leid, dass ich damals einfach verschwunden bin«, sagte sie, »du wirst dir Sorgen gemacht haben.«

»Nicht nur ich«, sagte Nick, »Vera auch und Anni.«

»Ach Gott, ja«, sagte Leo, als erinnere sie sich vage.

»Hattest du von Jefs Tod gehört?«

»Ja«, sagte Leo, »schrecklich. Sollte diese Aussprache sich nicht um dich und mich drehen?« Sie nahm eine Scheibe Brot aus dem Korb und begann, sie zu zerkrümeln.

»Hat Vera dir was angetan?«

»Nein. Ich habe ihr vieles angetan. Ich werde auf Vera zugehen, Nick. Lass uns jetzt von uns sprechen.«

»Gibt es noch ein ›uns‹?«

Leo schüttelte den Kopf. »Was hat Vera gesungen in ihrer Bar?«, fragte sie. Nick sah sie überrascht an.

»I set you free«, sagte Leo.

»Daran erinnerst du dich?«, fragte Nick. »An dieses Lied?«

Er schob den Teller mit dem Zander von sich. Auch er war nicht bei Appetit. »I wish you love«, sagte er, »das ist der Titel.«

Leo lächelte. Das erste Mal. »Ich glaube, das tust du wirklich«, sagte sie, »Liebe wünschen.«

»Können wir nicht Freunde sein?«, fragte Nick.

»Gib du mich auch frei«, sagte Leo.

»Was willst du tun?«

»Noch ein wenig vagabundieren.«

»Für was willst du dich bestrafen?«

Die letzte Spur des Lächelns verschwand aus Leos Gesicht. Nick wurde in seine Schranken verwiesen.

Leo sah sich nach dem Ober um, der kaum zufrieden sein konnte mit diesen Gästen.

»Ich lade dich ein«, sagte Nick, »ich hatte gehofft, dich mehr verwöhnen zu können.«

»Vielleicht ein andermal«, sagte Leo.

»Falls du mich mal brauchst«, sagte Nick, doch Leo fiel ihm ins Wort. »Der treue Nick«, sagte sie, »ich weiß.«

»Soll ich Vera von dir grüßen?«

»Nein«, sagte Leo. Sie stand auf und verließ das Lokal.

Nick sah den Ober an, der vor ihm stand.

»War die Dame wirklich hier?«, fragte Nick.

Der junge Mann schien zu verstehen.

»Die Jeanne d'Arc?«, fragte er.

»Dann haben Sie das auch so empfunden«, sagte Nick.

»Ich will Ihnen nicht zu nahe treten«, sagte der Ober, »aber Jean Seberg hat mir in der Rolle besser gefallen.«

Nick lächelte und gab ein großes Trinkgeld. Er konnte jetzt prassen. Oder die Hasselblad vom Pfandleiher holen.

Er trat auf die Straße und war froh, dass Menschen eilten und Autos hupten und er festen Boden unter den Füßen spürte.

Hauke Behn hatte in Husum zu tun gehabt. Zwei dienstliche Angelegenheiten, die sich schnell klärten und ihm genügend Zeit ließen, um ein paar Einkäufe zu erledigen.

Im Kommissariat waren alle gut gelaunt gewesen, es galt einen fünfzigsten Geburtstag zu feiern und Bierkästen und Kartons mit Sekt heranzuschleppen. Keiner hatte Interesse, den Außenstellenleiter aus Brandum lange nach dem Woher und Wohin zu fragen. Den Fall Christlein hatten ohnehin die Hamburger in der Hand.

Vielleicht kam es, weil das Katasteramt noch aufhatte und er gerade vor dessen Türen stand, froh, einen Auftrag von Theo gut ausgeführt zu haben, dass er in die Grundbuchabteilung ging. Er steckte die Tüte mit den Aufklebern des Gefangenen von Askaban in die Jackentasche und gab die Adressen der Häuser von Christlein und Barwig an. Auch hier wurden keine großen Erklärungen von ihm erwartet. Ein Tag, um ungelöste Fälle in Angriff zu nehmen. Leicht, wie ihm heute alles von der Hand ging. Ein Glückstag.

Behn war nicht wirklich überrascht, dass Christlein Haus und Grundstück vor siebenundzwanzig Jahren von Hans Barwig gekauft hatte. So hatten die Familien sich kennen gelernt, und selbst wenn Christlein nicht der Vater von Robert Barwig gewesen sein sollte, schien es doch Annäherungen gegeben zu haben.

Er musste nochmal die Broder befragen.

»Genügt Ihnen das Grundstück am Landsende, oder wollen Sie auch noch die anderen von den Barwigs haben?«

Hauke Behn sah auf und lächelte die Frau hinter dem Tresen an. »Alles, was ich von den Barwigs kriegen kann«, sagte er.

Die freundliche Frau sah von ihrem Bildschirm auf. »Das ist aber ziemlich viel«, sagte sie.

»Würden Sie es mir ausdrucken?«

»Das hole ich Ihnen lieber aus dem Keller. Hab gestern nur Ärger gehabt mit dem Drucker.«

Der Stapel von Akten, den sie ihm hinlegte, erstaunte Behn dann doch. Unterlagen von zweiundzwanzig Grundstücken.

Aus der Zeit von Robert Barwigs Großvater vermutlich, dem großen Geschäftsfreund der Nazis.

Gernhardt hatte ihm von den Ferienheimen für Kraft durch Freude erzählt. Der alte Barwig hatte die Küste bis hoch nach Flensburg aufgekauft, für ein Butterbrot, um den Nazis dann teure Tortenstücke zu servieren.

Er musste ein Vermögen damit gemacht haben.

Das ließ sich nicht alles in einem Haus verbauen, so teuer konnte der Schwarzwälder Traum nicht gewesen sein.

Doch nur eines der Grundstücke war in den dreißiger Jahren gekauft worden. Ein Hektar Land am Karolinenkoog.

Dort, wo Theo vorzugsweise herumkletterte.

Die anderen waren in den letzten fünfundzwanzig Jahren

dazugekommen, und alle waren auf den Grundeigentümer Hans Barwig eingetragen, der seit vier Jahren tot war.

Wenn die Geschwister Elisabeth und Robert seine Erben gewesen waren, dann hatten sie sich nie darum gekümmert, ins Grundbuch eingetragen zu werden.

Das schloss eine alleinige Erbin Elisabeth Barwig nicht aus.

Der Tod ihres Bruders hätte sie dann zu einer steinreichen Frau gemacht. Hauke Behn schüttelte den Kopf.

Diese aschfarbene Frau in dem vernachlässigten Haus.

Sie hatte eher ärmlich auf ihn gewirkt, wenn auch jedes Haar, jeder Faden akkurat an ihr saß.

Wenn sie als Täterin bei Christlein nicht infrage kam, war es vorstellbar, dass sie ihren Bruder getötet hatte?

Um an ein Vermögen zu kommen, das sie nicht antastete?

Das Spielzeug fiel ihm ein, das die Studienrätin kaufte. Laut Jens und Theo kaufte. Kaum vorstellbar, dass ein schlichter Schreibwarenladen in Brandum, der nebenbei Spielzeug anbot, teure Einzelstücke hatte. Was war ein teures Stück?

Der Metallbaukasten, den er sich als Kind gewünscht und nicht bekommen hatte? Eine Puppe von Käthe Kruse?

Auf dem hohen Eisenbett im Kinderzimmer hatte nur eine schlichte Stoffpuppe gesessen.

Er hoffte, dass Theo heute mit einer positiven Antwort nach Hause gekommen war, die es seinem Vater erlaubte, mit dem Vater von Jens zu sprechen.

Viele Freunde hatte die Studienrätin nicht.

»Wir schließen gleich«, sagte die Frau hinter dem Tresen.

»Darf ich Ihnen die Akten in den Keller zurücktragen?«

Die Frau lächelte, und Hauke Behn lächelte zurück.

Er hatte lange keine Frau angelächelt. Nur die Broder, die ihm das Leben leichter machte und viele Lächeln verdient hatte.

Doch das hier war anders.

Es war gut zu wissen, dass ihm das noch gelang.

Er trug die Akten in den Keller und verabschiedete sich und trat in den Septembertag hinaus, der weich war und warm.

Der die Menschen heiterer stimmte.

Streifte er auch die Barwig mit dieser Stimmung?

Zweiundzwanzig Grundstücke. Von ihrem Vater gekauft? An ihn vererbt? Was hatte der Kaufmann Hans Barwig gemacht, außer Grundstücke zu sammeln?

Hauke Behn erinnerte sich, von einem alten Notar gehört zu haben, der sich in Brandum zur Ruhe gesetzt hatte.

War es über ihn abgewickelt worden?

Er würde es in Erfahrung bringen.

Sollte keiner am Sinn der Außenstelle Brandum zweifeln.

»Vera«, sagte van Engelenburg, »ich war ein Idiot.«

Vera sah ihn beunruhigt an. Sie hatte Männer gekannt, die so eine Liebeserklärung einleiteten. Der sehnsüchtige Nick lag ihr schon genügend auf der Seele.

Engelenburg rührte in der Tasse Kakao, zu der er Anni hatte einladen wollen. Doch er war nicht weniger erfreut, Vera zu Hause vorzufinden. Allein.

Er hatte sie in seine Küche gebeten und Brot mit Appelstroop zum Kakao serviert. Er pflegte das Holländische sehr, seit Helenes Tod. Ihn trösteten die Süßigkeiten der Heimat über die Einsamkeit hinweg.

Und über andere Beunruhigungen.

Er hatte ein langes Gespräch mit Jockel gehabt.

Jockel war von seinen drei Söhnen am weitesten entfernt vom elterlichen Konservativismus.

Engelenburg hatte ihm von dem Gespräch mit Minwegen und dem Skandal um Lauterbach erzählt.

»Hamburg ist am Tage eine große Rechenstube und in der Nacht ein großes Bordell«, hatte Jockel gesagt.

Doch das war nicht von ihm, sondern von Heinrich Heine.

Engelenburg war dennoch beeindruckt gewesen.
Heinrich Heine war noch sehr aktuell. Ein Glück, dass er mit seinem Hamburger Manufakturwarengeschäft 1819 Pleite gegangen war, sonst wäre er längst vergessen.
Engelenburg zitierte diesen Satz von Heine, als er Vera die zweite Tasse Kakao einschenkte.
»Ihr Freund Nick«, sagte er, »ist sein Interesse an Alphons Minwegen beruflicher Art?«
Vera war auf der Hut. Er merkte es. Doch nach dem, was er inzwischen von Minwegen dachte, wunderte ihn das kaum.
»Ich hatte ein kleines Geschäftsessen mit ihm, das mich befremdete«, sagte er, »Minwegen lieferte mir den Herrn Lauterbach aus und erzählte mir von dessen Blamage in einem Bordell. Ich dachte, das interessiert Ihren Nick.«
»Sprechen Sie doch mal mit ihm«, sagte Vera.
»Ich war ein Idiot«, sagte van Engelenburg noch einmal, »habe in meinem Kreis Leute zugelassen, an denen ich heute Grund habe, zu zweifeln.« Er nahm ein Brot mit Apfelkraut und biss hinein. Er kaute lange.
»Jockel hat mir den Kopf gewaschen«, sagte er, »und ich habe mich ein bisschen umgehört.«
»Vielleicht sollten wir uns zusammensetzen«, sagte Vera. Sie begann, Vertrauen zu haben.
»Kennen Sie Heinrich Haussmann?«, fragte Engelenburg.
»Vom Namen«, sagte Vera. Nun war sie neugierig.
»Ich habe ihn spät kennen gelernt. Er hat immer nur den Schweizer Banken vertraut.«
Nick, dachte Vera. Wir sind nahe dran.
»Die Herren haben einiges auf dem Kerbholz«, sagte Jan van Engelenburg. Er nickte zur eigenen Bestätigung.
»Kennen Sie die Okzidentale Treuhand?«, fragte Vera. Warum startete sie den Versuchsballon jetzt schon? Sie sollte doch vorsichtiger sein.

Engelenburg sah sie irritiert an. »Nein«, sagte er.
Konnte sie ihm von den Kopien der Kontoauszüge erzählen? Er war ein alter Banker und sicher immer noch bereit, dem Kunden jede Diskretion zuzubilligen.
»Heinrich Haussmann«, sagte Vera. Vermutlich meinte van Engelenburg ein anderes Kerbholz als sie.
»Haussmann hat Hotels gebaut. An der belgischen Küste, aber auch eines in der Gegend von Husum. Er hatte eine Hotelkette an der Hand, die Pachtsumme sollte der Boden der Finanzierung sein. Die Hotelkette ist abgesprungen, die Finanzierung geplatzt, und ein paar Handwerksbetriebe sind bankrott gegangen.«
»Hat Haussmann da Schuld auf sich geladen?«, fragte Vera.
Engelenburg hob den Deckel der Kakaokanne und guckte hinein. »Wollen wir noch?«, fragte er, »ist gut für die Nerven.« Einer seiner Lieblingssätze. Er stand auf und holte die Milch aus dem Kühlschrank und stellte den Herd an.
»Ja«, sagte er, »ich denke, dass sie kein Zufall war, diese geplatzte Finanzierung. Ich habe läuten hören, dass er der Bank eine viel zu hohe Pachtsumme genannt hatte. Die war nicht zu kriegen. Von keiner der Hotelketten.«
»Wo hören Sie so etwas läuten?«
»Wir Banker haben ein Warnsystem«, sagte Engelenburg.
Er gab etliche Löffel Kakao in einen kleinen Stieltopf und rührte ihn mit Sahne und Zucker an.
»Kein Klümpchen darf drin sein«, sagte er, »nicht im Kakao und nicht in der Finanzierung.«
»Haussmann ist doch Anwalt«, sagte Vera, »er müsste wissen, dass eine derart vage Finanzierung zum Scheitern führt.«
»Nicht nur das«, sagte Engelenburg, »in Brüssel war er für die Regionalförderung zuständig, und als Kaufmann ist er auch nicht unerfahren. Es ist völlig unerklärlich, warum er dieses Projekt in den Sand gesetzt hat. Man muss ihm böse

Absicht unterstellen. Minwegen hatte anfangs auch die Finger drin.«

Er rührte den Kakao in die heiße Milch. Allein der Inhalt dieses Topfes deckte Veras Kalorienbedarf für den Tag.

Vielleicht sollte sie sich auch den leichten Quarkspeisen zuwenden, die Nick bei Anni erbeten hatte.

»Ist es das, woran Ihr Freund Nick arbeitet?«

»Nein«, sagte Vera, »aber ihn wird das sehr interessieren.«

»Was ist die Okzidentale Treuhand?«, fragte Engelenburg.

Er goss Kakao in Veras große Tasse, auf der Jagdhunde hinter einem Fuchs herliefen. Kein Delfter Muster.

»Ein Verein, dem die Herren Haussmann, Lauterbach und Minwegen immer wieder größere Summen überweisen.«

»Darf ich fragen, woher Sie das wissen?«

»Mir wäre lieber, wenn Nick Ihnen das erzählt«, sagte Vera.

»Dann sollten wir ihn bald zu einer Tasse Kakao bitten«, sagte Engelenburg. Er stellte eine Flasche Hine auf den Tisch.

»Einen Schuss Cognak in den Kakao«, sagte er, »und ich werde zum Rächer der Enterbten.«

»Dann passen Sie wunderbar zu Nick«, sagte Vera.

»Er ist ein Gerechter«, sagte Engelenburg, »das habe ich mir gleich gedacht. Allein, wie er die Krebse anguckte.«

Er gab den Cognak in die Tassen und lächelte. »Aber für mich ist es auch noch nicht zu spät, ein besserer Mensch zu werden«, sagte er.

Ein noch besserer, dachte er still.

Pit nahm jede Gelegenheit wahr, dem Büro zu entkommen und nach Brandum zu fahren. Vielleicht sollte er die Datscha von Christlein übernehmen. Zweite Heimat.

Der alte Journalist war längst eingeäschert worden, die Urne stand noch bei St. Anschar herum. Auch das ein Grund, das liebe Dorf an der Küste aufzusuchen. Er hatte die Hoffnung

nicht aufgegeben, die Studienrätin in die Verantwortung zu nehmen. Es musste ja nicht das Familiengrab sein.
Vielleicht ließ Christlein sich in die Nordsee streuen, wie schon mit Robert Barwig geschehen.
Er sollte sich einmal erkundigen, ob es eine Grabstätte der Familie Barwig gab. Denn dann wäre es verwunderlich, dass die Studienrätin ihren Bruder nicht dort beigesetzt hatte.
Warum war ihr der Junge so gleichgültig gewesen?
Nie hatte sie sich für den Stand der Ermittlungen interessiert.
Nur die Wohnung des kleinen Bob hatte sie ausgeräumt.
Die einzige Angehörige. Die sich den Teufel scherte.
Pit näherte sich Brandum und kam an einem Holzkreuz vorbei, an dem ein Blumenkranz hing. Hier war wohl der Unfall passiert, von dem Behn ihm berichtet hatte.
Die Arbeit der Polizei hatte doch viel mit Sterben zu tun.
Wen wunderte es da, dass die Pressestelle zu gerne Meldungen von geretteten Kanarienvögeln herausgab.
Er bog von der Bundesstraße ab und fuhr in das Dorf und sah den Streifenwagen vor einem Laden stehen.
Im Schaufenster ein großes Schild, auf dem »Alles für den Schulanfang« stand. Vielleicht sprach Behn gerade mit dem Vater von Theos Klassenkameraden.
Kinder, die im Keller des Barwig'schen Hauses gequält wurden. Theo und sein Freund hatten Phantasie.
Auch darum war er nach Brandum gekommen.
Pit parkte hinter dem Streifenwagen ein und beschloss, die Dorfstraße auf und ab zu gehen. Nur nicht vor der Scheibe herumhampeln und sich in die Angebote von Malkästen und karierten und linierten Heften vertiefen.
Das fiel nur dumm auf und irritierte Behn.
Er war gerade beim Bäcker angekommen und entschlossen, sich eine Rosinenschnecke zu gönnen, als er Behn aus dem Schreibwarenladen kommen sah.

Pit tat, was er sonst nie tat. Er pfiff auf zwei Fingern.
War das noch ein standesgemäßes Verhalten für einen Hauptkommissar aus Hamburg, der hier einen Mord aufzuklären hatte und nicht vorankam?
Hauke Behn grinste und ging auf ihn zu.
»Vielleicht sollten wir in die Bande von Jens und Theo eintreten«, sagte er, als er bei Pit angekommen war.
»Haben Sie was herausgefunden?«
»Ja«, sagte Behn. »Anders als ich dachte, aber interessant.«
»Ich kaufe zwei Schnecken und folge Ihnen in Ihr Büro.«
»Einverstanden«, sagte Hauke Behn, der das Mittagessen verpasst hatte. Was er kaum bedauerte, denn Frau Broder hatte geschmorten Fenchel angekündigt. Es gab auch Gerichte, die er nicht gerne mochte.
Zehn Minuten später standen sie vor dem Panoramafenster, aßen Schnecken und schauten den Schafen zu.
»Er streitet ab, von Kindern gesprochen zu haben, die im Keller gequält würden«, sagte Behn, »schließt aber nicht aus, gesagt zu haben, er könne sich kaum vorstellen, dass die Barwig mit dem Spielzeug Kinder beglücken wolle.«
»Eher quält die Olle sie, wird er gesagt haben«, sagte Pit.
Behn nickte. »Interessant ist was anderes«, sagte er. »Jens' Vater stand nicht immer in dem Schreibwarenladen. Er hatte eine gut gehende Tischlerei, bis er den Innenausbau für das Hotel unten am Karolinenkoog übernahm. Dem Bauherrn platzte die Finanzierung, das Hotel wurde nicht fertig gebaut, und der Tischler sah kein Geld. Ende einer Firma.«
Pit zuckte die Achseln. Er kannte solche Geschichten.
»Jens' Vater kreidet das den Barwigs an«, sagte Behn.
»Warum denn das?«
»Er sagt, dass Hans Barwig die ganzen insolventen Betriebe aufgekauft hätte. Für ein Butterbrot. Wie der erste Barwig einst die Grundstücke von den Bauern.«

»War er denn Bauunternehmer?«

»Er war vor allem Strohmann. Für ein hohes Tier, das für die Finanzierung dieses Hotels verantwortlich war.«

Pit pfiff. Leiser, als vorhin auf der Straße. Auch nicht auf zwei Fingern. Doch er pfiff. Fing an, eine Gewohnheit zu werden.

»Der Name des hohen Tieres wurde nicht zufällig genannt?«, fragte er und blickte Behn gespannt an.

»Haussmann«, sagte Hauke Behn. Ein Trumpf, den er zog. Zeit, von den zweiundzwanzig Grundstücken zu erzählen.

Einer dieser Tage, an denen schon eine Ahnung von Herbst in der Luft lag, doch Vera hatte ihre Jacke ausgezogen, und auf ihre nackten Arme schien heiße Sonne. Südliche Tage, die der Sommer noch dazugab.

Er hatte es in diesem Jahr nicht eilig zu vergehen.

Sie erinnerte sich, wie Jef und sie an einem Septembertag wie diesem auf der Krugkoppelbrücke gestanden und auf die Türme der Stadt geblickt hatten. Jorge hatte sie dabei gestört, der Handlanger des Chefs. Vor einem Jahr.

Ein Jahr, in dem alles anders geworden war.

Veränderte nicht schon ein einziger Tag ein Leben?

Ein Augenblick? Wie lange hatte der kleine Bob gewusst, dass nun alles zu Ende war?

Vera ging an der Alster entlang und lachte Nicholas an und dachte an den kleinen Bob. Vielleicht, weil sie sich dem Schilf näherte, in dem er tot gelegen hatte.

Am Tag vor Nicholas' Geburt.

Nicholas versuchte, sich aufzurichten.

Die Horizontale langweilte ihn. War das normal für Kinder von vier Monaten? Es wurde Zeit, dass sie sich anderen Müttern anschloss. Austauschte. Nicholas Gesellschaft bot.

Vera lenkte den Kinderwagen in den Schwanenwik und entschied sich, den Uferweg zu verlassen und auf die Seite der

Straße zu gehen, an der die großen Häuser standen, die in der Gründerzeit gebaut worden waren.

Vor einem Haus blieb sie stehen, um die finsteren Atlanten zu betrachten, die einen Balkon im ersten Stock trugen.

Ein bedrückender Baustil. Wie viel leichter war die Architektur zwei Jahrzehnte später gewesen, als ihr Haus gebaut worden war. Ein Juwel aus Jugendstil.

Vera ging weiter und hatte vor, auf einen Kaffee unten am Kanal einzukehren, doch dann drehte sie sich zur Alsterperle um, ob dahin die Sonne schon gefunden hatte.

Keine Treppen dort. Den Kinderwagen nur auf die Wiese schieben und einen Kaffee trinken. Vielleicht einen Wein.

Ein dicker Fleck Sonne lag auf dem kleinen Lokal.

Vera kehrte um.

Den Mann, der vor ihr aus einem der Gründerzeithäuser kam, hätte sie beinah nicht gesehen. Sie suchte gerade nach der Teeflasche, die im Netz des Kinderwagens vergraben lag und blickte nur auf, weil ein Auto hupte.

Vera erkannte ihn erst auf den zweiten Blick.

Zu viele kahlköpfige Männer in letzter Zeit.

Nackte Schädel zum ästhetischen Symbol erhoben.

Sie war sich erst sicher, als er in das Auto stieg, das eben gehupt hatte. Vielleicht zehn Meter vor ihr.

Danach versuchte Vera nur noch zu rekonstruieren, aus welchem Haus Alphons Minwegen gekommen war.

»Nur Initialen auf den Klingelknöpfen«, sagte Vera, »und solltest du den Gedanken haben, dass ein O.T. vorkommt, dann vergiss ihn.«

»Die Initialen von einem der vier Herren?«, fragte Nick.

Vera schüttelte den Kopf.

»Hast du sie dir aufgeschrieben?«

»Ich hatte zwei Windeln dabei, eine Teeflasche, Schnuller,

Kleenex und einen weißen Elefanten, nur leider keinen Kugelschreiber«, sagte sie.

»Da geht es dir wie dem Herrn Hauptkommisar«, sagte Nick.

»Hat er das auch alles dabei?«

»Ihm fehlen immer die Kugelschreiber.«

»Ich möchte, dass wir uns bald mit Gernhardt austauschen«, sagte Vera, »am besten nehmen wir Engelenburg noch dazu.«

»Von dem Haus sollte Pit jetzt schon wissen«, sagte Nick und holte sein Handy aus der Tasche.

»Vielleicht ist Minwegens Anwalt in dem Haus oder sein Zahnarzt«, sagte Vera.

»Und die verbergen sich hinter Initialen?«

»Dann seine Geliebte.«

»Pit soll mal an alle Türen klopfen«, sagte Nick. Hatte Pit ihm nicht damals bei Paolino erzählt, dass sie das getan hatten? An alle Türen im Schwanenwik geklopft?

Nun war Minwegen aus einer getreten.

»Ist der kleine Bob im Schilf getötet worden?«

»Nein«, sagte Nick, »aber er war wohl kaum länger als eine Viertelstunde tot, als er dort abgelegt wurde.«

»Warum haben sie ihn erschossen, Nick?«

»Weil er aufgedeckt hatte, dass sie Anschläge finanzieren. Die ganzen Schweinereien, die in den letzten Jahren passiert sind, das waren doch nicht alles nur Dumpfbacken, die einen über den Durst getrunken hatten.«

»Und du bist überzeugt davon, dass es diese vier sind?«

»Zweifelst du daran?«

»Ich versuche nur, meine Gedanken zu ordnen«, sagte Vera.

»Achim Kroll halte ich inzwischen für den Adlatus«, sagte Nick. »Er springt nicht nur Lauterbach bei, wenn der in der Klemme ist, die anderen hat er auch schon vertreten.«

»Und Lauterbach?«

»Scheint aus dem Ruder zu laufen. Das kann Haussmann und Minwegen nicht gefallen, dass er ständig in den Schlagzeilen ist mit irgendwelchen Peinlichkeiten.«
»Der Puffbesuch ist nicht publik geworden.«
»Wundert mich eigentlich«, sagte Nick, »alle wissen es, und keiner schreibt darüber.«
»Engelenburg glaubt, dass die beiden anderen Lauterbach abservieren werden. Was soll man sich darunter vorstellen? Nicht mehr auf Partys einladen oder erschießen?«
»Du vertraust Engelenburg?«
»Ja«, sagte Vera.
»Können wir uns hier bei dir treffen? Ich wäre lieber auf vertrautem Terrain, statt in Engelenburgs Küche.«
»Dann wird Anni dabei sein.«
»Sie ist ohnehin die Kronzeugin im Fall Merk.«
»Gibt es den Fall Merk?«
»Nein«, sagte Nick. »Schläft Anni jetzt hier?«
»Seit Nicholas da ist. Ein Kind im Haus, aber keine Kerle. Das findet Anni ideal.«
»Sie hat Jef sehr gemocht.«
Vera nickte. Warum Nick erzählen, wie einsam diese acht Zimmer geworden waren ohne Jef. Er lag ja selber brach.
»Hat Leo mich wirklich grüßen lassen?«, fragte sie.
Nick sah verlegen aus. Er wünschte, das Handy würde klingeln und ihm aus der Verlegenheit einer Lüge helfen. Doch Pit schien seine Mailbox nicht abzuhören.
Vermutlich trieb er sich in Brandum herum und guckte der Barwig beim Spielen zu.
Ein Nebenkriegsschauplatz, den Pit da einrichtete.
»Vielleicht ist alles ganz harmlos«, sagte Vera, »lauter scheue Menschen, die hinter den Initialen leben und das in Frieden tun wollen. Einer von ihnen ist ein alter Korpsbruder von Minwegen und lädt ihn gelegentlich zum Tee ein.«

»Um mit ihm über die wahren Werte zu plaudern?«

»Warum nicht«, sagte Vera. Doch sie hatte wenig Lust, sich mit der eigenen Theorie aufzuhalten.

»Wie kommst du auf Korpsbruder?«, fragte Nick.

Hatte nicht Pit erzählt, dass zwei der Herren einer Schlagenden Verbindung angehörten?

Vielleicht derselben. Das hielt doch ein Leben lang und bot beste Seilschaften.

»Minwegen ist der Typ dazu«, sagte Vera, »obwohl sein Gesicht glatt ist wie sein Hinterkopf.«

Sie zuckten beide zusammen, als Nicks Handy klingelte.

Nick nahm das Gespräch an und kam kaum zu Wort.

Ihm wurde der Brandumer Bauskandal nahe gebracht.

»Vielleicht war dein kleiner Bob noch auf einer ganz anderen Fährte und musste darum sterben«, sagte Pit. »Träfe auch auf Christlein zu. Ein alter Journalist, der noch einmal den großen Skandal wittert. Nach der Geschichte hätten sich doch alle die Finger geleckt.«

Hatte Pit nicht von Anfang an um ein anderes Motiv gefleht als um ein politisches? Er verdrängte schnell das Gefühl, dass Mord in diesem Fall eine deutliche Überreaktion gewesen wäre, die Haussmann kaum zuzutrauen war.

Dafür war der zu sehr an Skandale gewöhnt.

»Minwegen kam heute aus einem Haus am Schwanenwik«, sagte Nick, »Vera hat ihn gesehen.«

Ein Glück, dass es nicht Haussmann gewesen war, sonst hätte sich Pit seinen Fall zu Ende gebacken.

»Ist nicht verboten, da aus einem Haus zu kommen«, sagte Pit. Das klang ziemlich schwach.

»Lass uns dieses Haus näher angucken«, sagte Nick, »du und ich und Vera.«

»Ihr bringt mich in Teufels Küche.«

»Das ist das, was wir vermuten«, sagte Nick.

»Wie stellt ihr euch das vor? Zu dritt vor der Tür stehen und Einlass begehren?«

»Herrgott nochmal, Pit, was sagt man da? Wir hätten noch ein paar Fragen oder so was. Du zeigst deine Marke, und wir gehen alle hinein.«

»Lass uns darüber reden, wenn ich in Hamburg bin.«

»Sitzt du schon am Küchentisch, oder bist du noch in Behns Büro?«, fragte Nick.

»Wir gehen gleich zur Studienrätin.«

»Verzettelst du dich da nicht?«

»Unter anderem will ich ihr die sterblichen Überreste von Christlein ans Herz legen. Ein Fleckchen auf dem Friedhof von Brandum stünde ihm doch zu.«

»Kann man ihn nicht unter einem Baum begraben?«, fragte Nick. »Muss ja keine Tanne sein.«

»In Schleswig-Holstein herrscht zwar kein Sargzwang mehr, aber immer noch Friedhofszwang.«

»Wenn du das Herz der Barwig nicht berührst, dann streue ich ihn in die Nordsee«, sagte Nick. Was hatte Christlein damals zu ihm gesagt? Wollen Sie mit aufs Boot?

Dafür schien seine Chance nun gekommen zu sein.

»Weißt du, was Christlein nach dem Tod des kleinen Bob zu mir gesagt hat?«, fragte Nick, »ich bräuchte keine Angehörigen zu trösten. Das täte er schon.«

»Vermute ich ja schon lange, dass die sich näher gestanden haben«, sagte Pit.

»Verliere den Schwanenwik nicht aus den Augen«, sagte Nick.

Doch Pit hatte schon aufgelegt.

»Er ist nicht interessiert«, sagte Vera.

»Er könnte interessierter sein.«

»Dann werden wir uns allein drum kümmern.«

»Du kümmerst dich gar nicht«, sagte Nick, »Anni dreht mir

den Hals um, und dafür hätte sie dann mein vollstes Verständnis.«
»Ich bin schon groß«, sagte Vera.
»Du hast ein Kind. Das verändert alles.«
»Ich wollte an Wohnungstüren klingeln und nicht mich als Selbstmordattentäterin zur Verfügung stellen.«
»Lass uns mal einen karierten Tisch einberufen«, sagte Nick.
»Gut«, sagte Vera, »trommele du Herrn Gernhardt herbei, ich kümmere mich um Engelenburg.«
»Ob das eine gute Truppe ist«, sagte Nick.
»Verschone mich mit deiner Zauderei«, sagte Vera. Nick fing an, ihr auf die Nerven zu gehen. Er trug in letzter Zeit nicht gerade zu Lösungen bei.
Sie lechzte nach Veränderung.
Nach Menschen, die handelten.
Viel zu brav war sie gewesen in letzter Zeit.
Schade, dass Leo ein esoterisches Huhn geworden war.
Sie hatte zumindest Leben in die Bude gebracht.

Nick las die Schlagzeilen und glaubte sie kaum. »Darf dieser Mann auf dem Kirchentag sprechen?«, lauteten sie in einer seltenen Einstimmigkeit. Dazu ein Foto von Lauterbach, der sich in einem Kamikazeflug zu befinden schien.
Er hing an keinem Haken. Er trug einen Kleppermantel, den er aufhielt, als sei er ein Triptychon.
Nackt war er darunter. Was sonst?
Konnten so viele abartige Lüste sich in einem Menschen vereinen? Es sah beinah aus, als habe er eine Botschaft.
Was bedeutete das?
Das konnte nicht nur das Pech sein, erwischt zu werden.
Nick hatte das Gefühl, einen Angeklagten vor sich zu haben, der auf Unzurechnungsfähigkeit plädierte.
Was wollte Lauterbach?

»Was will Lauterbach?«, fragte er Pit, als er vor dessen Schreibtisch ankam. Die Bildzeitung lag aufgeschlagen.
Eine Doppelseite für Karl Lauterbach.
»Das Foto ist ihnen zugespielt worden«, sagte Pit, der schon seinen alten Bekannten kontaktiert hatte. »Sieht ganz so aus, als ob es aus der Ecke Haussmann und Minwegen käme.«
»Warum wollen die ihn schlachten?«, fragte Nick.
»Erkläre es mir«, sagte Pit, »du verkaufst mir das Quartett doch seit Monaten als Vier Freunde und ein Abenteuer.«
»Deine Theorien über Haussmann werden übrigens von dem Bankier Engelenburg bestätigt«, sagte Nick.
»Bei dessen Bank Alphons Minwegen ein Konto hat? Steckt der nicht mit drin?«
»Nicht mehr, als alle Banker in irgendwas stecken.«
»Dann soll er mir das mal erzählen«, sagte Pit.
»Vera und ich dachten weniger an ein Verhör als an ein Essen an ihrem Küchentisch. Da erzählt es sich leichter.«
Pit nickte. »Wann soll das sein?«
»Geht heute Abend bei dir?«
»Noch spricht nichts dagegen«, sagte Pit.
»Engelenburg hat Vera übrigens erzählt, dass was gegen Lauterbach im Busche ist.«
»Findest du nicht, dass er zu gut informiert ist?«
»Vera vertraut ihm«, sagte Nick.
»Und du?«
»Ich kenne ihn kaum. Doch ich vertraue auf Veras und Anni Kocks Menschenkenntnis.«
Pit sah auf seine Uhr. »Sag mir Bescheid, ob es dabei bleibt«, sagte er, »ich hab gleich eine Konferenz. Du glaubst nicht, was hier abgeht, wenn Lauterbach nackt in der Zeitung zu sehen ist. Ein Mord ist dagegen kalter Kaffee.«
Ihm lag daran, die Hauptkommissarin Kollmorgen zu sehen und am liebsten gleich nach der Konferenz Lauterbachs Sohn

gemeinsam mit ihr aufzusuchen. Er hatte das dunkle Gefühl, dass die Exhibitionistennummer nur der erste Teil eines Crescendos war.

Er schaute Nick nach, der mit hängendem Kopf den Flur entlangging, als sei er des Lokales verwiesen worden.

Fast empfand Pit es als Glück, in den Konferenzraum gehen zu können, in den Kreis der lieben Kollegen zu kommen und ihr Lästern über Lauterbach zu hören.

Vielleicht war es eine Geistesgestörtheit, die diesen Mann plagte. Vielleicht verdiente er ihrer aller Mitleid.

Er traf Silke Kollmorgen auf dem Weg zum Konferenzraum.

»Jetzt willst du sicher zu Till Lauterbach«, sagte sie.

»Ich schätze es sehr, wenn du meine Gedanken liest.«

»Till ist untergetaucht«, sagte Silke, »tut mir Leid.«

Die Gedanken, die sie jetzt hätte lesen können, waren alle nicht schmeichelhaft für Pit Gernhardt. Ein Zeichner hätte sie in Blitz und Donner und einen Totenkopf umgesetzt.

»Kann nicht was einfach sein an diesem Fall?«, fragte er.

»Welcher Fall ist es denn nun?«

»Erst einmal der von Lauterbach. Was heißt überhaupt untergetaucht? Hat er das Foto lanciert und ist auf der Flucht?«, fragte Pit.

»Er hat sich vorgestern in der Beratungsstelle krankgemeldet. Doch zu Hause ist er nicht.«

»Freundin?«

Silke Kollmorgen schüttelte den Kopf.

»Vielleicht pflegt seine Mutter ihn«, sagte Pit.

»Die sitzt mit ihrem Liebhaber in Miami.«

»Ist er dort hin?«

»Das könnte sein«, sagte Silke, »sie sind im Hass vereint.«

»Auf Lauterbach? Er glaubt doch an die heilige Familie.«

»Hattest du den Eindruck, als du heute die Bild aufschlugst?«

Doch ihr Gespräch war zu Ende. Die Kollegen, die in den Konferenzraum strömten, zogen sie mit hinein.
Die Nachricht von Nick erreichte Pit Gernhardt erst am Nachmittag. Es blieb bei dem Abendtermin um acht.
»Am karierten Tisch«, sagte Nick, »Vera freut sich.«
»Vielleicht sollten wir Karos auf unsere Fahne sticken lassen«, sagte Pit. Seltsam, wie dieses Symbol ihn wärmte.
»Apropos Fahne. Wer von den Herren war eigentlich in der Schlagenden Verbindung, die du mal erwähntest?«
»Haussmann und Minwegen«, sagte Pit. »Irgendein Dingsbums Teutonia. Ich muss nochmal nachsehen.«
»Versuche pünktlich zu sein«, sagte Nick, »Anni kocht bestimmt was Warmes.«
»Erzähle du mir nochmal von Einsamkeit. Du hast doch Familienanschluss.«
»Ja«, sagte Nick, »nicht ganz falsch, was du sagst.«

Ein Gulasch ließ sich lange warm halten. Doch zum großen Teil war es gegessen, als Pit sich am Telefon meldete.
»Vera«, sagte er, »verzeihen Sie mir. Ich bin leider abgelenkt worden von Ihrer Einladung. Lauterbach hat sich das Leben genommen.«
Vera wiederholte das laut für die Versammelten am Tisch.
Nick ließ die Gabel in den Teller fallen, dass die Sauce auf die Decke kleckerte. Van Engelenburg guckte ungläubig.
»Er hat sich erhängt«, sagte Pit, »in seinem eigenen Keller.«
Ein letzter sexueller Akt, hatte er im ersten Augenblick gedacht. Doch er vergaß das, als er den Toten sah. Lauterbach hatte Anzug und Krawatte angezogen, bevor er zwei Holzkisten vom Château Margaux aufeinander stellte.
Er hatte teuer gestanden im letzten Moment seines Lebens, bevor er den kleinen Sprung tat. Die vierundzwanzig Flaschen des Weines aus Bordeaux waren unversehrt geblieben.

»Können Sie noch kommen, Pit?«, fragte Vera. »Anni hat eine Portion Gulasch für Sie warm gehalten.«

»Nicht vor elf. Dann aber liebend gern.«

»Wir sind Nachteulen«, sagte Vera, »vor allem mein Sohn.«

»Sagen Sie Nick bitte, dass die Schlagende Verbindung Suebo-Teutonia heißt«, sagte Pit.

»Suebo-Teutonia«, wiederholte Vera. Sie sah, dass Anni aufblickte und den Kopf schüttelte.

»Lauterbach hat sich erhängt«, sagte Vera und legte das Telefon auf den Tisch, »in seinem Keller.«

»Ich würde doch gerne wissen, ob er noch gelebt hat, als sich der Strick um seinen Hals legte«, dagte Engelenburg

»Sie glauben, dass er vorher getötet wurde?«, fragte Nick.

»Vielleicht bin ich ein zu eifriger Konvertit«, sagte Jan van Engelenburg, »ich nehme von den Herren, mit denen ich eben noch geschäftlich verbunden war, das Schlimmste an.«

»Halten Sie das tatsächlich für möglich«, fragte Nick, »dass Minwegen oder Haussmann ihn liquidiert haben?«

»Vermutlich nur in den Tod getrieben. Wer weiß, unter welchen Umständen das Foto zustande gekommen ist.«

»Es war nicht der erste Skandal«, sagte Nick, »Lauterbach ist schon einmal bei einer Razzia aufgefallen.«

»Das wurde aber unter dem Deckel gehalten. Die Drohung, es an die Zeitungen zu geben, war wohl noch infamer für ihn. Ich könnte mir vorstellen, dass sie mit ihm gespielt haben wie die Katze mit einer Maus«, sagte Engelenburg.

»Warum sollten sie das getan haben?«, fragte Vera.

»Lauterbach war ein Mann, der sich gern amüsierte. Viel trank. Wenn er in Stimmung war, erzählte er jeder Hure von den eigenen Geheimnissen und denen der anderen.«

»Woher wissen Sie das?«, fragte Nick.

»Er hat mir mal ein Geschäft verdorben, weil er den Tipp an ein ganzes Bordell weitergegeben hat.«

»Dann haben Sie auch Geschäfte mit Lauterbach gemacht?«

»Er war ein wichtiger Mann. An ihm kam man kaum vorbei.«

»Wir wollen ihn nicht zu sehr beweinen«, sagte Nick.

Doch es irritierte ihn, dass einer der Herren, die er hatte überführen wollen, sich so verabschiedete.

»Dann koche ich nachher nochmal Nudeln«, sagte Anni. »Ist nichts mit Warmhalten, werden nur pappig, die Dinger.« Der erste Satz, den sie sagte, seit das Telefon geklingelt hatte.

Vera fiel Annis Kopfschütteln ein. Hatte es der Nachricht von Lauterbachs Tod gegolten?

»Hellmann hat sich immer aufgeregt, dass ich mir den Namen nicht merken konnte«, sagte Anni. »Manchmal habe ich sogar Suaheli gesagt. Waren mir die Neger doch näher, als diese ganzen Kerle mit den Schmissen im Gesicht.«

Nick kapierte als Erster. »Hellmann war in der Schlagenden Verbindung, in der auch Haussmann und Minwegen sind?«

»Weiß ich nicht, ob die da drin sind«, sagte Anni, »aber zu dem Fritz Merk hat er oft gesagt, dass er ihn dabeihaben wollte.«

»Da ist der Klüngel doch komplett«, sagte Nick.

»Das ist wirklich eine Eigenart der deutschen Seele«, sagte Engelenburg, »diese Schlagenden Verbindungen.«

»Von Seele ist da nicht viel«, sagte Nick.

»Hilft uns das nun weiter?«, fragte Vera. »Dass diese ganzen Herren konservative Knochen sind, wussten wir vorher.«

Neigte sie zu sehr zur Ungeduld in letzter Zeit?

Sie hoffte auf Gernhardt. In jenem schrecklichen Moment, in dem sie ihn kennen gelernt hatte, war er es gewesen, der gehandelt hatte. Leo das Leben eingehaucht.

Pit Gernhardt kam um viertel nach elf und wirkte erschöpft und nicht wie der Mann aus Veras Erinnerung.

Der Tag, der mit einem nackten Lauterbach angefangen und mit einem toten aufgehört hatte, war ihm anzusehen.

Er zweifelte nicht daran, dass Lauterbach sich das Leben genommen hatte. Was ließ ihn so sicher sein?

Sollte er sagen, dass ihn die kleine Ausführung des Großen Verdienstkreuzes davon überzeugte, die am Revers von Lauterbachs dreiteiligem Anzug gesteckt hatte?

Karl Lauterbach hatte sich fein gemacht, um zu sterben.

Vielleicht als Antwort auf die Bloßstellung des Morgens.

Er hörte sich Engelenburgs Theorie an, dass ein toter Lauterbach an den Strick gekommen sein könnte.

Letztendlich war nur durch eine Sektion zu klären, ob es sich um vitales Erhängen handelte.

Die Erklärung, die er darüber abgab, galt den anderen.

Er brauchte diese Sektion nicht wirklich.

Was er für sich behielt, war, dass Lauterbach ihm Leid tat.

Denn der zweiten Theorie Engelenburgs schloss Pit sich an: Lauterbach war in den Tod getrieben worden.

Lag nicht auf der Hand, dass er von Anfang an als Opfer auserkoren gewesen war?

Der Schuss in die Schulter als kleine Warnung, nachdem er in die Wohnung einer Prostituierten gelockt worden war.

Vermutlich hatte man nicht lange locken müssen. Lauterbachs Leidenschaft für das Milieu war bekannt.

Das ließ sich ausbauen. Bis hin zum Bild des heutigen Tages.

Auf seine Art war er sicher gutgläubig gewesen.

»Er war von Anfang an als Opfer vorgesehen«, sagte Pit und sah Anni dankbar an, die eine große Portion Gulasch mit Nudeln vor ihn hinstellte.

»Der Schuss in die Schulter war der erste Akt, und da die Kugel aus derselben Waffe kam wie die für den kleinen Bob, kann es sein, dass Lauterbach von dem Mord gewusst hat und als Mitwisser verwarnt worden war. Darum wollte er den Täter unter allen Umständen decken.«

»Nun essen Sie doch erst einmal«, sagte Anni.

»Damit hatte er doch bewiesen, dass er den Mund halten konnte«, sagte Nick. »Warum hielten sie es dann noch für nötig, ihn in den Tod zu treiben?«

»Wer ist eigentlich ›sie‹?«, fragte Anni.

»Sie gehen also davon aus, dass Haussmann und Minwegen dahinter stecken«, sagte Jan van Engelenburg.

Pit nahm eine Gabel Gulasch, was ihn erst einmal der Antwort enthob. Er kaute gemächlich. Das Erste, was er an diesem Tag gemächlich tun durfte.

Nach der Konferenz war die große Hektik ausgebrochen, als das Handy der Hauptkommissarin Kollmorgen klingelte und ihr Liebster kundtat, dass ein Brief von Till Lauterbach im Kasten gelegen hatte.

Ankündigung eines Todes. Den des Sohnes. Nicht des Vaters. Till hatte als Abschiedsgeschenk seine Uhr von Breitling beigelegt. Der Erlös sollte für die Beratungsstelle sein. Wohltätig waren sie beide. Sohn und Vater.

Till Lauterbach überlebte den Tag. Sie fanden ihn auf einer Bank an der Alster. Nicht weit vom Schwanenwik. Pit hielt das für einen Zufall. Till Lauterbach wohnte in der Nähe.

Die kleine Pistole, die er in der Hand hielt, war entsichert. Keine Beretta. Eine Walther PPK. Sein Großvater hatte sie aus dem Krieg mitgebracht.

Viel Wahnsinn war nötig oder viel Mut, sich eine Pistole an den Kopf zu setzen und zu schießen.

Till Lauterbach ließ sich die Walther aus der Hand nehmen.

Pit brachte ihn nicht zur Beobachtung in die Psychiatrie.

Er fuhr mit Lauterbach in sein Büro.

Doch die beiden kamen nicht dazu, ein klärendes Gespräch zu führen. Pits Telefon klingelte.

Karl Lauterbachs Haushälterin hatte den toten gnädigen Herrn gefunden. Als sie den Wein für das Abendessen aus dem Keller holen wollte.

Pit Gernhardt aß zu Annis Freude erst einmal das Gulasch, bevor er zu berichten anfing.
Die Hauptkommissarin und er hatten Till Lauterbach dann doch noch in ärztliche Obhut gegeben. Auch der Tod eines verhassten Vaters konnte einen Menschen aufwühlen.

Hauke Behn hatte tagelang gezögert, Theo zu fragen, ob er und seine beiden Klassenkameraden in die Kellerfenster des Schwarzwaldhauses geblickt hatten.
Er hielt den Moment für gekommen, als sein Sohn einen lang ersehnten Aufkleber von Sirius Black, dem Gefangenen von Askaban, getauscht hatte und in Hochstimmung war.
»Klar haben wir in die Fenster geguckt«, sagte Theo.
»Ist euch nichts aufgefallen?«
»Alter Kram«, sagte Theo. »Überall alter Kram. Und in einem Keller der Kaninchenstall. Aber er war leer.«
Was war aus dem Kaninchen geworden?
Behn erinnerte sich an das erste Tier, das tot im Stall gelegen hatte, gestorben aus Angst vor dem Feuer.
Hatte die Barwig damals wirklich nur alte Steuerunterlagen verbrannt? Vielleicht ließ er sich zu leicht abspeisen. Er hätte besser in der Asche gewühlt.
Hauke Behn wartete den Vormittag ab, als alle in der Schule waren. Die Studienrätin. Theo und seine Kumpane.
Wie froh war er über diese Kumpane. Wenn die kriminelle Energie nur nicht zu groß wurde bei den dreien.
Er fuhr zum Schwarzwaldhaus und kletterte über das Tor aus Schmiedeeisen. Ein Mann und seine Gewohnheiten.
Behn ging durch den Garten und kam zu den Rhododendren, die bald absterben würden. Dies war kein Haus für Mitleid.
Das vierte Fenster von links. Das Kinderzimmer.
Scheibengardinen. Eng gefaltete Scheibengardinen.

Hatte Elisabeth Barwig geahnt, dass sie beobachtet wurde?
Darum hatten die Jungen nichts gesehen.
Keine Engelchentapete. Kein Bett, auf dem eine Puppe saß.
Die Scheibengardinen verbargen das alles.
Wo bewahrte sie die Spielzeuge auf, die sie im Laden von Jens' Vater kaufte?
Alter Kram, hatte Theo gesagt. Alter Kram in den anderen Kellern. Gartenstühle. Eine verrostete Voliere. Kisten.
Das Sofa, das er vom letzten Fenster aus sah, passte nicht dazu. Keine Gebrauchsspuren. Leder. Leuchtendes Rot.
Darauf ein Nest aus Frotteetüchern und einer Spur Heu.
Das Kaninchen schien zufrieden zu sein.
Was war eigentlich mit den Möbeln des Robert Barwig geschehen? Er würde Pit Gernhardt danach fragen.

Eine Frage der Ehre. Hatte die nicht schon Tom Cruise gestellt? Till Lauterbach stellte sie ebenfalls.
Kann es eine Frage der Ehre sein, sich das Leben zu nehmen?
Die Pistole des Großvaters in der Hand halten und warten, bis der Mut groß genug wird?
Till Lauterbach war ohne Zweifel einer der Menschen, die für die Schuld der Väter büßen wollten.
Mein Vater, der Mörder.
Dabei war sein Vater nur ein Mitwisser gewesen. Nur?
Er hatte gewusst, dass Robert Barwig und Christlein liquidiert werden sollten. Das war das, was Pit annahm.
Doch Till Lauterbach war verstummt über den Schmerz um einen Vater, den er verachtet hatte. Er schien jeden Satz als einen posthumen Verrat zu betrachten.
Eine Frage der Ehre.
Die Hauptkommissarin Kollmorgen war es, die ein paar wenige Sätze aus ihm herausholte.
Doch nichts tat sich zusammen mit der Okzidentalen Treu-

hand und den Anschlägen auf Vietnamesen und Afrikaner und ein türkisches Bethaus.

Till kotzte sich über den Rassismus seines Vaters aus. Den verbalen Rassismus. An brennende Häuser glaubte er nicht. Er glaubte an die Niedertracht von Haussmann und Minwegen. Mörder meines Vaters, sagte er.

Vielleicht hoffte er, dass sein Vater ein Verschwörer gewesen war. Gegen Haussmann und Minwegen.

Nur einen Satz sagte Lauterbach, der Pit zu denken gab.

»Da ist vor Jahren eine Sauerei passiert«, sagte Till Lauterbach, »und mein Vater wusste davon.«

Wieder nur Mitwisser?

»Was für eine Sauerei?«, fragte Pit.

»Ich weiß es nicht«, sagte Lauterbach, »ich habe nur gehört, wie er sagte, dass er Haussmann und Minwegen dieser Sauerei wegen seit Jahren in der Hand habe.«

»Das hat er zu Ihnen gesagt?«

Till Lauterbach schüttelte den Kopf. »Ich habe es zufällig gehört, als ich in sein Arbeitszimmer kam. Er telefonierte.«

»Haben Sie ihn später nicht darauf angesprochen?«

»Ich habe früh erfahren, dass mein Vater nicht der Mann war, der mir Antworten gab. Darum stellte ich keine Fragen mehr.«

»Können Sie sich vorstellen, dass Ihr Vater deshalb von den beiden Herren in den Tod getrieben wurde?«

»Dann müsste er Minwegen und Haussmann erpresst haben, nicht wahr?« Lauterbach fragte zögernd.

Dem toten Vater war er loyaler als dem lebenden.

»Warum wollten Sie sich das Leben nehmen?«, fragte Pit.

»Ich habe das nicht zu Ende gedacht. Vielleicht wollte ich es gar nicht wirklich. Kann sein, dass ich es als Demonstration gebraucht habe. Mir selbst gegenüber. Ich habe mich so schrecklich geschämt für meinen Vater.«

»Ihren Tod haben Sie angekündigt, bevor das Bild in den Zeitungen war«, sagte Pit.

»Ich hatte es zwei Tage vorher in der Post.«

»Wer hat es Ihnen geschickt?«

Till Lauterbach zuckte die Achseln. »Da war kein Anschreiben und kein Absender«, sagte er und hatte etwas Abfälliges im Ton, das an seinen Vater erinnerte.

Ein Glück für Pit, der den jungen Lauterbach nun leichteren Herzens verabschieden würde. Er hätte ihm sonst doch noch ein Plätzchen am warmen Herd angeboten. Nicks Herd. Sein eigener war selten warm.

»Haben Sie den Umschlag noch?«

»Ich hab ihn weggeworfen.«

»Aber das Bild.«

»Zerrissen«, sagte Till Lauterbach.

Pit knurrte. Wäre auch im Bereich des Wunders gewesen, wenn sie die Fingerabdrücke von einem der beiden Herren hätten sicherstellen dürfen. Andererseits verstand er es, dass sich Lauterbach das Foto seines nackten Vaters nicht an die Pinwand im Büro hängen wollte.

»Vielleicht lässt sich noch was in Ihrem Müll finden.«

»Der ist längst abgeholt«, sagte Lauterbach.

Pit entließ ihn beinahe ärgerlich.

Er setzte sich an den Schreibtisch und drückte die Finger an die Schläfen. Als ob das seine Konzentration steigern könnte.

Eine Sauerei war passiert.

Konnte es sich um den Bauskandal des Herrn Haussmann handeln? Der lag vier, fünf Jahre zurück.

Pit griff zum Telefon. Er hatte lange nichts mehr von den zweiundzwanzig Grundstücken gehört. Hatte Hauke Behn nicht einen Termin bei dem alten Notar gehabt?

Er wählte die Nummer, und die Mailbox von Behns Handy sprang an. Wie erklärte Hauke Behn das eigentlich der Zentrale in Husum, dass er nur bei jedem zweiten Anruf telefonisch zu erreichen war.

Pit gab Nicks Nummer ein, doch auch dort traf er nur auf den Anrufbeantworter. »Überleg mal, welche Sauerei das gewesen sein könnte, mit der Karl Lauterbach die Herren Haussmann und Minwegen erpresst hat. Wenn er sie erpresst hat«, korrigierte Pit sich, »jedenfalls sagt sein Sohn, er habe die Herren deswegen in der Hand gehabt.«

Sprach er nicht schon mit Anrufbeantwortern wie mit Menschen? Pit legte seufzend auf.

Vermutlich rief er das Beerdigungsinstitut St. Anschar an, um endlich mal jemanden am Apparat zu haben. Doch vor allem wollte er die Angelegenheit mit Christleins Urne klären.

Er würde sie bei St. Anschar abholen, bevor er das nächste Mal nach Brandum fuhr. Hauke Behn hatte tatsächlich die Studienrätin dazu bewegt, Christlein in einem der Gräber der Barwigs unterzubringen. Pit wunderte sich immer noch.

Das Danaergeschenk kam in einer Urne zurück.

Er war nach wie vor davon überzeugt, dass sich Christlein und die Barwig näher gestanden hatten.

Gab es nicht schon wieder gute Gründe, nach Brandum zu fahren? Vielleicht sollte er sich das Haus von Christlein nochmal angucken. Soviel er wusste, war es nicht schnell leer geräumt worden wie die Wohnung des kleinen Bob.

Pit zog eine Schublade auf und nahm einen Zettel, den er da hineingelegt hatte, als sie eiligst zu Lauterbach aufgebrochen waren. Ein Kollege hatte ihm den Zettel auf der Konferenz in die Hand gedrückt.

Ist bei mir aufgelaufen, hatte er gesagt.

Anruf eines Nachbarn von Robert Barwig. Er würde gerne nochmal mit der Polizei sprechen. Ihm sei etwas eingefallen.

Vielleicht sollte er sich des Nachbarn annehmen.

Obwohl die Versuchung, nach Brandum zu fahren, wie immer groß bei ihm war.

Das Zimmer war überheizt, obwohl die Außentemperatur vierundzwanzig Grad betrug. Neben dem alten Notar stand ein Heizofen, der bullerte. Er selber war in Decken gehüllt.

Hauke Behn war von einer Frau hineingeführt worden, die wohl die Tochter des Notars war.

Er hört schlecht, hatte sie zu ihm gesagt, aber sein Kopf arbeitet noch sehr gut.

Verbrauchte Luft im Zimmer. Der Duft nach Pfeifentabak.

Der alte Herr erinnerte sich an die Grundstücke des Hans Barwig. »Jedes Jahr eines«, sagte er, »zweiundzwanzig Jahre lang. Bis zu seinem Tod vor vier Jahren.«

Er zog an einer Pfeife, die aussah, als habe sie schon dem Schimmelreiter gehört.

»Sammelte sie wie andere Leute Bierdeckel«, sagte er, »hat schon der alte Barwig gemacht, den alle hier den großen Bob nannten. Der hat die dann an die Nazis verkauft, damit die ihre Ferienheime gebaut haben. Auf einem ist auch eine Napola errichtet worden.« Er sah Hauke Behn an. Seine Augen waren wach. »Wissen Sie, was das war?«

»Eliteschulen der Nazis«, sagte Hauke Behn.

»Da haben sie ihren Nachwuchs züchten wollen«, sagte der alte Notar. Ihn schien das heute noch zu erstaunen.

»Aber Hans Barwig hat die Grundstücke nicht verkauft. Er hat sie gehortet und trotzdem ein Vermögen hinterlassen. Ich war es, der sein Testament aufsetzte. Ging alles an die Tochter. Der Junge hat nichts bekommen.«

»Wissen Sie, warum?«

Der Alte schüttelte den Kopf. »Wurde immer wie ein Stiefkind behandelt. Weiß nicht, warum. Andere Familien freuen sich, wenn ihnen noch ein Sohn nachgeboren wird. Wundert mich, warum er nicht das Testament angefochten hat.«

»Der Tochter ist nicht anzusehen, dass sie eine reiche Frau ist«, sagte Hauke Behn.

»Nein«, sagte der Notar, »ich habe gehört, sie lässt das Haus verkommen. Auch so ein Spleen vom alten Barwig gewesen, sich mitten im schönsten Nordfriesland ein Schwarzwaldhaus hinzustellen. Ganz richtig im Kopf war da keiner. Die Frau von Hans Barwig auch nicht. Soll ein ziemliches Luder gewesen sein.« Er kicherte.

»Ich bin geschwätzig«, sagte er, »entschuldigen Sie. Aber Ihnen als Polizist ist das sicher nur recht.«

Hauke Behn lächelte.

»Wie konnte Hans Barwig denn zweiundzwanzig Grundstücke kaufen und noch ein Vermögen hinterlassen?«, fragte er.

Der alte Herr drehte seine Hand, als wolle er ein unsauberes Geschäft andeuten. »Er hatte da irgendwas im Gange«, sagte er, »aber das hat er alles nicht mit mir abgewickelt. Dafür ist der Herr Barwig nach Flensburg gefahren.«

Er zog an dem Plaid, das ihm zuoberst auf dem Schoß lag.

»Dann sind sie alle gewaltsam zu Tode gekommen«, sagte er, »erst das Ehepaar Barwig, dann der Junge und auch der Herr Christlein. Aber das wissen Sie besser als ich, deswegen sitzen Sie ja hier.«

»Kannten Sie Christlein?«, fragte Hauke Behn. Er hatte lange nicht mehr ein so ergiebiges Gespräch geführt.

»Er hat mich öfter zu seinen Abenden eingeladen. Bin aber nie hingegangen. Auch nicht, als ich noch besser zu Fuß war. Christleins Idee war, die Intellektuellen des Ortes bei sich zu versammeln und tagespolitische Themen zu erörtern. Hab gehört, dass es nachher ziemlich rechtslastig war. Kann ich mir aber gar nicht vorstellen bei Karl Christlein.«

Eine Tabaksdose fiel ihm vom Schoß. Der Notar guckte ihr bedauernd nach. Hauke Behn hob sie auf.

»Wie haben Sie Christlein kennen gelernt?«, fragte er.

»Als wir den Vertrag für den Hauskauf machten. Das Haus, in dem er nun leider zu Tode gekommen ist, hatte er von Hans Barwig gekauft. Fragen Sie mich nicht, wann das gewesen ist. Alles lange her.« Er zog an der Pfeife, die kalt geworden war bei den langen Reden des Rauchers.

»Außerdem war er der Mittelsmann bei den zweiundzwanzig Grundstücken«, sagte der alte Notar.

Hauke Behn guckte ihn überrascht an.

»Eine Art Unterhändler war er. Der Schenker ist immer im Hintergrund geblieben. Hab selber nicht gewusst, wer das war. Bis zum heutigen Tage nicht.«

Hätte Hauke Behn eine Pfeife gehabt, sie wäre ihm jetzt aus dem Mund gefallen. »Barwig hat die Grundstücke gar nicht selber gekauft?«, fragte er.

»Hab ich eben schon sagen wollen. Hans Barwig hat die Grundstücke geschenkt bekommen. Jedes Jahr eines.«

»Wie erklären Sie sich das?«, fragte Behn.

»Tja«, sagte der Notar, »warum hatte gerade der kantige Herr Barwig einen Gönner? Wenn es ein liebreizendes Mädchen gewesen wäre.« Er kicherte wieder.

»Ich hab mir natürlich meine Gedanken gemacht«, sagte er, »sieht ja ganz danach aus, als ob es Schweigegeld sei. Hab erst überlegt, ob da eine Nazischweinerei hintersteckt, aber Hans Barwig war zu jung dafür, und ich glaube auch nicht, dass das der Herr Christlein mitgemacht hätte.«

»Zu welchem Schluss sind Sie gekommen?«, fragte Behn.

»Zu keinem, junger Mann«, sagte der Notar. Er öffnete die Tabakdose und fing an, die Pfeife neu zu stopfen.

»Der Skandal um den Hotelbau am Karolinenkoog?«

»Ich weiß nur, dass da eine Ruine herumsteht, weil die Finanzierung geplatzt ist.«

»Und ein paar hiesige Handwerker konnten Bankrott anmelden«, sagte Hauke Behn.

»Das ist immer so. Ich denke nicht, dass Barwig daran schuld war. Er hatte nur das Grundstück verkauft, ein Hektar von den zweien, die sein Vater schon in den dreißiger Jahren erworben hatte.«

»Er soll die Handwerksbetriebe für ein Butterbrot aufgekauft haben, im Auftrag des Bauherrn.«

»Davon weiß ich nichts«, sagte der Notar, »aber die Barwigs waren immer große Geschäftemacher. Nur die jüngste Generation nicht. Sonst hätte der Junge das Testament angefochten, und die Tochter hat sich noch nie um was gekümmert.«

»Sie hat noch nicht einmal die Grundstücke auf ihren Namen schreiben lassen«, sagte Hauke Behn.

»Sie waren in Husum auf dem Katasteramt?«

Behn nickte. Er verschwieg, dass es ein Zufall gewesen war.

»Was versuchen Sie zu lösen? Den Mord an Christlein?«

»Den vor allem. Aber es sieht ganz so aus, als ob noch ein wenig Korruption mitgeliefert würde.«

Der alte Notar kicherte noch einmal.

»Da bilden die in den großen Städten sich immer ein, dass sie das Gangstertum erfunden haben«, sagte er, »gerade die Hamburger mit ihrem Rotlichtviertel. Doch die Landbevölkerung ist auch nicht ohne.«

»Darf ich noch einmal zu Ihnen kommen, falls sich neue Fragen auftun?«, fragte Hauke Behn.

»Jederzeit. Ich hab mich lange nicht so amüsiert. Sagen Sie meiner Tochter, sie soll Ihnen eine Dose von ihren köstlichen Bärentatzen mitgeben. Wenn sie eines kann, dann ist es backen. Sie sind doch der, der mit seinem Sohn allein lebt?«

Hauke Behn bestätigte das.

Er war derjenige, der mit seinem Sohn allein lebte.

Der alte Notar war wirklich gut informiert.

Pit blickte an dem Fliesenteil aus den fünfziger Jahren hoch,

in dem der kleine Bob gelebt hatte. Die Fenster, die zu seiner Wohnung gehörten, waren noch leer.
Keine Neuvermietung. Dabei hatte die Studienrätin doch vor Monaten schon alles aufgelöst. Ihr schien daran gelegen zu sein, die Spuren ihres Bruders zu verwischen.
Er guckte auf das Klingelbord und sah den Namen Robert Barwig dort noch stehen. Das hatte sie vergessen.
Daneben der Name des Mannes, der die Polizei noch einmal sprechen wollte. Er lebte in der Wohnung gegenüber.
Es wurde aufgedrückt, und Pit stieg die vier Treppen hoch und warf einen Blick auf die Tür, die zu Barwigs Wohnung gehört hatte. Die gegenüberliegende war noch geschlossen. Doch er hatte das Gefühl, durch den Türspion beobachtet zu werden. Er holte seine Marke hervor und legte sie auf das Guckloch. Die Tür wurde geöffnet.
Er kannte den Mann nicht. Kollegen hatten ihn aufgesucht gehabt. Pit war nicht bekannt, dass er etwas Wichtiges zu Protokoll gegeben hätte. Im Bericht stand nichts davon.
Doch jetzt wirkte er wichtig. Vielleicht war er es.
Er stand dort im Trägerhemd, und das wäre wohl weniger bemerkenswert gewesen, hätte er keine dünnen Arme und keine hohle Brust gehabt. Er sah aus wie ein Kettenraucher.
Vermutlich war er Frührentner mit Flecken auf der Lunge.
Pit stellte sich vor. »Sie hatten um ein Gespräch gebeten«, sagte er. Der Mann ließ ihn endlich ein.
Er führte Pit in ein Zimmer, in dem ein Fernseher lief. Zwei kreischende Frauen, die in einer Talkshow übereinander herfielen. Doch sie wurden ausgeschaltet.
Pit sah sich um. Er hatte viele solcher Zimmer gesehen und sich oft gewundert, dass Menschen, die kaum älter waren als er, so leben konnten. Dunkel und voll gestellt.
Nicht wie bei Elisabeth Barwig ererbt und seit Generationen mitgeschleppt. Das hier war im Möbelkatalog ausgesucht wor-

den. Er setzte sich auf das Cordsofa und sah zu dem kleinen Mann, der in dem bulligen Ledersessel beinahe verschwand. Mehr Ziernägel als Leder.
»Ich habe da eine Sendung gesehen«, sagte der Mann.
Pits Laune sank. So fingen selten qualifizierte Aussagen an.
»Nicht Aktenzeichen XY«, sagte der Mann, »eine bei den privaten. Da stand auch so ein komisches Auto vor der Tür.«
»Stand bei Ihnen ein komisches Auto vor der Tür?«
»Nachdem der Herr Barwig verschwunden war. Ehe Sie dann kamen und die Wohnung versiegelt haben.«
»Wussten Sie da schon, dass Robert Barwig tot war?«
»Nein. Woher denn. Ich habe das erst erfahren, als die Polizei kam und in die Wohnung drüben ging, und dann stand es am anderen Tag ja auch in der Bildzeitung.«
»Und das Auto war vorher da? Nach dem Verschwinden Ihres Nachbarn, aber vor der Bestätigung seines Todes?«
Der kleine Mann nickte. »Eine Frau schloss die Wohnung drüben auf. Als sie ging, hatte sie zwei Kartons dabei.«
»Sie kannten diese Frau nicht?«
»Nein. Ich kann sie auch nicht beschreiben. Eine Frau eben.«
»Könnte es nicht die Schwester von Herrn Barwig gewesen sein, die später die Wohnung aufgelöst hat?«
»Da war ich zur Kur. Als ich wiederkam, war die Wohnung leer. Ich hab da überhaupt keinen mehr gesehen.«
»Und die Frau können Sie wirklich nicht beschreiben?«
Der Mann schüttelte den Kopf. »Aber das Auto«, sagte er, »das habe ich vor ein paar Tagen in einem Film mit Heinz Erhardt gesehen. Ein Opel Kapitän war das.«
»Da sind Sie sich sicher?«
»War ganz groß zu sehen, der Schriftzug.«
»Dass es auch das Auto war, das hier vor Tür stand.«
»Ja«, sagte der kleine Mann. »Ich meine nur, vielleicht hat sie etwas gestohlen. Zwei schwere Kartons.«

»Das war richtig, dass Sie uns angerufen haben«, sagte Pit.

»Bei den Sendungen sagen sie immer, dass die kleinste Beobachtung wichtig sein kann.«

Pit nickte. »Ich danke Ihnen sehr«, sagte er, »können wir das morgen nochmal im Polizeipräsidium protokollieren?«

»Um wie viel Uhr?«

»Sagen wir um elf.«

»Das schaffe ich«, sagte der kleine Mann, der sich nun auch aus seinem Ledertrumm erhob.

Er war fast locker, als er Pit verabschiedete. Doch die Tür ging zu, kaum dass Pit sich umgedreht hatte.

Er ging die vier Treppen hinunter und dachte über Opel Kapitäne nach. Er kannte keinen, der einen fuhr.

Mal hören, was Hauke Behn dazu sagte.

Der Mann, der vor der Tür stand, sah aus wie Fernandel.

Wer kennt noch Fernandel, dachte Vera, als sie in das liebe Pferdegesicht blickte, aus dem ihr zugelächelt wurde.

Fernandel griff nach einem Korbkoffer, der neben ihm stand.

Woher kannte sie ihn nur? Er schien zu erwarten, dass sie ihn einließ. »Ah«, sagte er, »le moustache. Ab.«

Der Schnurrbart fehlte, und er schien weniger stämmig zu sein als auf der Fotografie, die Vera von ihm kannte.

»Edouard«, sagte Vera, »seien Sie willkommen.«

Anni eilte aus der Küche, und im Eilen band sie die Schürze ab. Doch keine Nelly, die eintrat. Nur Edouard.

»Ich will sagen viel escuses«, sagte Edouard, stellte den Koffer ab und küsste Vera auf die Wangen, um das Gleiche dann bei der überraschten Anni zu tun.

»Wo ist Nelly?« Ausgerechnet Anni fragte das als Erste. Sie, die Nelly für alle Zeit vergessen wollte.

»Pauvre Nelly«, sagte Edouard, »aber geht schon viel besser.«

»Was ist passiert?«, fragte Vera.

»Mit dem Auto von haute corniche gefallen.«

»Herr im Himmel«, sagte Anni, »hält sie sich etwa für Grace Kelly?«

»Sie hat es also überlebt«, sagte Vera erleichtert, »kommen Sie erst einmal in die Küche, Edouard, und erzählen Sie.«

»Cuisine«, sagte Anni.

Er nickte und zeigte auf den Koffer.

Doch er kam nicht dazu, ihn zu öffnen. Anni lotste ihn in die Küche und in den größten der Korbsessel.

»Viel gebrochen an Nelly«, sagte Edouard. Er zog einen Zettel aus der Tasche seines karierten Jacketts und gab ihn Vera.

Auf dem Zettel standen die Bezeichnungen für ziemlich viele Körperteile auf Französisch und deutsch.

Handgelenke, las Vera, Ellbogen, Hüfte.

»Das alles hat sie sich gebrochen?«

Edouard nickte. »Aber docteur sagt, sie bald wie neu. Ist schon vier Monat in hôpital.«

Eine andere als Nelly hätte sich den Telefonhörer ans Ohr halten lassen, um der eigenen Tochter ein Lebenszeichen zu geben und nach dem neugeborenen Kind zu fragen.

Doch schon die gesunde Nelly war ausschließlich mit sich beschäftigt gewesen. Vera ahnte, wie sie im kranken Zustand war. Kein Wunder, dass Edouard an Gewicht verloren hatte.

Anni war bereits dabei, dem Abhilfe zu verschaffen.

Doch ehe sie den großen Küchentisch mit Kuchen voll stellen konnte, stand Edouard auf und öffnete den Koffer.

Hatte Vera mal an Olivenöl und eingelegte Artischocken gedacht? Lavendelhonig vielleicht?

Das, was Edouard, der Lebensmittelhändler aus Nizza, vor ihr ausbreitete, war wohl das Schönste aus seinem Laden.

Vom weißen Thunfisch bis zum Nougat hatte er alles eingepackt.

Selbst Anni war gerührt.

»Wo ist Enkel?«, fragte Edouard und hielt eine kleine blaue Steppjacke im provenzalischen Muster hoch.

Vera nahm ihn an die Hand und führte ihn ins Kinderzimmer. Nicholas hielt einen verlängerten Mittagsschlaf. Sein Haar stand zu Berge, und seine Backen waren rot.

Hätte Edouard noch nicht in ihr Herz gefunden, es wäre nun geschehen, wo sie in sein Gesicht sah, als er das Kind lange betrachtete. »Mon petit chouchou«, sagte er, »schön wie seine mère und seine grandmère.«

Edouard verdrückte vier Stücke Butterkuchen.

Vera öffnete den Champagner, von dem sie immer eine auf Vorrat im Kühlschrank hielt, unverbesserliche Optimistin, die sie war. Gab es nicht oft einen guten Grund, anzustoßen? Sie tranken auf Nicholas, Jef, Gustav und Nelly.

»Und auf mère und die grandmères. Tous les deux«, sagte Edouard und hob das Glas zu Anni hin.

»Auf die beiden Großmütter«, sagte Vera, »Anni und Nelly.«

»Hat er das gesagt?«, fragte Anni und klang verlegen.

Doch sie genoss jeden Augenblick von Edouards Besuch.

Später, als Edouard gegangen war, um ein Flugzeug zu besteigen und zu Nelly zurückzufliegen, dachten sie beide, dass der Junge einen Großvater gewonnen hatte.

»Die gemütlichen Männer sind die besten«, sagte Anni.

»Wo hattest du eigentlich das Blech Butterkuchen plötzlich her?«, fragte Vera.

»Das solltest du dem netten Polizisten bringen.«

»Pit Gernhardt? Ich bin doch nicht Rotkäppchen.«

»Aber er isst Butterkuchen so gern.«

»Das hat er dir erzählt, nachdem er gerade dein Gulasch im Bauch hatte?«

»Der mag dich, Verakind«, sagte Anni.

»Du willst mich doch nicht mit Hilfe eines Bleches Butterkuchen verkuppeln?«

Doch Anni packte schon ein Päckchen Hefe aus, um einen kleinen Vorteig für einen neuen Butterkuchen zu machen.
»Gemütlich«, sagte Vera, »ist Pit Gernhardt sicher nicht.«
»Zwei Uhr«, sagte Hauke Behn nach einem Blick auf seine Swatch. Superman flog durch das Zifferblatt. Er hatte sie auf Theos Drängen gekauft, doch er trug sie selten.
»Eigentlich müsste sie gleich hier durchbrettern.«
Pit sah in den Rückspiegel. Zwei Polizisten im Streifenwagen. Hätte eine Verkehrskontrolle sein können, doch er saß nur hier, um einen Opel Kapitän vorbeifliegen zu sehen.
Er hatte es telefonisch klären wollen. Ob die Studienrätin einen alten Opel Kapitän fuhr. Behn war überrascht, dass er das nicht wusste. Doch bei Pits Besuchen im Hause Barwig hatte der Wagen wohl in der Remise gestanden.
»Passiert selten, dass sie sich verspätet«, sagte Behn.
Ein gepflegter weißer Borgward kam vorbei.
»Halten sich lange bei euch, die Autos«, sagte Pit, »man könnte glauben, ihr hättet ein ausgesprochen trockenes Klima.«
»Das ist das Auto vom alten Notar«, sagte Behn, »nur noch die Tochter fährt damit.« Er hatte Pit schon von dem Gespräch erzählt. Auch das hätte sich am Telefon erledigen lassen.
Doch Pit verwahrte eine Urne im Kofferraum.
Er hatte beschlossen, dass heute erledigt werden sollte, was lange liegen gelassen worden war.
»Im Keller der Barwig stehen Kartons«, sagte Behn, »vielleicht sind die beiden aus der Wohnung ihres Bruders dabei. Hat Ihr Freund Nick eigentlich bestätigt, dass das rote Sofa Robert Barwig gehört hat?«
»Ja«, sagte Pit. Er sah eine Staubwolke im Rückspiegel. Ein Motorrad schoss heran. Der Fahrer trug einen alten Helm der Wehrmacht auf dem Kopf.
»Kennen Sie den auch?«, fragte Pit.
Behn schüttelte den Kopf. »Ein Durchreisender«, sagte er.

»Auf den stillen Straßen dieses Dorfes? Das war doch eindeutig eine Geschwindigkeitsüberschreitung.«

»Da kommt die nächste«, sagte Hauke Behn. Beide blickten sie in den Rückspiegel und sahen den Opel Kapitän.

»Was glauben Sie? Hat Elisabeth Barwig von dem Tod ihres Bruders gewusst, ehe er identifiziert worden war?«

»Und darum belastendes Material herausgeholt?«, fragte Pit.

»Ich neige dazu, das zu glauben. Nick weiß von keinem Kontakt zwischen den Geschwistern. Also wird sie bei ihm kaum ein und aus gegangen sein.«

»Warum vertraute er ihr dann einen Schlüssel an?«

»Vielleicht hat ein ganz anderer ihr den gegeben.«

»Kennt sie den Mörder, wenn sie vorher schon vom Tod ihres Bruders wusste?«, fragte Behn.

»Ich glaube, ja«, sagte Pit Gernhardt. Hauke Behn schwieg. War es möglich, dass die Studienrätin den Mörder ihres Bruders deckte? Wenn er nur wüsste, was sie damals verbrannt hatte. Von dem zweifelhaften Tun ihres Vaters schienen viele zu wissen. Dieses Material hätte sie nicht beseitigen müssen.

»Haben wir ihr jetzt genug Zeit gelassen, um sich den Staub der Landstraße vom Gesicht zu waschen?«, fragte Pit. »Dann bringen wir ihr doch mal die Keksdose.«

Den Butterkuchen hatte Nick abgeholt. Er bekäme ihn schon an seinen Kumpel verfüttert. Vera schnaubte.

Was sich Anni vorstellte. In der Zeit vor Jef hatte ihre liebe Kinderfrau sie doch auch nicht verkuppeln wollen.

Vera nahm eine der kleinen festen Oliven, die Edouard in seinem Koffer gehabt hatte, und knabberte daran herum.

Anni war mit dem Kleinen unterwegs. Eine Gelegenheit, aus dem Haus zu gehen, ohne lästige Fragen zu beantworten.

Sie zog die hohen Stulpenstiefel an und stellte sich vor den Spiegel. Auch nicht sexier als der gestiefelte Kater.

Vielleicht ließen sich andere darüber hinwegtäuschen, dass ihr das Leuchten fehlte. Oder sah nur sie es nicht?

Die Gespräche mit Leo fehlten ihr. Über Leuchten und Sex.

Sie entschied sich für ein eng sitzendes schwarzes Kostüm und hochhackige Schuhe aus Boxcalf.

Die Bakelitkugeln von Yves Saint Laurent, die sich Vera an die Ohren steckte, waren aus den späten Sechzigern und in dem gleichen Korallenrot wie Gustavs Säufersofa.

Nelly hatte die Klipps wohl auf dem Sofa verloren. Anni hatte sie erst kürzlich bei einer großen Reinigungsaktion aus den Ritzen gegraben. Vielleicht würde es Nelly freuen, sie zurückzubekommen.

Nelly wild auf dem Sofa? Mit Gustav?

»You are totally oversexed, my dear«, sagte Vera zu ihrem Spiegelbild. Half auch nichts, sich ins Englische zu flüchten.

Sie sah umwerfend aus. Doch es war zu bezweifeln, ob sich deshalb die Türen am Schwanenwik für sie öffneten.

Als was sollte sie auftreten?

Als eine Freudenfrau, die Alphons Minwegen bestellt hatte?

Vielleicht war es die Reaktion auf ein Blech Butterkuchen, dass sie etwas riskieren wollte.

Was hatte Gustav oft gesagt? Es gibt Momente, in denen die Schlacht des sich Hineinwerfens bedarf.

Vera verließ das Haus und hielt nach einem Taxi Ausschau. In diesen Schuhen würde sie kaum um die Alster kommen.

Sie kam knapp in ein Taxi damit.

Vielleicht nahm einem die Geburt eines Kindes die Fähigkeit, auf High Heels die Balance zu halten. Sie hatte seitdem eine auffallende Neigung zu flachen Schuhen.

Vera ließ sich vorfahren.

Nur die Atlanten sahen ihrer Ankunft zu.

Aber irgendwo musste ja Leben sein in diesem Haus.

Die Studienrätin hatte die Urne genommen und ihnen vorangetragen. Die verglaste Veranda. Ein vertrauter Ort.
Sie stellte das Ding aus gehämmertem Messing auf den einstmals weiß lackierten Tisch und wandte sich ihnen zu.
»Decken Sie den Mörder Ihres Bruders?«, fragte Pit.
Er hatte auf einen Hinauswurf kalkuliert. Desto eher würde er einen Richter von einem Durchsuchungsbefehl überzeugen.
Erledigen, was liegen gelassen worden war.
Doch Elisabeth Barwig schwieg einfach nur.
Sie setzte sich in einen der Korbstühle, stellte die Beine eng nebeneinander und sah sie an.
Die beiden Polizisten setzten sich, ohne dazu aufgefordert worden zu sein. »Der kleine Brand im Keller«, fing Behn an, vorsichtiger im Ton, als Pit gewesen war.
»Alte Steuerunterlagen«, sagte sie in seinen Satz hinein.
»Belastende Unterlagen über Ihren Vater, die Sie aus der Wohnung Ihres Bruders holten, als die Todesnachricht Sie noch gar nicht erreicht haben konnte?«
Die Studienrätin drehte sich zu Pit um. »Sie wissen nichts«, sagte sie, »gar nichts.« Es klang traurig. Kaum böse.
»Dann sagen Sie es uns«, sagte Pit.
»Ich habe die Nationalzeitung in Christleins Zeitungskorb gelegt. Immer wieder. Er hat sich darüber geärgert.«
Keine Aussage, die Pit half. Aber Nick würde sie freuen.
Elisabeth Barwig sah die Urne an.
Einen Augenblick lang glaubte Pit, sie würde sie durch die Verglasung in den Garten werfen.
Vielleicht sollte er die Keksdose wieder an sich nehmen.
»Warum haben Sie Christlein gehasst?«, fragte er.
Die Barwig schüttelte den Kopf.
»Ich habe Christlein nicht getötet«, sagte sie, »und Robert Barwig auch nicht.«

Bruder, mein Bruder. Bob.

Nein. Sie hatte Robert Barwig gesagt. Als sei er ein Fremder gewesen. Gab es jemanden, den sie liebte? Geliebt hatte? Das Kaninchen?

»Ich habe gehört, Sie haben Freude an Spielzeug«, sagte Hauke Behn, »ich habe auch einen kleinen Jungen, der gern in den Laden zu Hansens geht.«

»Ich habe keinen kleinen Jungen«, sagte die Studienrätin, »warum drückt sich nicht einmal ein Polizist präzise aus.«

Sie stand auf, und einen Augenblick lang glaubte Pit, dass sie ihren Arm zum Gruß erheben wollte. Doch es war nur eine weite Geste. »Hier wird nichts bleiben, wie es war«, sagte sie.

Wo hatte Pit diesen Satz schon einmal gehört? Gelesen?

Klang nicht, als ob sie von einer Renovierung spräche.

Es klang nach Untergang.

Die Studienrätin ließ sie allein zum Ausgang gehen. Hatte sie keine Angst mehr, dass Türen geöffnet, Geheimnisse entdeckt wurden? Was hatte sich verändert?

Sie waren beide bedrückt, als sie in das Auto stiegen.

»Als ich das erste Mal hier war, hatte ich das Gefühl, Kummer und Verklemmung zu atmen«, sagte Hauke Behn.

»Ich erinnere mich, dass das in Ihrem Bericht stand.«

»Nun ist Wahnsinn in der Luft«, sagte Behn.

Vera hatte vor der schweren schwarzen Tür gestanden und die sechs Namensschilder angesehen, die neben der Tür angebracht waren. Initialenschilder.

Das Oberste hatte ein S und ein T, und ihr fiel diese studentische Verbindung ein, die Pit Gernhardt ihr am Telefon genannt hatte. Suebo-Teutonia.

Siegfried Trautmann, murmelte sie, Sieglinde Tamm.

»Suchen Sie jemanden?«, fragte eine Frau neben ihr.

Sie hielt ein Schlüsselbund in der Hand.

Vera wandte sich ihr zu »Alphons Minwegen«, sagte sie.
Die Frau hob die Brauen. Beinahe erinnerte sie an Anni.
Eine elegantere Anni. Vielleicht jünger.
»Die Herren sind nur an den Donnerstagen da.«
»Ich sollte die Räume ansehen«, sagte Vera.
Diese zufälligen Sätze, eher aus Verlegenheit gesprochen, eine kleine Überbrückung, um sich nicht gleich zu verraten, und die dann zum Schlüssel wurden und Türen öffneten.
»Tagungsräume?«, fragte die Frau. »Hat Herr Minwegen Ihnen die angeboten?«
Vera nickte. Sie war noch zu verblüfft, um die eigene Lüge zu verbalisieren. Nahezu zögernd trat sie durch die Tür.
Ein Zögern, das von der Frau anders interpretiert wurde.
Sie blickte auf Veras Füße.
»Können Sie auf diesen Absätzen laufen?«, fragte sie.
»Eigentlich nicht«, sagte Vera. Doch eine Seelenverwandtschaft mit Anni, die Veras Hochhackige seit Jahren beklagte.
»Sie leiten diesen Tagungsort?«, fragte Vera.
Die Frau lächelte. »Sagen wir, ich bin die Haushälterin«, sagte sie und öffnete eine Tür im Erdgeschoss.
Die vorderen Räume waren überraschend minimalistisch.
Gepflegte Parkettböden. Stahlmöbel, die aussahen, als seien sie von Mies van der Rohe und echt.
»Hinten sind noch Gästezimmer«, sagte die Frau. »Haben Sie auswärtige Teilnehmer?«
»Nein«, sagte Vera. »Herrliche Räume, und die nutzen die Herren nur an Donnerstagen?«
Sah die Frau einen Augenblick lang argwöhnisch aus?
»Herr Haussmann nutzt die Bibliothek des Öfteren«, sagte sie, »die liegt ebenfalls im hinteren Teil.« Sie kehrte in das Entree zurück. Vera hielt es für angebracht, ihr zu folgen.
Die Frau ging zu einem großen hellen Eichensekretär und öffnete die Klappe. Ein Faltblatt, das sie herausnahm.

»Herr Haussmann koordiniert die Termine vorübergehend«, sagte sie, »sonst hat es das Sekretariat eines der anderen Herren gemacht. Doch das hat sich leider erledigt.«

Lauterbach, dachte Vera.

»Die Räume werden natürlich nur zur Verfügung gestellt, wenn die Themen in diesen Kreis passen.«

»Natürlich«, sagte Vera.

»Aber Sie hatten ja wohl schon Herrn Minwegen kontaktet.«

Einen kurzen Moment lang lag Vera die Okzidentale Treuhand auf der Zunge, doch allein der Name schien fast lächerlich in diesen Räumen.

Die Frau blickte auf eine kleine feine Armbanduhr.

»Ich bin eigentlich nur bis vier Uhr hier«, sagte sie.

»Die Tagungsteilnehmer betreuen Sie nicht?«

»Das bedarf einer eigenen Abmachung. Ich bitte Sie, mich zu entschuldigen. Ich hatte hinten nur lüften wollen.«

Sie öffnete die Tür zum Treppenhaus.

»Seine Telefonnummer haben Sie ja«, sagte die Frau, »auf dem Faltblatt ist noch die des früheren Sekretariats.«

Vera traute sich nicht, das zu verneinen. Schade. Sie hatte Lust, Haussmann aufzusuchen, aufgerüscht, wie sie war.

Hatte er ein Büro in Hamburg? Vera beschloss, Engelenburg zu fragen. Vielleicht war es die Enttäuschung des Taxifahrers über den kurzen Weg, als Vera die eigene Adresse nannte. Jedenfalls korrigierte sie das Fahrziel.

»Dann fahren Sie mich zum Polizeipräsidium«, sagte sie.

Könnte doch sein, dass sie den Hauptkommissar Gernhardt antraf. Ohne ein Blech Butterkuchen dabeizuhaben.

Aber sie hätte doch gern gewusst, warum seine Leute die Wohnung am Schwanenwik bis zum heutigen Tage nicht mit den vier Herren in Verbindung gebracht hatten.

Vermutlich hielten sie die teuren Räume mit den Möbeln von Mies van der Rohe für eine Zweigstelle des CVJM.

Pit hatte über die Studienrätin nachdenken wollen und über den Satz, den sie gesagt hatte. Hier wird nichts bleiben, wie es war. Klang wie der Untergang des Hauses Usher.

Doch er kam nicht dazu. Als er in sein Büro trat und sich an seinen Schreibtisch setzte, kam die Hauptkommissarin und setzte sich auf den Stuhl ihm gegenüber.

»Lauterbach hing an einem Strick aus Hanf«, sagte sie.

»Hätte er ein seidenes Halstuch nehmen sollen?«, fragte Pit.

»Dann ließe sich vielleicht erklären, warum er nicht die kleinste Faser an seinen Händen hatte. Hanf ist nun mal ein fasergebendes Strangwerkzeug.«

»Stopp mal«, sagte Pit, »die Sektion hat doch ergeben, dass er lebte, als er an den Strick kam.«

»Tja«, sagte Silke Kollmorgen.

»Du willst nicht andeuten, dass er die Schlinge hat knüpfen lassen, um dann den Kopf hineinzustecken und dabei die Hände in die Hosentaschen zu tun?«

»Ich deute nur an, dass wir ein Problem haben.«

»Die Untertreibung des Jahrhunderts«, sagte Pit.

»Er ist zu diesem Selbstmord gezwungen worden«, sagte Silke Kollmorgen.

»Von Haussmann und Minwegen? Die haben ihn dahin getrieben. Doch kannst du dir vorstellen, dass ein Mann, der bei Kräften ist, sich die Schlinge um den Hals legen lässt, wenn er eigentlich was anderes vorhat?«

Die Hauptkommissarin stand auf. »Ich gehe in den verdienten Feierabend«, sagte sie, »du hast ja heute schon einen Ausflug aufs Land gemacht.«

»Du hältst das wohl für meine Sommerfrische.«

Seine Kollegin grinste. »So ungefähr«, sagte sie, »ich denke, dass du auch Christleins Mörder hier in Hamburg findest und nicht in deinem Kaff.«

»Und was machen wir mit Lauterbach?«

Silke Kollmorgen war schon in der Tür, doch sie drehte sich um und sah gar nicht mehr nach Feierabend aus.
»Ich habe da einen Verdacht«, sagte sie.
»Lass mich teilhaben.«
»Morgen«, sagte Silke und ging.

Die beiden Frauen waren sich noch auf dem Flur begegnet. Jede gab der anderen einen kurzen Blick, doch nur die eine drehte sich um und sah Vera in Gernhardts Zimmer gehen.
Pit stand auf und hörte sein Herz klopfen.
Er hatte Vera vorher nie in einem engen schwarzen Kostüm und hochhackigen Schuhen gesehen. Sie war immer eine beeindruckende Frau, doch jetzt hörte er Sirenen singen.
»Ich habe die Wohnung am Schwanenwik gefunden«, sang die Sirene, noch ehe sie sich setzte.
Pit hörte zu und hatte rote Ohren. Vielleicht vor Verlegenheit, da seine Leute offensichtlich geschlampt hatten.
»An welchem Tag ist der kleine Bob getötet worden?«
»Am achten Mai«, sagte Pit und guckte auf seinen Kalender.
Der achte Mai war ein Donnerstag gewesen.
»Nun nehme ich mal an, dass die Herren für ein besonderes Vorhaben wie einen Mord gerne den eigenen Terminplan geändert hätten«, sagte Vera.
»Haben sie aber nicht«, sagte Pit, »vielleicht gefiel ihnen der achte Mai auch aus anderen Gründen. Exempel statuieren am Jahrestag der Kapitulation oder so einen Driss.«
Er gab das Neueste von Karl Lauterbach bekannt.
»Haussmann und Minwegen?«, fragte Vera. »Glauben Sie, dass die beiden sich selbst die Hände schmutzig machen?«
»Ich glaube vor allem, dass ich noch immer keinen Richter davon überzeugen könnte, mir einen Haftbefehl gegen die Herren auszustellen.«
»Und wenn es einen Notfall gäbe wie damals bei Leo?«

»Wie stellen Sie sich das vor?«, fragte Pit.

»Einer von den beiden Herren könnte versuchen, mich zu vergewaltigen.«

Pit konnte sich absolut vorstellen, dass das passieren könnte.

»Dann komme ich hinzu und rette Sie, und wir verhaften ihn?«

Hatte er nicht gehört, dass Heinrich Haussmann ein übler Frauenverschleißer sei? Wo hörte er so was?

»Kommt nicht infrage«, sagte Pit. »Ganz abgesehen davon, dass immer noch Beweise für die Morde fehlen würden.«

Haussmann. Das war es gewesen.

Hier wird nichts bleiben, wie es war.

Haussmann wurde damit zitiert. In den Unterlagen des kleinen Bob hatte es gestanden.

»Der Sohn von Lauterbach hat einmal gehört, dass sein Vater von einer Sauerei sprach, mit der er die beiden Herren in der Hand habe.«

»Gab es da nicht lauter Sauereien?«, fragte Vera.

»Eine muss noch größer gewesen sein«, sagte Pit.

»Der Sohn von Lauterbach«, sagte Vera, »er scheint eine tragische Gestalt zu sein.«

»Nicht selten bei Söhnen großer Väter.«

»Sehen Sie Größe bei Karl Lauterbach?«

»Zumindest war er mächtig«, sagte Pit.

Er kam sich klein vor hinter seinem Schreibtisch, wenn Vera auf der anderen Seite saß. Hätte er eine Chance bei ihr? Konnte er auch nur den kleinsten Versuch vor Nick vertreten?

»Darf ich Sie noch auf ein Glas einladen?«, fragte er.

Vera stand auf. »Ein anderes Mal«, sagte sie, »sonst geht gleich in Ihrer Zentrale ein Notruf von Anni Kock ein.«

»Dann fahre ich Sie nach Hause«, sagte Pit.

Das fehlte ihm noch, sich in Vera zu verlieben.

Ein Glück, dass Vera ihm einen Korb gegeben hatte. Er hätte sie ein zweites Mal enttäuschen müssen. Pit Gernhardt hatte das Gefühl, dass sich die Ereignisse zu gern nach acht Uhr abends entwickelten.

Als das Handy klingelte, während er gerade das Auto vor der eigenen Haustür abstellte, hatte er mit Nick gerechnet und sich einen Augenblick auf ein nettes Abendessen an Nicks Lindenholztisch gefreut. Doch es war die Hauptkommissarin, die er in einem verdienten Feierabend wähnte.

»Kannst du in die Drogenberatungsstelle kommen?«, fragte sie und gab ihm eine Adresse, ehe er auch nur einen der Zettelblocks hervorgezogen hatte. Wahrscheinlich würde er doch keinen Stift in der Tasche haben.

»Ich merke es mir«, sagte er, »vielleicht gibst du mir schon mal einen kleinen Tipp, wenn ich für dich eines meiner köstlichen Fertiggerichte sausen lasse.«

»Till Lauterbach«, sagte die Hauptkommissarin.

»Nicht schon wieder eine Inszenierung mit Opas Pistole«, sagte Pit. Doch seine Kollegin hatte schon aufgelegt.

Pit startete den Mercedes und schob eine Kassette ein. Sich Frankie Millers Searching gönnen. Er schaltete aus, als er die ersten Klänge hörte. Till Lauterbach. Hatte die Familie nicht genügend mit den Vorbereitungen für die Beerdigung zu tun?

Er stellte sich die Honoratioren vor, die auf die Kanzel stiegen und den Verstorbenen priesen.

Die Hauptkommissarin öffnete ihm die Tür und führte ihn in ein kleines Zimmer, in dem ein runder Tisch und vier Stühle standen. Till Lauterbach saß daran und ein bärtiger Mann, der wohl Silkes Lebensgefährte war.

Auf dem Tisch stand ein Aufnahmegerät.

Lauterbach legte die Hände vor sein Gesicht, als er Pit sah. Schweigen, als sei Pit eingedrungen und hätte ein Gespräch

gestört. Er setzte sich und blickte auf die Wand, an der ein Plakat der Fußballnationalmannschaft hing.
Keine Macht den Drogen.
Von denen, die das Plakat zeigte, spielte nur noch Kahn.
»Ich habe meinen Vater umgebracht«, sagte Lauterbach.
»Er hat ihn in den Selbstmord gezwungen«, sagte Silke.
Der Psychologe, der Silkes Lebensgefährte war, holte Luft.
»Tills Vater hätte sich wehren können«, sagte er, »doch er tat es nicht, um Buße zu tun. Auch an seinem Sohn.«
War der Bärtige vielleicht doch Theologe?
»Er war willig«, sagte Till Lauterbach leise.
Willig. Pit hätte gern die Augen verdreht.
»Und was ist mit Haussmann und Minwegen?«, fragte er und sah Silke Kollmorgen an.
Sollten die unschuldig sein?
Hauptredner auf Karl Lauterbachs Beerdigung.
Zu dem Augenverdrehen noch ein bisschen Würgen.
»Die haben ihn dahin getrieben«, sagte Till Lauterbach.
»Ohne diese Bloßstellung wäre er nicht bereit gewesen.«
»Warum haben Sie es getan?«, fragte Pit und wünschte innigst, dass Lauterbach nicht wieder von einer Frage der Ehre sprach. Scheinheiliges Geschwätz.
»Ich dachte, dass dieser Schmutz von uns fallen würde, wenn mein Vater nicht mehr lebt.«
»Ist er von Ihnen gefallen?«
Till Lauterbach fing an zu weinen.
»Haben Sie ihm den Anzug angezogen?«
»Nein«, sagte Lauterbach, »er hat darauf bestanden, ihn anzuziehen. Auch das Verdienstkreuz war seine Idee.«
»Und dann haben Sie die Pistole aus der Schublade geholt und sich auf die Parkbank gesetzt.«
»Ich hatte sie schon dabei«, sagte Lauterbach.
Silke Kollmorgen deutete auf das Aufnahmegerät und nickte.

Alles drauf, sollte das wohl heißen.
Pit seufzte. Ihm wären ein paar fette Fingerabdrücke von Haussmann oder Minwegen in Lauterbachs Keller eindeutig lieber gewesen.
»Führst du mich jetzt ab?«, fragte Till Lauterbach und sah Silke an. Die guckte zu ihrem Lebensgefährten.
»Heute Nacht hast du bei uns Hausarrest«, sagte sie.
»Deine Verantwortung«, sagte Pit.

Anni hatte Nick angerufen. Sie wusste aus Erfahrung, dass die Polizei nicht bereit war, Vermisstenanzeigen von Leuten aufzunehmen, die erwachsen waren und nicht länger als zwei Stunden überfällig.
»Der Kleine hat Blähungen«, sagte sie vorwurfsvoll, als Vera in die Küche kam. Doch Nicholas lag an Nicks Schulter und war vergnügt. Vera ahnte, dass die Befindlichkeit ihres Sohnes Anni mit manchem Vorwurf ausstatten könnte.
»Ich habe die Wohnung gefunden«, sagte Vera, »und ich war bei Pit Gernhardt im Präsidium.« Sie guckte kurz Anni an.
»Gib mir Wein«, sagte sie zu Nick, »am besten aus einer Blumenvase. Ich hätte nichts gegen einen Schwips.«
»Dann warst du also doch in Gefahr«, sagte Anni.
»Nicht im Geringsten«, sagte Vera.
Sie überlegte, ob sie alles erzählen sollte. Vielleicht waren Annis Ohren heute Abend besonders sensibel.
Doch sie wollte es eigentlich nur noch hinter sich bringen.
Nick informieren darüber, dass die Kreise kleiner wurden, die sich um Haussmann und Minwegen zogen.
»Nur, dass du's weißt«, sagte Anni und klang kleinlaut, »ich habe auch auf van Engelenburgs Telefonband gesprochen, dass du vermisst wirst.«
Vera atmete tief durch, um keinen Krach mit Anni zu kriegen.

Das Blech Butterkuchen hatte schon Ärger gebracht.

»Ich war um Viertel vor acht zu Hause«, sagte sie, »und im nächsten Jahr werde ich vierzig.«

Anni kehrte ihr den Rücken zu und machte am Herd herum.

Nudeln. Anni hatte keine Konzentration für kompliziertere Gerichte, wenn sie sich aufregte.

Auf dem Tresen neben ihr stand ein großes Glas Pesto, das Edouard mitgebracht hatte.

»Hast du schon von Edouard und Nelly gehört?«, fragte Vera und sah Nick an. Die Atmosphäre entspannen, bevor sie mit ihrer Geschichte begann.

»Ist er tatsächlich nur für einen Nachmittag gekommen?«

»Er hat es mit einem Geschäftstermin verbunden. Eine Schinkenräucherei in Holstein«, sagte Vera.

»Hat mir keiner gesagt«, maulte Anni. Hatte Gustav sie in diesen Momenten nicht Madame Pampig genannt?

Der Kleine streckte die Arme nach Vera aus, die beschloss, ihn erst einmal bettfertig zu machen, bevor sie erzählte.

»Nicholas kriegt eine neue Windel und den Schlafanzug an«, sagte sie und warf Nick einen beschwörenden Blick zu, als sie die Küche verließ. Der Herr kapierte nichts.

Vielleicht hatte er auch Angst vor Annis Verdruss.

Darum erfuhr er alles erst nach dem Essen.

»Eine andere Sauerei als die vielen, von denen wir wissen?«, fragte Nick. Er hatte sich darüber Gedanken gemacht, seit Pit ihn dazu aufgefordert hatte.

»Bestimmt was mit einer Frau«, sagte Anni.

»Ist das eines deiner komischen Gefühle oder die Theorie von den fiesen Kerlen?«, fragte Vera.

Irgendwie lief es an diesem Abend nicht mit Anni und ihr.

»Dass von Engelenburg gar nichts von sich hören lässt«, sagte Anni. Auch sie um Ablenkung bemüht.

»Er hat eben mal was anderes vor, als bei uns zu Abend zu essen«, sagte Vera.

»Nun habt euch lieb«, sagte Nick.

Er wollte Frieden in dieser Küche, um den Kopf klarzukriegen. Haussmann und Minwegen. Ließ sich denn vorstellen, dass sie die Taten selbst ausgeführt hatten?

Schüsse aus der Beretta. Ein Schlag mit einer Axt. Tod durch Erhängen.

»Da gibt es doch einen Handlanger«, sagte Vera, »einen, der sich die Hände für die Herren schmutzig macht.«

Las sie Nicks Gedanken?

»Hellmann konnte gut schießen«, sagte Anni. »Auf die Jagd ist er viel gegangen. Hat ja sonst nichts mehr zum Schießen gehabt nach dem Krieg.«

»Hat er auch dem Fritz das Schießen beigebracht?«, fragte Vera. »Das würde doch deine Notiz erklären, Nick. Vor Merk warnen. Oder?«

»Ich hätte dir doch nicht die Blumenvase mit Wein füllen sollen«, sagte Nick.

»Erst kommt die Trauer und dann der Zorn«, sagte Anni.

Nick und Vera sahen sie beide verblüfft an.

»Spür ich doch, dass du gereizt bist in letzter Zeit«, sagte Anni, »gehört alles zur Bewältigung.«

Hatte sie den Kummerkasten des Abendblatts gelesen?

Vera wusste, dass Anni nicht weit von der Wahrheit entfernt war. Das zuzugeben war sie noch nicht bereit.

»Lass uns diese Herren einkreisen«, sagte sie stattdessen, »ich denke, ich spinne die Tagungsnummer weiter aus.«

»Kommt nicht infrage«, sagten Anni und Nick im Chor.

Doch Vera wollte ihren Zorn auslassen, und das lieber nicht zu Hause am Küchentisch.

Zorn auslassen. War es das, was Engelenburg bewegte, als er Heinrich Haussmann aufsuchte?
Auch er schien die Vergangenheit bewältigen zu wollen.
Vielleicht hatte er in all den Jahren zu viel vorbehaltlos übernommen von dem, was die Familie seiner Frau für die Wahrheit hielt. Harte Brocken, die Beerbohms.
Engelenburg kam vom Jungfernstieg und trat in den Neuen Wall, in dem Haussmann seine Kanzlei hatte. War er noch als Anwalt tätig? Engelenburg wusste es nicht.
Diese Herren Politiker sprangen hin und her.
Von Hamburg nach Berlin und Brüssel.
Von Legislaturperioden in zivile Berufe.
Er stand in der Eingangshalle des alten Kontorhauses und betrachtete die herrlichen Kacheln, die an ihrem oberen Rand in Jugendstilranken abschlossen.
Immer wieder ein Wunder für ihn, dass vieles in den Ruinen erhalten geblieben war, in denen der Zweite Weltkrieg die Stadt zurückgelassen hatte.
Durch eine doppelflügige Tür ging er, die ihm nachschwang. Ein langer Gang im zweiten Stock führte zu Haussmanns Büro. Engelenburg klopfte an.
Ein Vorzimmer. Keine Sekretärin.
»Kommen Sie herein«, sagte die Stimme von Haussmann, die leicht hart klang. Nicht jovial, wie die von Minwegen sein konnte und die von Lauterbach gewesen war.
Engelenburg folgte der Stimme in das nächste Zimmer, und der Mann hinter dem schweren Schreibtisch stand auf, um ihn zu begrüßen. War es die Art, wie Haussmann ihm die Hand gab, ihn anschaute, dass Engelenburg das Gefühl hatte, dass er den Besucher für einen Gleichgesinnten hielt? Engelenburg setzte sich.
Er hatte vorgehabt, mit der Tür ins Haus zu fallen, doch es fiel ihm schwer, und so plänkelten sie ein wenig, wie es Herren

tun, die sich im gleichen wohlhabenden Stande wähnen und ähnliche Gedanken im Kopf des anderen vermuten.

Doch schon der erste Vorstoß von Engelenburg klärte, dass die zweite Annahme nicht stimmte.

Er fragte nach der Okzidentalen Treuhand.

Haussmann versuchte, die Überraschung wegzulachen, doch es gelang ihm nicht ganz.

»Lauterbach hat sich den Namen ausgedacht. Er besaß schon einen Sinn für Operette«, sagte er.

»Aber was tut sie, diese Treuhand?«

»Projekte finanzieren, an denen uns liegt.«

Engelenburg war gut vorbereitet von Nick. Der Bankier staunte noch immer, wie schlüssig ihm Nicks Argumente erschienen waren. Eine neue Freundschaft.

»Könnten es Projekte sein, die von großer Aggressivität sind?«, fragte Engelenburg.

Haussmann sah ihn prüfend an.

»Wollen Sie sich beteiligen?«, fragte er.

Später würde sich Engelenburg schämen, dass es ihm so gut gelungen war, Interesse vorzugeben, Eifer zu zeigen.

»Das, was wir tun, sind Kleinigkeiten«, sagte Haussmann, »nicht zu vergleichen mit Al Kaida.«

Engelenburg schwieg einen Augenblick und betrachtete den Mann, der diese Worte gelassen aussprach.

Ein kantiges Gesicht. Volles Haar, das noch dunkel war, nur wenige graue Strähnen. Die Augen von einem hellen Blau.

War ihm in diesem Leben je großes Leid geschehen?

Dass er diesen Hass entwickeln konnte?

»Haben Sie gedient?«, fragte Haussmann.

»Ich bin Holländer«, sagte Engelenburg.

»Spricht das dagegen?«

»Ich schieße nicht gern.«

»Ich hatte immer Freude an Pistolen«, sagte Haussmann,

»habe gerade eine Parabellum aus den Dreißigern gekauft ... Nicht hier. In Brüssel. Da halte ich mich am liebsten auf.«

Hätte Engelenburg gewusst, mit welcher Waffe der junge Mann im Schilf erschossen worden war, vielleicht wäre er so weit gegangen, nach einer Beretta 6.35 zu fragen.

»Darf ich Alphons Minwegen davon informieren, dass Sie interessiert sind?«, fragte Haussmann.

Er schien Engelenburg tatsächlich rekrutieren zu wollen.

War es den verbliebenen Herren wichtig, wieder ein Quartett zu bilden?

Engelenburg zögerte. Ihm schien es nicht günstig zu sein, Minwegen ins Bild zu setzen vom eigenen Ritt über den Bodensee. Ihr Gespräch im Ratsweinkeller war nicht gerade sympathiegetragen gewesen.

»Mir wäre es lieber, wenn es noch unter uns bliebe«, sagte er.

Haussmann nickte verständnisvoll.

»Schade eigentlich, dass ich immer nur den Schweizern vertraut habe«, sagte er. »Minwegen ist bei Ihrer Bank in Den Haag, nicht wahr?«

»Ich habe mich aus dem Bankgeschäft zurückgezogen.«

»Sie werden noch wertvolle Kontakte haben.«

Es war angebracht zu nicken. Engelenburg nickte.

»Ich komme auf Sie zu«, sagte Heinrich Haussmann.

Sie standen beide auf, und beinahe hätte der Holländer vergessen, dem anderen die Hand zu reichen.

Doch dann spielte er seine Rolle bis zum Schluss gut.

Hauke Behn legte das Fax aus Hamburg zurück auf den Schreibtisch. Er war dankbar, dass der Hauptkommissar ihn bis ins kleinste Detail informierte.

Ab und zu litt Behn daran, nur der Dorfpolizist zu sein. Auf Amrum war er Leiter einer großen Dienststelle gewesen.

Er trat ans Panoramafenster und blickte zu den Jungen hinüber, die auf dem Deich Drachen steigen ließen.

Der Oktober hatte mit viel Wind begonnen.

Die Schnüre von Theo und Ole drohten sich ineinander zu verheddern, doch die beiden lösten das Problem, ehe Behn zu Ende gedacht hatte, ob Theo es schätzte, wenn sein Vater hilfreich herbeieilte. Brauchten die drei Jungen oben auf dem Deich gar nicht zu wissen, dass er sie im Blick hatte.

In Behns Träumen stieg oft noch das Bild von Theo auf, der zuerst am Strand gewesen war, als sich die Menschen auf Amrum zugerufen hatten, dass seine tote Mutter dort läge.

Zwei Minuten später war Hauke Behn da gewesen.

Doch der Junge hatte sich schon über die Tote gebeugt.

Keiner, der ihn zurückgehalten hätte.

Hauke Behn hatte lange Zeit Angst gehabt, dass sich Theo von dieser Erschütterung nicht erholte, dass sie ein Trauma in ihm werden würde.

Vielleicht hatten sie beide Glück gehabt.

Das heitere Kind oben auf dem Deich.

Theo liebte das Leben.

Behn ging an seinen Schreibtisch und nahm das Fax noch einmal in die Hand. Las es zum wiederholten Mal. All das, was in den letzten Tagen in Hamburg geschehen war.

Die Verhaftung von Haussmann und Minwegen stünde bevor, schrieb Gernhardt.

Kriminelle Vereinigung. Terroristische Akte.

»Mit den Morden kriegen wir sie auch noch dran«, hatte Gernhardt heute Morgen am Telefon gesagt.

Klang, als ob sich alles löste.

Warum ging ihm die Studienrätin nicht aus dem Kopf.

Behn blickte auf die Uhr. Halb vier. Da war sie sicher längst über die Dorfstraße gebrettert.

Sollte er sie aufsuchen?

Sich nach Christleins Urne erkundigen?

Nach Elisabeth Barwigs Trauma?

Warum war er sich sicher geworden, dass sie eines hatte?

Weil ihn das Thema nicht aus den Fängen ließ, aus Furcht um Theos Seelenheil?

Hauke Behn schloss das Büro ab und setzte sich in den Streifenwagen. Irgendwie würde er das Gespräch schon anfangen. Erst einmal in ihre Nähe kommen.

Das Haus Barwig wirkte noch toter als sonst. Die Remise stand offen. Der Opel Kapitän war nicht zu sehen.

Behn klingelte an der Haustür. Die ländliche Schar streckte ihm die Arme zum Gruß entgegen. Doch nichts rührte sich.

Er ging um das Haus herum, bis ihm kein anderer Weg blieb, als über das Gartentor zu klettern.

Die Rhododendren hingen traurig. Nicht einmal der Regen der letzten Septemberwoche hatte sie retten können.

Hauke Behn schlich, obwohl er glaubte, allein auf dem Grundstück zu sein. Er näherte sich den Kellerfenstern.

Die Scheibengardinen waren heruntergerissen.

Gaben den Blick frei auf ein zerstörtes Zimmer.

Die Engleintapete hing in Fetzen. Der weiße Nachttisch lag umgekippt auf dem Boden. Die Lampe war zerbrochen. Das Bett aufgeschlitzt, sodass die Füllung der Matratze aussah wie angeschwemmter Tang am Strand.

Behn bückte sich vor jedem der Kellerfenster und blickte hinein. Nichts schien verändert. Alter Kram.

Hauke Behn zögerte beinahe, in das letzte der Fenster zu schauen. Als er es tat, sah er Robert Barwigs Sofa dort stehen, wie es schon beim letzten Mal gestanden hatte.

Das Nest aus Frotteetüchern und Heu war leer.

Behn wollte sich abwenden, erstaunt über die Traurigkeit, die er spürte, und wenig später noch erstaunter über die Erleichterung, als er das Kaninchen im Keller hoppeln sah.

Warum entschied sich Pit für Haussmann? Weil er ihn für ein noch größeres Schwein hielt als Minwegen, zu dem die Hauptkommissarin unterwegs war?

Der schwarze Mercedes von Pit Gernhardt und die zwei Streifenwagen, deren Besatzung ihn begleiteten, hielten vor dem alten Bürohaus im Neuen Wall, um ihn für die nächsten Stunden dieses Nachmittags hoffnungslos zu verstopfen.

Die doppelflügige Tür im zweiten Stock, die zu Haussmanns Kanzlei führte, schwang nicht nur hinter ihnen, sie fiel fast aus ihren Scharnieren. Sie hatten es eilig.

Die Tür zum Vorzimmer war nicht geschlossen.

So wenig wie die, die zu Heinrich Haussmanns Büro führte.

Im ersten Augenblick glaubte Pit, dass es leer sei.

Doch dann sah er den toten Mann hinter dem schweren Schreibtisch liegen.

Er kannte genügend Bilder von Haussmann, um ihn erkennen zu können. Trotz des vielen Blutes.

Später würde er erfahren, dass es ein Tranchiermesser gewesen war, das Haussmanns Körper so hergerichtet hatte. Pit kannte nur einen, der so was besaß. Nick.

Er selber hatte nur Dosenöffner in seiner Küche.

Haussmanns Büro war schon voll von eifrigen Kollegen, die die Spurensuche aufnahmen, als es Pit endlich gelang, die Hauptkommissarin ans Handy zu kriegen.

Alphons Minwegen hatte sich abführen lassen und saß im Präsidium und wartete auf das Verhör.

»Lass mich dabei sein, wenn er erfährt, was mit Haussmann geschehen ist«, sagte Pit.

»Kann er es gewesen sein?«

»Halte ich zeitlich für ausgeschlossen.«

»Komm bald«, sagte Silke Kollmorgen, »er scheint in einer weichen Stimmung zu sein.«

»Die wird noch weicher werden, wenn er hört, was seinem Kumpel Haussmann widerfahren ist.«

»Hast du die Aussage von Herrn van Engelenburg auf deinem Schreibtisch?«, fragte Silke.

»Solche Fragen nach Selbstverständlichkeiten stellt eigentlich nur mein Freund Nick«, sagte Pit, »auf deinem Schreibtisch liegt die Aussage übrigens auch.«

»Sei nicht gleich sauer.«

»Wenn du hier im Blut waten würdest, wärst du auch empfindlicher«, sagte Pit.

Er beendete das Gespräch und rief bei Nick an, ehe der Rechtsmediziner Anspruch auf Pits Zeit erheben konnte.

»Hast du eine Ahnung, wer es gewesen ist?«, fragte Pit.

»Till Lauterbach sitzt in Untersuchungshaft?«

»Sicher und warm«, sagte Pit.

»Ich weiß es nicht. Komm zu Vera, wenn du kannst.«

»Wird nicht so bald sein«, sagte Pit.

Nick hielt noch das Telefon in der Hand, als er an sein Küchenfenster trat und in die Kastanie blickte, an deren Blätter der Wind zerrte. Das hatte er sich anders vorgestellt. Die vier Herren der gerechten Strafe zuführen.

Doch nicht die Metzelei, die da in Gang gesetzt worden war.

Behn war kaum aus dem Landsende gefahren, in dem das Schwarzwaldhaus einsam lag, als er den Opel Kapitän sah, der erstaunlich langsam über die Dorfstraße fuhr.

Ihm gelang ein kurzer Blick auf die Fahrerin, die anders aussah als sonst. Ihr Gesicht wirkte auseinander gefallen.

Eine Sekunde, in der Hauke Behn entschied, den Wagen zu wenden und hinter ihr herzufahren.

Die Studienrätin ließ den Opel Kapitän vor der offenen Remise stehen und stieg aus und schien darauf zu warten, dass Behn sein Fahrzeug abstellte.

Sie drehte zur Tür, kaum dass er ausgestiegen war, und zog den Schlüssel hervor. »Kommen Sie herein«, sagte sie.
Christleins Urne stand noch immer auf dem Eisentisch, dessen weißer Lack längst abgeblättert war.
Elisabeth Barwig warf ihr einen kurzen Blick zu.
Behn wandte den Blick von ihrem Gesicht ab, und erst jetzt sah er, dass ihr Kleid voller Blutflecken war.
»Ich kenne die Mörder von Christlein«, sagte sie, »wenn auch nur einer von ihnen mit der Axt zugeschlagen hat.«
»Haussmann und Minwegen«, sagte Hauke Behn, »weil Christlein und Ihr Bruder damit drohten, die terroristischen Machenschaften der Herren offen zu legen.«
Er musste noch lernen, still zu sein, wenn einer sprechen wollte, der lange geschwiegen hatte. Die Studienrätin wandte sich ab und blickte durch die Verglasung der Terrasse, und beinahe fürchtete Behn, dass sie nichts mehr sagen würde. Schließlich drehte sie sich wieder zu ihm um.
»Andere Machenschaften«, sagte sie.
»Andere als terroristische?«, fragte Behn.
»Ich bin in einem Wechselbad mit Ihnen«, sagte die Studienrätin, »manchmal halte ich Sie für intelligent.«
»Das Material, das Sie verbrannt haben«, sagte Behn.
Elisabeth Barwig lachte auf.
»Die Familiengeschichte der Barwigs«, sagte sie, »Christlein kannte sie seit Jahren und schwieg darüber. Doch eines Tages hat er sie wohl Robert Barwig erzählt. Das war es, was die beiden aufdecken wollten. Die Schande.«
»War Christlein der Vater Ihres Bruders?«
»Nein«, sagte die Studienrätin, »und Else Barwig war nicht seine Mutter.«
»Wer war es dann?«, fragte Behn. Er hatte das Gefühl, vor einem Abgrund zu stehen. Lange bliebe Elisabeth Barwig nicht so ruhig, wie sie im Augenblick schien.

Er wartete eine Weile, wagte keine weitere Frage. Auch nicht die nach dem Blut auf ihrem Kleid.

Sie sahen beide auf die hohen Tannen im Garten, bis Behn entschied, den nächsten Schritt zu tun.

»Das Kinderzimmer im Keller«, sagte er.

»Ich hatte eines im ersten Stock«, sagte die Barwig, »es sah genauso aus. Die gleiche Tapete. Dieselben Möbel.«

»Warum haben Sie das Zimmer rekonstruiert?«

»Meine Eltern mochten es nicht länger im ersten Stock haben. Ich habe es dabei belassen, als sie endlich tot waren.«

»Endlich tot? Ihre Eltern waren nicht alt, als sie starben.«

Die Studienrätin zuckte die Achseln.

»Warum gelingt es Ihnen nicht, zu trauern?«, fragte Hauke Behn, »nicht um Ihre Eltern und nicht um Ihren Bruder?«

»Ich trauere um meine Kindheit«, sagte Elisabeth Barwig.

Der Gedanke an Theo trieb ihn weiterzufragen, obwohl er annahm, dass diese Frau bald vor ihm zusammenbrach.

»Was ist in Ihrer Kindheit geschehen?«, fragte er.

»Sie hörte an dem Tag auf, an dem mich Heinrich Haussmann vergewaltigte. Ich war dreizehn Jahre alt.«

»Wussten Ihre Eltern davon?«

Erneut ein Auflachen, das böse klang.

»Meine Eltern haben das Kind als ihres ausgegeben«, sagte sie, »und zweiundzwanzig Jahre lang Schweigegeld kassiert.«

»Robert Barwig ist Ihr Sohn?«

»Ich habe ihn gehasst. Nicht so sehr wie Haussmann. Oder den Voyeur Minwegen. Alle beide Freunde meines Vaters. Doch durch das Dasein von Robert Barwig wurde ich immer wieder hineingestoßen.«

»Haben Sie ihn getötet?«

Sie wandte sich vom Fenster ab. »Nein«, sagte sie.

»Warum haben Sie das Zimmer zerstört?«

»Es musste ein Ende haben«, sagte Elisabeth Barwig, »bitte gehen Sie jetzt. Ich laufe nicht weg.«

Durfte er sie allein lassen? Tat sie sich dann Gewalt an, wie sie dem Zimmer Gewalt angetan hatte?

»Ich habe einen kleinen Jungen«, sagte Hauke Behn.

Die Studienrätin warf ihm einen ärgerlichen Blick zu.

»Das erzählten Sie bereits«, sagte sie.

»Er hatte ein traumatisches Erlebnis. Ich hoffe, er hat es geschafft, es zu verarbeiten.«

»Das gilt nicht mehr für mich«, sagte Elisabeth Barwig.

Es war das letzte Wort, das sie zu ihm sagte.

Hauke Behn fuhr nicht gleich in sein Büro zurück. Er fuhr zum Strand und hoffte, dass das Meer da war. Die Gezeiten hatte er noch nie im Kopf gehabt.

Das Tosen der Wellen hören. Bei dem Wind würde es hohe geben. Ein Stück am Strand entlanglaufen. Verstehen, was er eben erfahren hatte.

Behn stellte das Auto ab und lief zum Meer hinunter. Er hätte den Hauptkommissar anrufen müssen, ihm von Haussmann erzählen und von Elisabeth Barwig. Gleich, dachte Behn.

Er hob das Gehäuse einer Venusmuschel auf. Hatte es nicht viel mehr davon gegeben, als er ein kleiner Junge war?

Eine Dreizehnjährige zu vergewaltigen.

Welch ein Schwein war dieser Heinrich Haussmann.

Hauke Behn blickte hinüber zum Karolinenkoog und sah die Bauruine in der Ferne. Schweigegelder für Hans Barwig.

Was war Minwegens Part in diesem bösen Spiel?

Die Barwigs waren von seinem Boot gefallen.

Doch Alphons Minwegen war zu der Zeit in Den Haag gewesen. Das hatte im damaligen Protokoll gestanden.

Behn bückte sich nach einem Meeresschneckenhaus.

Ein fein gemustertes für Theos Sammlung.

Für den Jungen war die Welt stehen geblieben, als seine Mutter starb. Wie für die Barwig die Welt ihrer Kindheit.
Hatte sie gehofft, dass durch die Wiederherstellung ihres Kinderzimmers etwas zurückzudrehen sei?
Behn hatte nicht gedacht, dass die Frage nach dem Trauma eine derart fürchterliche Antwort finden würde.
Er ging zum Auto zurück. Höchste Zeit, Gernhardt zu informieren. Nach dieser Atempause.

Der Tod des Heinrich Haussmann schien Minwegen hart zu treffen. Er ließ ihn gesprächiger sein, als zu hoffen gewesen war. Minwegen fragte nicht einmal nach dem Anwalt Kroll.
Hielt er das Spiel für verloren? »Er hat Angst«, sagte Silke Kollmorgen. Minwegen hätte den Hauptkommissaren von seiner Angst erzählen können. Doch das tat er nicht.
Er wusste, wer Haussmann getötet hatte, nachdem er die Einzelheiten erfuhr. Hatte er nicht zu Haussmann gesagt, dass diese Bombe einen langsamen Zünder habe und zu einer nicht kalkulierbaren Zeit explodieren würde?
»Christleins Haus«, sagte Pit, »eine ganze Kollektion von Fingerabdrücken, die wir da genommen haben.«
Minwegen fragte nicht, wer zur Hölle Christlein sei.
Er hatte den Mann halbherzig erschlagen. Hineingeredet von Haussmann, der die Aufdeckung aller Taten fürchtete.
Gab das eine Strafermäßigung? Es wäre nicht die erste hoffnungslos scheinende Situation, aus der er sich am eignen Schopf herauszog. Er war ein Taktiker.
Die Antwort auf die Frage nach dem Mörder des jungen Barwig fiel ihm leicht. Haussmann war tot.
Ihm war nicht mehr zu schaden.
»War das die Okzidentale Treuhand wert?«, fragte Pit.
»Wollen Sie Deutschland unter einem türkischen Halbmond sehen?«, fragte Minwegen. »Von Kaffern überrannt?«

Sollten sich die Kommissare festbeißen an diesem Motiv.
Im Viertelstundentakt fragte Pit nach der Sauerei, die vor Jahren passiert sein sollte und die Herren in die Hand von Lauterbach gebracht hatte.
Doch dazu schwieg Minwegen noch.

Pit hörte schon auf dem Flur den Klingelton seines Handys. Er fluchte und griff in die Jackentasche, in der er das Ding vermutet hatte. Doch es klingelte aus seinem Zimmer.
»Ich versuche seit Stunden, Sie zu erreichen«, sagte Behn.
»Verhör Minwegen«, sagte Pit.
»Haben Sie die beiden?«
Erst da fiel Pit Gernhard auf, dass Haussmanns Tod sich noch nicht bis zur Polizeistelle Brandum durchgesprochen haben konnte. Doch dann haute es ihn um, was Hauke Behn sagte, als er von dem Mord erfuhr.
»Dann kenne ich die Täterin.« Behn sagte es traurig. Er hätte für Elisabeth Barwig eine andere Erlösung erhofft.
Pit hörte sich an, was sein Kollege zu sagen hatte.
»Ich komme«, sagte Pit.
Die Hauptkommissarin hatte Minwegen in die Zelle zum Schlafen gelegt. Er hatte alle Zeit der Nacht.
»Sie ist selbstmordgefährdet«, sagte Behn zögernd.
»Setzen Sie sich neben die Studienrätin und halten ihr die Hand. Ich komme direkt zum Haus Barwig.«
Zwei Puzzles, dachte er, als er zu seinem Auto lief.
Hatte er nicht mit Nick darüber gesprochen?
Sah so aus, als hätten sie die einzelnen Teile endlich getrennt, um zwei Puzzles zu legen.

Er hörte das Läuten der Klingel so laut, als stünde das Haus leer, und die kahlen Mauern nähmen das Läuten auf, um es durch alle Fugen und Spalten zu ihm zurückzuschicken.

Keine Elisabeth Barwig kam an die Tür.
Hatten sie tatsächlich gedacht, dass die Studienrätin am späten Abend die Tür öffnete?
Nach einem Tag wie dem vergangenen?
Behn betrachtete die schwere Eichentür und entschied, dass es unmöglich war, sich erfolgreich dagegenzuschmeißen.
Er hatte schon das Handy in der Hand, um mit Gernhardt abzusprechen, ob er Verstärkung aus Husum holen sollte.
Kam ihm der verzweifelte Lauf zum Strand von Amrum in den Kopf, als er über das Gartentor kletterte?
Hauke Behn hatte Angst davor, dass sich die Studienrätin das Leben nehmen könnte.
Blieb ihr ein gnädigeres Schicksal?
Behn blickte in das Kellerfenster des Kinderzimmers.
Auf die zerrissenen Tapeten. Die zerstörten Möbel.
Er ließ die anderen Fenster aus.
Ging gleich zum letzten in der breiten Fassade des Hauses.
Elisabeth Barwig lag auf dem Ledersofa.
Die Augen geschlossen.
Behn atmete zum zweiten Mal an diesem Tag vor diesem Fenster auf, als er sah, dass ihre Hand sich bewegte, um das Kaninchen zu streicheln, das auf ihrem Körper lag.

Jefs Todestag. Der Kleine saß auf Veras Schoß und lachte das Leben an. Glück, in dieser Küche zu sitzen.
»Ich hab es heute ein bisschen festlicher gemacht«, sagte Anni verlegen und stellte den Truthahn auf den Tisch.
Kein Thanksgiving. Sollte nur ein großes Tier sein.
Sechs, die um diesen Tisch saßen.
Auch wenn Nicholas nur zerdrückte Kartoffeln und Sauce aß.
»Hast du schön gemacht, Annilein«, sagte Vera.
Wo war ihr Zorn? Fing nun die dritte Phase der Verarbeitung an? Abgeklärtheit? Um Gottes willen, dachte Vera.

Stimmte das Schicksal der Elisabeth Barwig sie milder? All die Scheußlichkeiten, die Menschen geschahen.

»Christlein hat es auch gedeckt«, sagte Vera und sah Nick an, der wusste, wovon sie sprach.

»Vielleicht hatte er Angst, ihre Qual zu vergrößern.«

»Wäre er der Mensch gewesen, für den du ihn gehalten hast, dann hätte er für eine Therapie gesorgt.«

Pit dachte an die Urne in seinem Kofferraum. Er hatte sie von dem Eisentisch genommen.

Vielleicht sollte er eine unkonventionelle Lösung finden.

Aus dem konservativen Korsett kommen.

Hatte dieses Begehren mit Vera zu tun?

»Vielleicht wollte er das, als er den kleinen Bob einweihte«, sagte Nick. War es Christlein nicht auch um die Terrorakte dieser Herren gegangen? Hätte er den kleinen Bob sonst zu Nick geschickt?

»Wahrscheinlich kriegt Minwegen eine geringere Strafe als Elisabeth Barwig«, sagte Engelenburg, »er hat es doch immer schon verstanden, seinen Kopf aus der Schlinge zu ziehen.«

Anders als Lauterbach.

Doch nur Pit dachte an ihn.

Anni gab das Tranchiermesser an Engelenburg.

Einzig der Truthahn hätte diesen Akt nicht als friedlich empfunden. Engelenburg tranchierte ihn geschickt.

Später würde Pit zur Krugkoppelbrücke gehen und Christleins Asche über die Alster streuen.

Das stille Gedenken an Christlein gelang ihm nicht.

Vielleicht hätte er doch Nick mitnehmen sollen.

Pit Gernhardt dachte an Vera, als der Wind ihm die Asche aus den Händen nahm.

Carmen Korn

Tod eines Klavierspielers

Roman

Band 16210

Der Mörder ist näher, als du glaubst. Ein Serienmörder geht um in Hamburg.

Der grausame Unbekannte hat es ausschließlich auf Frauen abgesehen. Jedes Mal hinterlässt er ein groteskes Zeichen: eine Tätowierung am Hals seines Opfers. Vera, eine exaltierte Sängerin mit Hang zum Luxus, und der Zeitungsfotograf Nick ermitteln auf eigene Faust. Dabei ist ihnen der Mörder viel näher, als sie ahnen ...

Fischer Taschenbuch Verlag

fi 16210/1